厦门市文艺发展专项资金资助项目

沦陷

○ 赖妙宽 著

作家出版社

图书在版编目（CIP）数据

沦陷 / 赖妙宽著 . —北京：作家出版社，2023.11
ISBN 978-7-5212-2579-2

Ⅰ.①沦… Ⅱ.①赖… Ⅲ.①长篇小说—中国—当代 Ⅳ.① I247.5

中国国家版本馆 CIP 数据核字（2023）第 199009 号

沦陷

作　　者	赖妙宽
责任编辑	史佳丽
封面设计	重庆祺虎平面设计有限公司
出版发行	作家出版社有限公司
社　　址	北京农展馆南里 10 号　　邮　编：100125
电话传真	86-10-65067186（发行中心及邮购部）
	86-10-65004079（总编室）

E-mail:zuojia @ zuojia.net.cn
http://www.zuojiachubanshe.com

印　　刷	唐山嘉德印刷有限公司
成品尺寸	152×230
字　　数	235 千
印　　张	18.75
版　　次	2023 年 11 月第 1 版
印　　次	2023 年 11 月第 1 次印刷

ISBN 978-7-5212-2579-2

定　　价：58.00 元

作家版图书，版权所有，侵权必究。
作家版图书，印装错误可随时退换。

目 录

1. 战争阴云 001
2. 沦　陷 020
3. 殉　道 038
4. 苦　难 059
5. 囹　圄 078
6. 双面人 098
7. 鼓浪屿事件 ... 120
8. 节外生枝 140
9. 无名英雄 159
10. 永和劫难 180
11. 峰回路转 203
12. 风云变幻 222
13. 恶魔伏法 242
14. 浴火重生 264
15. 尾　声 285

1 战争阴云

这年的除夕特别冷，屋檐和树梢都结了冰凌，人一开口，就有一团团的白雾从嘴里吐出来，说话就像在弹棉花。这在地处东南沿海的厦门是很少见的。

气候寒冷，受饥挨冻的人多了，虽是过年，市井里却没有多少喜气。大家都知道流年不利，忧愁和恐慌的情绪笼罩在心头。

这是1937年农历丁丑除夕。这一年，中国北边烽烟四起，7月，卢沟桥事变，8月，淞沪会战，12月，南京沦陷，都是国军失利的坏消息和骇人听闻的杀戮。特别是10月，日本人占领了与厦门仅一步之遥的金门，厦门一下子乱了方寸，卧榻之侧，悍敌虎视眈眈，厦门人岂能安睡？

这个年是注定过不好的。而且丁丑过后是戊寅，虎年凶煞。如此光景，厦门难逃一劫啊！

王良用一家傍晚5点多就开始吃团圆饭了，以往他们都吃得比别人家晚。因为总有人不想把头痛脑热的带进新年里，都赶在除夕前来号个脉，抓把药，到下午四五点还有人找。他们都要等到店堂里的人清了，又到街上望望，看不到有慌张急促的人前来，才敢关门。

但今年，下午2点多来过一个腰扭伤的，扎了针敷了药，带走几贴舒筋活络药后，就没有其他人来了。王良用也无心再等，叫人关了店门，就准备吃团圆饭，好像怕迟了吃不上。无论如何，把年夜饭吃了，就长了一岁，往后怎么样好歹都多活了一岁！

饭菜，妇人们早就准备好了，还是按老规矩吃了鱼，吃了猪心，吃了韭菜，表示年年有余，全家同心，长长久久。这是必定要吃的老三样，其他是大家爱吃的菜，海边人，免不了要吃虾、蟹、螺、贝。酒照例是要喝的，孩子平时不许喝酒，只有围炉的时候可以意思一下。他们很兴奋，都想试试喝醉酒是什么样子。当然，大人是不会让他们喝醉的，喝个小半杯，脸红了，就被叫停了。这时开始分红包，喝酒的兴奋就被红包取代了，照样是很开心的。

儿子王方明过了年就十八岁了，闽南人过年算虚岁，等到十八周岁，就要办成人礼。家里有个快成年的儿子，上门提亲的人很多，王良用也想早日给儿子成亲，尽快完成传宗接代大业。王家到他这里只剩单传，这成了他的心病，他早想把这心病给除去。可虎年是不兴办喜事的，再加上时局不稳，他拿不定主意是先给儿子成亲，还是先保儿子平安。他几次看卦推演都得不出结论，心想等过了年再作决断吧。

王良用给母亲、女儿和儿子各一个红包，最后给儿子时说，今年再给一次红包，以后就不给了。"十八岁的男人要顶天立地了。"他意味深长地盯着儿子说。

十六岁的女儿馨蕊故意逗乐："那你给哥哥娶媳妇。"闽南人没有用"您"的语言习惯，所以孩子跟长辈说话也是用"你"。

儿子立即反击："先把你嫁出去！"

两人正要闹，父亲说："要不是战乱，真该给你成家了。"

奶奶马上说："越是乱越要早日成家，王家的香火要兴旺。"

儿子最不喜欢听这话了，他想跟他的同学一样到外地去求学，即使不到欧美，至少也到北平上海。如果早早就成亲生子，跟个老古董似的，成了传宗接代的工具，会成为同学中的笑话。但他不敢违拗父亲和奶奶的意愿，只好喊道："不说了不说了，我们要出去玩了。"

以往吃过年夜饭后，孩子们会出去呼朋唤友，玩各种把戏。但今年情况不好，天气又冷，王良用不让孩子们出去。母亲把围炉用的铜火锅里剩余的炭火夹到一个手提的风炉里，添了满满的木炭，把火烧大，放在客厅中央。一方面是取暖，一方面图个"旺"字。风炉的壁腰上贴了红纸写的"福"字。

一家人移了位子围着火炉坐着。屋里有了热气，又喝了点丹凤高粱，大家的脸色都红扑扑的，开始有说有笑。儿子和女儿在讨论怎么花红包钱，女儿想买一个流行的牛皮钱包，儿子则想初一去"攻炮城"，试试手气。大人不太说话，心事重重的样子。

茶几上，烤漆的红木果盒里放着"四色"，有寸枣、香酥条、鱼皮花生和芝麻糖。藤筐里放着叠成尖塔状的柑橘，还有一盘瓜子和一盘生晒花生。但除了女儿偶尔抓几颗瓜子嗑，其他人都没吃这些东西。大家的心思都在等时辰，也就是守夜。到了12点，墙上的挂钟一响，孩子们就要到街上去放鞭炮。因为年景不好，新的一年又是凶煞的虎年，王良用特地买了许多大炮仗，就是要驱驱邪，壮壮威。

屋里的热气使客厅的玻璃门结了一层水汽，王良用不时拿一块干布去擦水汽，脸贴着玻璃看外面的天。但口鼻里哈出的热气很快又使玻璃模糊了。后来他干脆打开门，走到天井里抬头望。

门一打开，外面的冷气直灌进来。挂在门廊上的红灯笼被风吹得摇摇晃晃的。

"你在看什么呢？"老母亲坐在摇椅里，身上裹着毛毯，还是冷得声音发抖。

王良用赶紧进来，关上门。他沮丧地把手里的擦布随便一扔，走到母亲身边，把自己坐的太师椅上的一条小棉被也披到母亲身上，说："都出来了。"

"啥出来了？"

王良用坐到太师椅里，嘟哝一声："白虎！"

"什么？"母亲耳朵有点儿背。

"白虎星出来了。"王良用小声说，好像生怕吓到了母亲。

"夭寿！"母亲叹一声说，"怪不得我左眼一直跳。左灾右财！"

王良用看到母亲的左眼皮果然一直在跳，就说："我来给你灸一灸吧。"他让女儿到店面去拿一根蕲艾来。却又自言自语道："汹汹白虎啊！"

馨蕊站起来，笑嘻嘻地把手里一个剥好的柑橘塞到奶奶怀里，说："阿嬷你吃个红柑，大吉大利！眼皮就不跳了。"人却仍往临街的店面走。

他们家是商住一体，一座临街的三进房屋。第一进两落，是临街的店面、诊室、库房和制剂室。楼上有账房、客房和商务活动区。二进隔一个大天井，就是王良用出去看星相的天井。二进的一楼是客厅和饭厅，楼上是一家人的起居室。三进是个小花园，两边是护厝，一边是厨房一边是下人住的平房。三进的最后是焙屋，一座像木箱的方形红砖房，只有一层，却有五米多高，墙面开许多小窗。这是他们烘晾药材、制剂的地方。

这种房屋格局是闽南商业街常见的结构。临街的店面前有骑楼，骑楼上方为露台，在露台上可以观街景看热闹。有的女孩子就是在露台上相中了自己的意中人。

此时街上的商铺都已闭门歇业。但家家户户张灯结彩，都挂了红灯笼，有的还有彩带、小旗、铃铛，这些挂件在冷风中发出各种声响。

王家是药号，门面顶上挂着一个年代久远的木牌，黑底金字写着"正合药号"。已经歇业的店面上了结实的门板，每块门板都是一个成人身子宽、一个拳头厚的杉木板，两边刻有凹、凸槽，十二块门板就是靠这些凹凸槽扣在一起，上面插进门梁上的木槽，下面塞入地上的石板沟里。店面的开和关就是这些门板的"穿"和"卸"，都要精壮的汉子才扛得动。每当早晨开店和晚上关店的时候，街上都会响起乒乒乓乓的厚重木头撞击声。关店后，住里面的人进出就走左边一扇对开的门。门也是要"穿"和"卸"的，只不过是门板多了一个镶着铜环的轴，梁上和地上多一个圆孔，铜环轴插上去就可以开和关。因为是药号，在正中的一块门板上开着一个小方口，有急用的人可以摇挂在小方口上的铃铛，声音传到二进，里面的人就会出来。无论何时，都有人出来应急。

馨蕊熟门熟路地在整面墙的黑檀木药柜的一个小抽屉里拿到艾条，要回客厅时，忽然好奇：街上怎么这么安静啊！还有人吗？就靠近小方口望出去，却惊讶地看到，对面的骑楼下，竟站着两个男人，一高一矮，正对着她家比划着说什么。大过年的，不在家待着，这是什么人哪！她吓得赶紧往回跑，去跟父亲报告这个情况。

王良用一听脸色就沉下来："又是那些矮脚仔！年也不让人安生过！"

厦门人管日本人叫"矮脚仔"，厦门社会上有很多从日本、台湾来的浪人。这些浪人游手好闲，成天在街上逛荡。最近王家药号附近出现了不少浪人，不同的人轮着来的。有时还进到店里，也不买东西，只是七问八问，或是东看西看。有时顺手拿一根甘草放进嘴里叼着。

"他们想干什么呢？"女儿问。

王良用在炭火上点燃蕲艾，左手拇指先在母亲左眼正中的下眶缘按了按，右手再把冒着烟的艾条靠近这个叫承泣穴的地方灸。

母亲舒服地闭上眼睛，嘴里却说："浪人都不是好东西！"

因为厦门与台湾近，自从清政府签订了不平等的《马关条约》

后，台湾、澎湖割让给日本，厦门的市面上一下子就多出许多来自台湾的日本浪人。厦门人瞧不起浪人，管他们叫"矮脚仔"。但时间久了，大家对浪人也习以为常了。母亲以为又是那种叉着八字脚走路、一脸豪横的流氓。但这次不一样了。

王良用边灸边对母亲和家人说："咱们中国有难了，北边的好多地方被日本人占了，矮仔日本杀了我们好多中国人。前两个月金门也被他们占了，现在是盯着厦门来的。"他说金门"胡的"家人都被杀了，只有他一人逃出来。

"胡的"是王良用的生意伙伴，因长着闽南人少有的络腮胡子，被人称为"胡的"。他给王良用供应祛风止痛药"一条根"。王良用想到"胡的"失魂落魄、满眼血丝的样子，就想到了自己。王家人都认识"胡的"，听了这话，战争的阴影一下子聚拢眼前，心情跟着沉重起来。

女儿问："他们也会杀我们吗？"

王良用叹口气说："外敌入侵，我们就是亡国奴了。亡国奴是任人宰割的。"

"我不当亡国奴！"女儿叫起来。她在学校参加了"厦门儿童救亡剧团"，会唱《义勇军进行曲》，会演《放下你的鞭子》。

"谁都不愿意，可得国家强大，打得过人家才行啊！"

儿子却问："这跟外面那些人有关系吗？"

王良用说："当然有关系了！你没发现最近厦门的浪人特别多吗？他们是来为日军侵略厦门打前站的。这些浪人都是亡命之徒，又混在老百姓中间，收买了厦门一些歹团，四处打探消息，掌握情报，了解当地有价值的东西，机会来了就动手。听说何厝、钟宅等海边的村庄，村里的狗都莫名其妙地不见了，有的被毒死，有的被套走，就是这些人干的，他们怕日军登陆时狗叫。"王良用每天要看厦门的《江声报》、上海的《申报》和香港的《星岛日报》，他对眼下的时局比较了解和清醒。

"夭寿！"奶奶又叫一声。

儿子说："黄师长不是枪毙了一批浪人和汉奸了吗？"

这是一件大快人心的事。自 1931 年"九一八"事变东北沦陷以后，日本就成了中国人心头的阴影，日本人在中国大地上到处耀武扬威，不管是老百姓还是官方都不太愿意去招惹他们。可黄师长就是不信邪，收拾了在厦门的日本浪人。

黄涛是国军第四军一五七师师长，于 1937 年 8 月 21 日临危受命进驻厦门，这就像给厦门人民吃了一颗定心丸。抗战之前，国民政府根本无暇顾及这个偏远的东南一隅，驻守厦门的兵力只有为数不多的海军陆战队。全面抗战爆发初期，日本海军在福建沿海活动频繁，十余艘日舰可以毫无忌惮地进出厦门港，厦门驻军却奈何不了。1937 年 8 月 13 日，日军大举进攻上海，淞沪会战爆发。厦门的形势十分紧张，东南亚各地的福建华侨函电国民政府，要求加强厦门的防卫。于是国民政府才派了陆军一五七师驻防厦门，一五七师有不少官兵是从原十九路军转过来的，抗日情绪较高，受到厦门人民的热烈欢迎。

黄涛进驻厦门后，除了军事上加强防御的准备，同时也加强了治安。进驻当天就在各码头站岗，检查往来旅客。23 日，勒令喧嚣一时的日本侵闽舆论工具《全闽新日报》停刊。接着又逮捕和枪毙了一批恶贯满盈的日本浪人和汉奸，迫使日本总领事馆开始撤走日侨，日本驻厦门总领事馆也于 28 日关闭。但日本间谍头子井龟太郎临走时布置了四十多个日籍浪人潜伏下来，秘密组织了"邦人义勇团"。其任务就是刺探军情、瓦解驻军，准备在日军进攻厦门时充当内应，扰乱社会治安。一五七师虽然破获了"邦人义勇团"这个秘密组织，枪毙了团长柯阔嘴等人，但没有一网打尽，留下后患。

王方明所说的黄师长枪毙了一批浪人和汉奸就是指这些事。但普通百姓只知表象，不知内情，对日本侵略厦门的野心知之甚少。

"浪人和汉奸像蛆一样杀不完啊！"王良用并不知道井龟太郎布

下的秘密组织,他只是凭感觉,说他们家附近就游荡着这些幽灵。

"他们想干什么啊?我们又不是军事组织。"女儿问。

"我们家什么最珍贵?他们要抢的就是我们的宝物!"王良用说这话时,自己禁不住也打了个寒战,想到要是真这样,那会是什么情形?这是他不敢想象的。

儿子和女儿异口同声喊:"灵宝丹!"

他母亲却一个激灵挺坐起来,王良用猝不及防,艾条烫到了母亲的眼皮,他失声叫起来,想看看母亲烫伤了没有。

母亲却顾不得疼痛,挥着手喊:"抢我宝丹?休想!"

王家拥有一款名为"灵宝丹"的神奇中药,其药方和制作程序都不为外人所知。王家世代为保护和传承这款中药,曾付出过鲜血和生命的代价,但他们对灵宝丹的由来讳莫如深。

王家流传着一首童谣:

> 老祖宗,
> 有神功,
> 仁术誉满天,
> 皇上敬三分。
> 那问甲阿尼①,
> 全凭一粒丹。

坊间传说,王家的先人曾是明朝宫廷里的御医。有一次皇太子染疫瘟邪,发热恶寒,气短抽搐,面灰神滞,眼看着不久于人世。皇上急招王御医,名贵中药和刽子手伺候,治好了皇太子有赏,治不好,刽子手带走。王御医神清气定,依太子的脉息和舌象判断为热毒蕴结,急火攻心。便用牛黄麝香、羚羊角、珍珠等名贵药材施

---

① 闽南话"甲阿尼"为"为什么"的意思。

治。牛黄清热解毒、豁痰开窍，善治热毒蕴结所致病症，与珍珠、麝香配伍，对于热病神昏、抽搐功效尤著；羚羊角味咸，性寒，能平肝息风、凉血解毒，都是医治高热惊痫、神昏痉厥、头痛眩晕等的良药；麝香除有活血散结之功效外，更有芳香走窜、开窍醒神的作用，对于热病神昏、抽搐功效尤著。

用药后效果立竿见影，皇太子转危为安。皇上大喜，赐封"仁医良臣"，令其把治愈皇太子的药方制成锭子药，以备不时之需。这就是王家独创的"灵宝丹"，后来在皇宫里代代相传。

明末清初，明王朝摇摇欲坠，清兵入关后，北京的顺天府政权灭亡，明朝退守应天府——南京。

此时在福建南部，活跃着一个海上枭雄郑芝龙。生长于泉州南安的郑芝龙，早年到澳门跟随舅父学做生意，受到当时称霸海上的殖民者葡萄牙人的影响，对航海和海上贸易情有独钟。因聪明能干，被舅父派往日本平户协助泉州老乡李旦从事商贸活动，深得李旦的欣赏和信任，成为当地的巨富和名流，并娶平户藩的家臣田川昱皇之女田川松为妻，生下了后来影响厦门和台湾数百年的民族英雄郑成功。

郑芝龙与同在平户声名显赫的漳州海澄人颜思齐等志同道合，结为把兄弟，并密谋推翻德川幕府统治，在日本建立政权，接受明朝册封。但起事前败露，遭幕府追杀。颜思齐率众乘船出逃，落脚台湾。他见岛上地肥水美、大片荒野未辟，便决意在此开疆拓土，干一番事业。颜思齐回福建广招泉漳移民赴台，对台湾进行大规模的有组织的拓垦，把大陆的先进农业技术和文化带到台湾，被后人尊称为"开台王"。

颜思齐去世后，众推郑芝龙为盟主。郑芝龙遂成为称霸台湾海峡的风云人物，他曾在金门海战击溃荷兰东印度公司舰队，名声大振，最强盛时兵力有汉人、日本人、朝鲜人、南岛语族、非洲黑人等各色人种多达二十万人，拥有超过三千艘大小船只，成为华东与华南海洋世界的强人。

驰骋海上的郑芝龙不甘于海盗生涯,主动向明王朝表忠,愿以"剪除夷寇、剿平诸盗"为己任,被朝廷诏授为海防游击,任"五虎游击将军",离开他多年经营的海上据点台湾,坐镇闽海,官至总兵。

从海盗摇身一变为朝廷命官后,郑芝龙便急急忙忙回南安老家修建了豪华的郑氏府第,以光宗耀祖。并把长子郑成功送到南京入太学,师从名儒钱谦益,儒家文化深深熏陶着郑成功。

新登基的南明隆武帝见郑成功身材魁梧,气宇不凡,甚是喜爱,抚其背曰:"惜哉。朕未有女以配卿,卿可尽忠吾家,毋忘故国。"并赐予国姓"朱"。从此,"忠君报国"意识便在郑成功脑子里扎下了根。他也在闽南、台湾、东南亚被称为"国姓爷"。

遗憾的是,清兵南下的时候,善于见风使舵的郑芝龙见明朝大势已去,就率十一万军队投降清廷,赴北京当官去了。郑成功苦劝未果后,与父亲分道扬镳,发誓要反清复明。他以厦门为根据地,更将厦门改名为"思明",立志重建大明王朝。一些不愿跟随他父亲的老部下和效忠明朝的民众也投奔到他麾下。他演练三军,准备战船粮草,于1658年率十几万大军北上抗清,并写下诗句:"缟素临江誓灭胡,雄师十万气吞吴。试看天堑投鞭渡,不信中原不姓朱。"何等气派!可惜力不从心,最后兵败金陵,仍退守厦门。

在这次北伐的战斗中,有来自他母亲娘家的日本武士,其中一个姓井龟的武士勇猛善战,在攻城战役中中箭受伤。他欲拔出扎进腹部的长箭继续战斗,却被不知从哪里蹿出来的一位义士拦住。义士不顾远处追来的清兵,扶他躲到一处荆棘丛里,让他躺下,说:"拔箭之前需平躺,否则肠管流出,见风受寒,外毒内侵,必死无疑。"井龟见他内行,就听任他处置。他拿出一粒药丸,让井龟咬去半颗嚼烂、咽下,然后放松呼吸。他在箭身周围轻按腹肌,待腹肌松弛后才猛地一下拔出扎进腹部约三指深的箭头，随即拿一块手巾按住伤口。他让井龟自己按住手巾，他则用剩下的半颗药丸刮成粉末撒在伤口上，然后撕下一条衣带扎紧。井龟立感疼痛减轻，他站起来，欲再投入战斗。义士劝他：大军已败退，再战无益。两人遂从僻静处找寻回大营的路。

井龟这才知道，救他的义士并非郑军队伍里的人，他是趁乱从南京城里跑出来的，想躲到没有清兵的地方。井龟就邀他一起到厦门。义士表示到厦门可以，但不想从军，自己不尚武，却懂点医术，想靠行医济世。井龟大为赞赏："医家呀！你的药神奇无比，你的医术一定高明！"

义士谦逊道："略懂一二而已。"

井龟以武士的耿直说："你救了我的命，我负责保护你安全到达厦门。敢问义士尊姓大名？"

义士略一迟疑，还是说："小姓王，叫我王开即可。"

"好！你那药丸子又叫什么名字？"

这下王开犹豫了，他回头看一眼金陵故都，不胜伤感，随口说："灵宝丹。"

"好！果然灵验，是个宝物。"

王开提醒，自己只想行医济世，不想招人注意，小小药丸有缘者用之就行了，不宜渲染。井龟听了更为欢喜，他们武士也崇尚这种秘而不宣的精神，他表示自己会守口如瓶，但灵宝丹的厉害他是不会忘记的。

王开一路照顾井龟，都用他随身带的药丸子口服外用，井龟的伤口没有感染，且很快愈合了。他视王开为救命恩人。

回到厦门后，井龟回到日本，王开隐入民间。分别时，井龟送王开一把武士用的小弯刀，指着刀柄上刻的一只龟说："要是将来我的后人有到厦门，此刀为证，持刀人就是井龟家的恩人。"王开也送了他一打灵宝丹，说："跌打损伤、无名肿毒、热症疫疬，皆可使用。"两人就此别过。

王开就是王家的先人，传说中的宫廷御医。

> **小贴士：**
>
> 厦门原来并不叫厦门，她是台湾海峡里一长串岛屿中的一座，周围拱卫着金门、烈屿、大担、二担等小岛。因岛上出现一茎数穗的祥瑞之禾，故又被称为嘉禾屿。在航海水平还不发达的时代，嘉禾屿孤悬于海中，交通不便，岛上耕地不多，资源贫乏，尤其缺少生活所需的淡水，是一个人所不欲的荒岛。在岛上生活的多是贫苦的拓荒者、避难者和少数海贼。
>
> 嘉禾屿后来发展成东南沿海重要的港口城市——厦门，得益于立志实现反清复明大业的民族英雄郑成功。郑成功把嘉禾屿更名为"思明屿"，即思念明朝的岛。至今厦门仍保留着思明区和思明路，都是郑成功留下的印记。
>
> 郑成功在厦门经营了16年，他招兵买马，发展经济，蓄积力量，就为反清复明的那一天。发迹于大洋的郑成功，十分熟悉海上贸易和发展海洋经济的重要性，他通过海上贸易发展经济，为自己的反清复明大业准备资金，同时也促进了厦门经济社会的发展。郑成功在北上收复南京失败后，仍回到老根据地厦门。那时，游牧民族出身的满族人，对大海束手无策。但郑成功知道，一旦满族人站稳了脚跟，就会来厦门除掉他们的心头大患。他便将目光瞄准了在海峡另一边被荷兰人占领的台湾，隔着台湾海峡，清兵就没那么容易过去了。
>
> 郑成功积极屯兵操练，于1661年农历三月二十三日，率2.5万将士、400艘艨艟从金门的料罗湾出发，开始了收复台湾的壮举。1662年2月，郑成功驱逐了荷兰侵略者，

> 收复台湾,成为名留青史的民族英雄。
>
> 　　但思明屿终究在1680年落入清军手中。清朝政府当然不会让这个反清复明的老巢继续叫思明屿了,道光年间的《厦门志》说她"高居堂奥,雄视漳泉","为漳郡之咽喉","泉郡之名区","扼台湾之要,为东南门户",这也许是厦门名字的由来。
>
> 　　"门"是水的交汇处的陆地之称,一般为岛或半岛,有门户之意。厦门地处九龙江入海口的外侧,内侧也有一岛,叫"海门"。相对而言,海门在入海口的上方,厦门在下方,人们就称之为"下门"。而"下"又有低、差的意思,人们又把它雅化为"厦门"。厦门的名字由此而来。

　　此时,王家人已经在厦门繁衍了几代。初,王开怕自己的身份惹来杀身之祸,不敢将灵宝丹公之于世,但知此药之珍贵神奇,生怕失传湮灭,遂立下祖训:"天赐宝丹,济世良方,普度众生,唯我独传。"对灵宝丹的药方及制作方法严加保密,只限于在王姓家族内传承,且传男不传女。得传者必起誓:"丹在我在,我可亡,丹不灭!"

　　灵宝丹默默在王家传承了数百年,他们像普通人那样过渔农生活,没有将灵宝丹作为商品来谋生。但他们要定期秘制方药,以传承制法和检验药效。为制作丹药,王家耗尽家财,因灵宝丹用材昂贵,取之不易,他们又不敢卖药,老百姓也买不起,制作的丹药多为收藏和家族内使用。但在闽南几次瘟疫大流行和战乱期间,他们不忍百姓疾苦,拿出珍藏的丹药救助民众。灵宝丹的名声因此传开,在闽南、香港、台湾和东南亚一带成为广受民众欢迎的神药。民间盛传鹭岛有王氏神丹。后因求丹者众和制丹所需,王家在民国期间才在厦门厦港人口密集区开起了"正合药号"。"正"即正宗,一是表示来自宫廷的嫡传正派,二是取正大光明、诚信无欺之意;"合"

是指修合，就是指中药从药材的采集、加工到配制的过程。

正合药号除了制售灵宝丹外，还兼营中药材和行医看相，和事劝善，药号当家人成为当地受人尊敬的王仁医。后随厦门城市开发和药店发展，1929年，厦门的华侨集资兴建繁华的商业街大同路后，他们遂从厦港迁至大同路至今。

灵宝丹传到了王良用这一辈，已是王家第七代。但他却遇到了日寇侵华的民族危亡时刻。国难当头，如何保住祖传的秘方不落入外族敌手，成了王良用的心头大患。

这是他不时看天象、谋良策的原因。

母亲的眼皮已经被气得不跳了，她从摇椅上下来，对儿子和孙子宣布："你们都听好了，灵宝丹是祖上传下来的，也是宫里才有的，不仅是我们王家的，也是咱们中国人的宝物！你们要好生守着！"

"是！"儿子和孙子恭敬地回答。

馨蕊急得要哭："那日本人来了我们怎么办啊？"她又想起门外的两个浪人。

王良用说："我们的军队还在嘛！"

"大过年的，别哭丧着脸好不好！"儿子王方明摆出一副男子汉的样子，"我们有一五七师，日本人都忌惮的！黄师长把膏药船都打跑了！你怕什么呀！"

"哦，对！"馨蕊破涕为笑，想起前不久一五七师击退日本军舰的事，便又兴奋起来了。

这是近来最鼓舞人心、最让厦门人感到自豪的战绩。

1937年9月3日，一直在台湾海峡游弋的日本海军驱逐舰"夕张""若竹"和"羽风"号三艘船舰，突然大摇大摆地驶入厦门海域。

这已经不是他们第一次入侵中国领海。早在1937年7月7日抗战全面爆发以来，日本军舰就肆无忌惮地在厦门港口进进出出。中国军队的海上力量十分薄弱，厦门的驻军只能望洋兴叹。虽然有白石、磐石、胡里山和屿仔尾炮台，后来又增加了五通和何厝临时炮台，但设备老旧，德国产的克虏伯大炮还是清朝末年买的。嚣张的日本海军根本不把中国军队放在眼里。

8月1日，就有日舰"夕张"号和"追雨"号驶入厦门港，居然向时任厦门市长的李时霖抗议厦门的报纸宣传抗日。等于是豺狼侵入羊群还不允许羊叫唤，这是在试探厦门的态度和实力。

消息传到海外，东南亚各地闽籍华侨和爱国人士同仇敌忾，纷纷来函来电要求国民政府调派得力部队守卫厦门。也才有一五七师临危受命，于8月21日进驻厦门。

一五七师的到来让日本人大为不安和恼火，他们听到十九路军和黄涛的名字都会感到忌惮的。日军南支舰队司令长官谷川清曾对手下大熊司令官交代："黄涛是一个很典型的德派军人，善于用兵。还有厦门的要塞炮台威力很大的克虏伯大炮，你一定要小心谨慎。"在他眼里，有黄涛和十九路军的将士在，"厦门就是一个顽固的抗日据点"。

此时淞沪会战还处于胶着状态，为切断上海的海上补给，日本第三舰队司令长官谷川和东京的日本外务相于8月25日联合发表声明，宣布封锁中国中部至吴淞、汕头一带的海域。在此禁区内不准中国船只航行。厦门是广东与上海之间的重要中继，现在成了禁区，等于厦门的海上通道也被关死了。

声明发表，一夜之间，厦门港外麇集着十多艘飘扬着膏药旗的日本军舰。他们早就有备而来。

为了试探一五七师的虚实，日军在9月3日这一天开始行动。先是十二架战机分四个批次飞抵厦门上空，对厦门海军司令部进行扫射投弹。然后三艘战舰排成不同阵势分别炮轰白石、胡里山炮台和曾厝垵海军机场，意在破坏厦门的防御工事和指挥中心。白石、胡里山炮台和曾厝垵海军机场顿时淹没在硝烟中。

黄涛师长早有准备。这位毕业于德国陆军大学的职业军人，怀着精忠报国的信念，留学期间特别到德国鲁尔区埃森兵工厂学习大炮操控技术，后又到捷克学习新式兵器三年。他在上海吴淞口就打得日本人不得不转移战略方向。来到厦门后，他的大炮操控技术得到了更好的发挥。他总结上海的经验，结合厦门的实际，除了用好厦门四大炮台的克虏伯大炮能远距离重创日舰的优势，又从漳州调来六门新式克虏伯速射炮，架在厦门制高点云顶岩上，以弥补几个炮台填弹时的空隙，编织了绵密的火力网。日舰的到来，正好让他一试身手。

他立即指挥厦门各炮台反击，居高临下压制住敌人的炮火。胡里山炮台的克虏伯大炮不负使命，一炮击中了日舰"若竹"号。"若竹"号顿时哑火，失去了战斗力。另两艘日舰见势不妙赶紧掉头逃跑。

此役大胜，首开中国战区击伤日舰的辉煌战绩。全市振奋，华侨们更是扬眉吐气，海外祝捷和慰问的电报如雪片般纷飞而至。海外华侨和社会各界纷纷向驻军捐款、捐物慰问，军民士气大涨。

黄涛在海外华侨和民众的支持下，从香港、菲律宾进口了一千多桶水泥，从胡里山炮台至五通、霞边、香山等海滨要塞，建筑了一百多个轻重机枪碉堡，以便近距离击退日军登陆部队。同时组织训练壮丁义勇队，厦门民众积极响应，参战者众，义勇队最多可达万人以上。

这期间，日军又多次试探飞机轰炸和军舰炮击厦门，均受守军猛烈还击，讨不到便宜，故暂时不敢贸然进犯。民众对日军的骚扰也渐渐习以为常了。

这就是王方明认为日军不敢轻易再来的原因。但他因奶奶的话觉得自己重任在肩，就对妹妹说："他们来抢也是冲我和爸爸来的，灵宝丹传男不传女大家都知道，没你什么事！"

妹妹却说她也要为保护灵宝丹出力。哥哥说："你照顾好阿嬷就是出力了。"

王良用为了安慰老母亲，也叫大家不要慌，厦门暂时无忧。但他觉得该来的还是会来，他忧心忡忡地又看着外面的天际说："我们也要想个对策，做最坏的打算。我看到白虎星闪亮，是为凶相，有血光之灾。"

奶奶说她眼皮跳就不是个好兆头。说得两个孩子又心惊肉跳。

久未说话的妻子秀妏开口了："天塌下来，也要把年先过好。咱们先放鞭炮，驱驱邪。"

这时，墙上的挂钟指针快到12点了，王方明兴奋起来，让妹妹赶紧到后面去喊家丁福气，自己也往店面走，他们要到街上去放鞭炮，顺便吓吓那些浪人。每年都是他们俩放鞭炮，福气负责把一长串的鞭炮摆好，然后躲到门板后面捂紧耳朵。王方明拿着点燃的香火，伸长手臂，两腿做起跑的姿势，待香火把鞭炮的引信点着，赶紧也跑到骑楼砖柱后面躲起来。接着就是震耳欲聋的鞭炮声。今年他们要放的鞭炮更多更大挂，要把那些浪人和阴气轰走。

家里的佣人都放假回家过年了，只有福气还住在后面的平房里。福气是个孤儿，无处可去，他的年夜饭也是秀妏打了一份给他，他一人在自己的房间里吃的。

福气是十五年前被遗弃在正合药号门口的病孩，约五六岁的模样，身上长满了脓疮，发着高烧，奄奄一息。可能是他的父母无力救治，就把他放在正合药号门口，王仁医的名声传扬四方。他家有神丹，能救好孩子。

那也是个寒冷的冬夜，王良用听到店面的铃铛在响，赶紧出去。小方口却看不到人影，正纳闷着，看到一条野狗从远处直冲过来，似乎小方口下面有东西可吃。他喝退野狗，从左边开了门出去，看到小方口下面有一个布包，凑近一看是个病孩，而街上却看不到人影。

"作孽啊！"他呻吟一声，以前也有这种情况，他已救治过不少，实为一种负担。但人命关天，他也不能弃之不管，药号门口摆死人，是医家的耻辱。遇到这种情况，他都尽心医治。不管救好没救好的人，他都会在店门口张贴告示，请亲属来认领。治好的，家人会提一篮鸡蛋或两包面线来领人，千恩万谢，说以后当肝脑涂地回报。但多数只是说说而已，因这种做法令人不齿，他们无脸见人而不再出现。没治好的，有的有人哭哭啼啼来收尸，王仁医还得倒贴钱财给他们料理后事。有的连尸体都不认领，他只好请寺庙里的僧人来做功德收走，费用也是他出的。

  这类事情见多了，对眼前这个病孩他也不以为意。抱进去，让太太用桑叶加上他喝过的功夫茶茶叶渣煮一锅水，冷却后将病孩脱光身子泡入装在木盆的水里，头托住。身上的脓痂慢慢化开脱落，捞起擦干，溃烂部位用灵宝丹膏涂抹，盖上药布包好。然后抱住身子，头朝下，用布轻洗头发和脸，很多头发随脓痂脱落。洗过后仍擦干、上药，包好。同时喂以清热解毒的中药汤剂。孩子退烧恢复元气后，再给米汤、菜汤、肉汤、鸡蛋、牛奶喂养。半个月后，病孩慢慢就活转过来了，其实还是个长得很周正的男孩。

  王良用照样贴出告示让病家来领人。但告示张贴出去数月都无人来认领。问孩子叫什么名字，多大了，家在哪里，他除了睁大眼睛摇头，啥也说不出。问愿不愿意留在店里，长大后当伙计，头却点得跟小鸡啄米一样。奶奶都笑说："精鬼着呢！"王良用就给他取名福气，收留在家，让家里人好生待他。

  福气看起来比王方明略大一两岁，王良用就让福气当儿子的书童，两人一起成长。福气知道王家是自己的救命恩人，且对自己仁至义尽，他也忠心耿耿，愿为王家赴汤蹈火。长大后，家里的重活、苦活都是他抢着干的。让王家人觉得捡了这孩子也值得。

  放过了鞭炮，年轻人就忘了眼前的阴霾，仍高高兴兴地过年。王方明攻炮城果然成功了，像中头彩一样，又奖励了一大筐鞭炮。

从初一到初四,他天天都在放鞭炮。馨蕊则买到了中意的牛皮钱包,整天把自己的零花钱装进去又取出来,好像那个钱包会生钱一样。

王良用却感觉年夜饭吃下去的就像是石头和铁块,全部沉甸甸地卡在心头消化不了。儿子和福气在街上放鞭炮时,他和几个女眷到二楼的露台上观赏。从家家户户轰鸣的鞭炮声和飞扬的纸屑里,他看到了女儿说的几个鬼影,便下定了决心,要尽早让从小就学会制丹的儿子带着灵宝丹的秘方远走内地躲避,留住灵宝丹的根。自己暂时留在厦门观望,万一形势不好,再带一家老小离开。灵宝丹在香港和新加坡都有经销点,他也想到这两个地方去投靠生意伙伴。但正合药号的根基在厦门,要一大家子远走他乡实在下不了决心,权宜之计是让儿子先离开。

他跟母亲和太太说了这个决定,两个女人立即哭成了泪人。但她们也不得不接受这个现实,对王家人来讲,把灵宝丹传承下去就是他们的命,其他都是次要的。她们虽然不姓王,但嫁入王家,就好像是嫁给了灵宝丹,灵宝丹成了她们生命中至关重要的存在。

母亲抹着泪要求,元宵节过后才让孙子走,毕竟闽南人是过了元宵才算过完年的。王良用认为可以,他也要有时间做充分的准备。这段时间尽可能多制一些丹。

不知情的王方明仍像往年那样,"初一早,初二早,初三睡个饱……",直到十五玩了花灯,吃了元宵,心才慢慢收回。毕竟他只有十八岁不到。

2 沦 陷

元宵节一过,王良用觉得不能再等了。

曾经让日军感到心寒和给厦门人撑腰的一五七师,不知何故在1938年1月19日被国民党军调走了,改为西北军第二集团军的七十五师来守卫厦门。连辅助军事行动的厦门航空处、海军气象台、海军煤栈等机构也都进行裁撤,国军大有弃厦门不顾的意思。

一五七师是个下辖两个旅,有六个步兵团,一个师直特务营,一个工兵营,一个通信营,一个炮兵连,一个担架医疗队,全师约为八千人的配备齐全、武器精良、训练有素、士气高昂的部队。而七十五师兵力不足两个旅,装备和官兵的士气都不如一五七师,且七十五师的师长宋天才似乎对守卫厦门没有信心,进驻厦门一个月后就把师部转移到漳州,守卫厦门的仅有四个步兵营、两个炮兵连和一个工兵排,由副师长韩文英坐镇指挥。这在厦门人看来,他的半条腿已经跑出厦门了。

关键时刻换防,这是军事大忌。驻军初来乍到的,对沿海的情况也不熟悉,知情人都不看好厦门的防卫。坊间传说市长高汉鳌已经为自己准备了退路,在鼓浪屿鹿耳礁租了一幢洋楼,以便厦门战事发生时可以托庇于"公共租界"当局。而金门沦陷时,金门县长邝汉在得知日军登陆后,带着家属仓皇逃往大嶝岛的丑闻也是人尽皆知。百姓们都效仿当官的,有条件的人也纷纷到内地投奔亲友。这也是王良用想赶紧把儿子送走的原因。

厦门军队的换防,给日本人创造了机会。一五七师调走,好比拔掉了日本人的眼中钉,为配合北边的战略,他们加紧了进攻厦门的准备。日本海军早就按捺不住了,他们频频在厦门海域活动,不断出动战舰和飞机炮击轰炸厦门,一方面威慑厦门军民,一方面破坏军事设施,浪人们的活动也更加猖獗和明目张胆。

王良用在正月十六的下午,早早关了店门。前一天他就让妻子做了儿子爱吃的同安封肉,这天又赶早市去买来土笋冻、蚵、鱿鱼、螃蟹等海鲜,煮了面线糊、墨鱼丸,炸了海蛎块、油葱粿,全家人像吃团圆饭一样又吃了一餐。把平时不能上桌的福气也叫来,让他坐在王方明旁边一起吃。

吃好了,天色也黑了。王良用才说儿子该启程了。

十八岁的儿子还一脸稚气,他不知道父亲要让自己去哪里,带点惶恐地看着父亲,又求救地看着奶奶和母亲。两个女人都别过脸不忍看他,母亲还偷偷抹泪。

王良用说已经在浮屿约了船老大,有船在那儿等着,会把他们送到海对面的嵩屿。嵩屿也有人接他们,会把他们送到角美的山前村,那里有一个经常给正合药号供货的农户张大水,可以暂住在他家。要是厦门的情况不好,就赶紧从那儿逃往漳州,再到龙岩内地。但往下就只能靠他们自己了,没有人接应他们了。他特地交代儿子,离开角美后,就不要让人知道他是正合药号的后人,灵宝丹也不要轻易出手。

他指着茶几上的两个包袱说:"这是给你们准备好的盘缠和灵宝丹,够你们用两三年的。没有我通知,你们不要自己回来。"

儿子左右张望："我们？我跟谁？"

"福气啊！"父亲说让福气陪他逃亡，免得一个人孤单单的。有个伴，遇事好照应。福气年纪比他大，力气也比他大，遇到不测可以保护他，平时可以照顾他。

王良用问福气："福气，你愿意吧？"

福气当即站起来表示："我愿意！"

王良用严肃地对他说："那我把少爷交给你了，你要照顾好他。不仅是他的人，还关乎灵宝丹。出了什么事，我饶不了你！"

福气跪地发誓："老爷放心！我的命是老爷给的，我死了都不会让少爷掉一根毫毛！"

"这就好。"王良用对福气是放心的，"但我希望你们两个都好好地活着。你们的责任是保护好灵宝丹，这比你们的命都重要。"他又对儿子说："你是灵宝丹传下去的独苗，你一定要为灵宝丹活下去！"说到这里，他不禁一阵悲怆，泪如泉涌，话都说不下去了。惹得全家人都哭起来。

王良用擦干了眼泪，说现在不是哭的时候。之所以要让他们晚上走，是要避开游荡在周围的浪人和他们的走狗。他要两人装着像平时出去玩那样，大大方方地走出去，不要让那些人看出他们是要离开厦门，注意后面有没有人跟踪。

他把包袱分成两份，为的是不要目标太大。一人身上绑一份，再穿上肥大的棉衣，就看不出身上有东西，好像只是空身出去玩。

奶奶和母亲过来抱了抱王方明，强忍着泪说："菩萨保佑你！""祖宗保佑你！"

临走时，王良用再次要儿子和福气发誓：以命相许，保住灵宝丹！

为了不引起外面的人注意，他们都只送到门板内，只有母亲关门时，佯装不高兴的样子对儿子的背影喊："整天就知道玩，早点回来哈！"

王方明也装作无所谓的样子说:"好啦好啦,看完电影就回来!"

馨蕊还灵机一动,也冲出来喊:"哥,回来给我带一包瓜子!"

"好的!好的!"

从门缝里看着儿子和福气消失在夜色中,一家人才默默回到客厅。王良用让母亲和妻子先回自己房间,他留下女儿,有话要对女儿说。

两个女人早就忍不住要找个地方痛痛快快地大哭一场了,立即上楼奔向各自的房间哭去了。

王良用留住女儿,是要违背祖训,把灵宝丹的药方和制作方法也教给女儿。非常时期只能用非常手段,多一个人掌握秘方,就多一线希望。万一儿子有什么意外,确保灵宝丹能传承下去。民间都知道灵宝丹传男不传女,女儿反而不会引人注目。他故意不让儿子知道妹妹也将掌握秘方,就是要让儿子拼尽全力保护灵宝丹。他也不让母亲和太太知道,这是为保护女儿考虑,越少人知道越好。

女儿还泪汪汪地为哥哥担忧,不知父亲留下自己要做什么。

王良用问:"馨儿,你知道宝丹的重要吧?"

"当然!"女儿说,只恨自己不是男儿,要不她也要负起传承灵宝丹的责任。她已经十六岁了,也要扛起重任。

王良用欣喜地说:"好!为父就要听你这句话!"

他告诉女儿,她将要像男儿一样负起传承灵宝丹的责任。从现在起,每天争分夺秒熟记药方和操作制丹方法,直到烂熟于心。

女儿兴奋地表示一定会学好。

王良用也提醒女儿,家族传男不传女的规定,除了怕女儿出嫁使秘方泄露外,还有一个原因是制丹时药方中的麝香有开窍醒脑、活血通经、止痛、催产作用,但对女性的生育功能影响很大。这个家规也是为了保护女儿。

馨蕊红着脸说:"人家还小呢。"

"但是，你也会长大，也要生儿育女。将来成家生育的时候，就不能制丹了，必须休整半年以上才能怀孕。记住了吗？"

女儿不好意思地说："我知道了。"

王良用又说："父亲希望你多生几个男孩，把灵宝丹传承下去。"

"哥哥呢？有哥哥就行了。"

王良用沉默不语，他有一种预感，儿子可能更危险，想要得到灵宝丹秘方的人，一定会追踪儿子的，但这只能听天由命了。他说："我没让任何人知道你也掌握秘方，你也不能让任何人知道你掌握了秘方。这对你的安全至关重要！将来你找了夫婿，也不能让他知道，这是我们王家的魂！"

王良用又抬头看天，他感到冥冥之中，甚至在遥远的天宫里，有一双双眼睛在盯着自己。他要女儿像男孩一样起誓。女儿一字一顿地发了誓。

可他们都不知道，他们这些话却被一个人听到了。

福气和王方明很快就到了浮屿。船老大果然在码头等他们，但此时是退潮，船开不出去，要等一个时辰后，涨潮了才能走。船老大让两个年轻人坐到船舱里等。

还要一个时辰？福气想到今天突然被老爷叫走，都没时间跟阿凤告别，心里七上八下的。阿凤是王家的丫鬟，已经跟福气好上了。两人约好，等过了年就求老爷成全他们，他们愿意一辈子服侍老爷一家，将来他们的孩子也是老爷家的仆人。可今天一走，不知何时才能回来，自己不辞而别，阿凤不知会多伤心！他想趁等潮水的时间回去跟阿凤说一声，浮屿离大同路很近的，一会儿就能回来。

他跟王方明说了自己的秘密和心情。

王方明叫起来："好啊，你们偷偷好上了我都不知道！"

福气说："这不是让你知道了吗？求少爷恩准。"

王方明当然没意见，就说："你快去吧，但只能跟她说我们出去采购，不能说我们要去哪里。"

"知道知道。"福气拔腿就跑。

他怕回来被老爷发现挨骂,不敢敲门。平时药号的门板都是他负责穿和卸的,他早摸透了一种无声卸门板的方法,就是在两片门板间用铁钎撑开一条缝,再从下面往上撬其中一块门板,就可以把门板移出石槽外,开出一个斜的缝,人钻进去,门板再移回来。他有时半夜偷跑出去玩,就是用这种办法。铁钎藏在骑楼一块松动的砖头下。

他就这样悄悄摸进去,经过客厅时,正好听到老爷与馨蕊的对话。吓得他不敢动,知道了这个惊天秘密,他连阿凤也不敢见了,连忙溜出去跑了。

王良用的担忧很大程度上来自金门的前车之鉴。金门与厦门和台湾的关系,犹如两艘大船之间的踏板。从厦门到台湾,或从台湾到厦门,都要在金门歇个脚。郑成功收复台湾,就是从金门出发的。日本人想攻占厦门,也要先占领金门。

在地理上,厦门离日本已经占领的台湾、澎湖最近,离南洋也不远。又是中国东南沿海的深水不冻良港,如果占领厦门,辟其为日本海军基地,南可与台湾呼应,北可断中国东南面的海上交通,还有利于日本实行"南进政策",侵吞东南亚。厦门又是闽南的门户,漳、泉的重要屏障。日军若占领厦门,北经漳州、龙岩可入侵江西;西经云霄、诏安可进犯广东。以此大举向内地进攻,实现他们开辟华南战场的目的,以配合他们攻打华北的图谋,让中国军队腹背受敌,且彻底切断中国华东华中的海上补给线。这是他们的战略需要。

此外,厦门还是日本人的眼中钉。因为厦门是南洋华侨的重要出入口岸,每年从这里输出约五万华侨。华侨爱国心切,他们一方面在南洋抵制日货,一方面向国内国民政府捐款捐物支援抗日。著名的华侨领袖陈嘉庚就是厦门人。

小贴士：

1928年5月3日，"济南惨案"发生的消息传到新加坡时，陈嘉庚立即于5月17日召开各界代表大会，呼吁侨胞救济祖国难民。淞沪抗战时，他发动华侨捐款支持十九路军。1937年10月又分别在马来西亚和新加坡成立"马来西亚新加坡华侨筹赈祖国伤病难民大会委员会"和"南洋华侨筹赈祖国难民总会"，并亲任主席。他还在1940年组织南洋华侨慰问团回国，到重庆、延安等地慰问、鼓劲，发表题为《中国的希望在延安！》的演讲。

而最让日本人恨之入骨的是陈嘉庚在国民参政会第二次大会上提出的"敌未出国土前，言和即汉奸"的著名提案。这是对1938年10月汪精卫公然发表的对日和平谈话、企图投降的迎头痛击。

据国民政府财政部统计，华侨自1937年至1945年捐款达13亿多元国币。此外还有大量的御寒衣物、药品、军用物资。据不完全统计，截至1940年10月，海外华侨共捐献飞机217架，坦克27辆，救护车1000辆，大米1万包。还有3219名会驾驶和维修汽车的南洋华侨子弟组成"南洋机工回国服务团"回国参战，奔赴在云贵运输线上。

所以，日本人攻打厦门，既有战略目的也有精神需要。不拿下厦门，他们是不会善罢甘休的。

从日本人占领的澎湖到厦门对岸的金门，中国军队根本就管不着。而金门岛上只有五万左右的人口，没有驻军，只有一支百来人的保安队，算不上正规武装，日军拿下金门易如反掌。在9月3日试探厦门失败后，日本人便将目标锁定金门。他们的如意算盘是先拿下金门，再取厦门。金门与厦门仅一步之遥，唇亡齿寒，厦门或将不攻自破。如果说金门是个纯朴腼腆的村姑，那么厦门就是个风情万种的摩登女郎。日本人视"两门"如囊中之物。

1937年10月25日黄昏，以一艘航母为首的九艘日本战舰，乘着暮色驶入厦门港外，与9月3日就在这里用炮火试探厦门的"夕张"号、"若竹"号两艘战舰会合。次日凌晨4时许，十一艘战舰悄悄逼近金门的后浦和古宁头等海面。然后从航母上起飞的飞机和战舰上的炮火齐发，三百多名日本海军陆战队员乘着十艘小艇开始登陆。

金门保安队和自发组织起来抗战的武装义勇队进行了顽强的抵抗，终因装备低劣战斗力弱而失败，多数勇士壮烈牺牲。金门县长邝汉却在得知日军登陆后，带着家属仓皇逃往大嶝岛。

26日中午，金门沦陷。岛上的居民除少数逃往厦门的，其余的都成了日本人抢劫、奸淫、屠杀的对象。金门是中国抗战以来最先被日军占领的岛屿，史称"华南的卢沟桥事变"。

从金门逃到厦门的人里就有王良用的生意伙伴，他们惊魂未定地对王良用说，日本人是畜牲，杀人如麻，又贪得无厌。金门的著名中药一条根，已被他们抢劫一空。他们劝王良用赶紧走，灵宝丹可不比一条根，绝不能落到日本人手里，那是我们中国人的宝物！说得王良用忧心如焚，才有了安排儿子出走、教女儿秘方的决心。

送走儿子，教会女儿制丹术后，王良用稍稍松了一口气。

徐州会战中国军队取得的胜利也让人看到了希望。他想再观望一阵子，如果厦门无大碍，就叫儿子回来。儿子在外面他也很不放心，而且战乱期间，生病、受伤的人多，店里的药供不应求，特别是灵宝丹，很多富人出逃时，都来大量采购，当作保命的护身符。现在多制一些药，就能多帮一点苦难的同胞。可兵荒马乱的，制药的材料很难配齐，采购这些材料，都是要家里人分头分散去买，以防被人猜测药方。如果儿子和福气回来，家里就多些人手，可以多制一些药。这一年多来，虽然日本飞机、军舰不断从空中从海上向厦门开火轰炸，但只要他们没有登陆上岸，厦门的生活还照样维持着。王良用想趁还能生产，多制些丹药，支持抗战的将士。"九三"炮击时，一五七师有人伤亡，他去慰问就捐赠了一百粒灵宝丹。看到士兵很快痊愈重返战场，他觉得自己也为抗战出了力。

日军自占领金门后，就不断地以小股部队做登陆厦门的样子。三番五次、虚虚实实的登陆行动，渐渐地麻痹了厦门人和厦门守军的警惕性，所谓兵不厌诈。

转眼到了5月9日这一天。这天是民国时期国人视为耻辱的日子，是他们心中抹不掉的痛。

1915年5月9日，中华民国第一任大总统袁世凯经过与日本长达一百零五天的谈判和周旋之后，被迫接受日本《二十一条》中的十二条内容。条约签订后，国人包括袁世凯都视为奇耻大辱，袁世凯本人亦把5月9日定为"国耻纪念日"。全国教育联合会决定，各学校每年5月9日举行纪念活动，以此警励国人勿忘此日，誓雪国耻。

所以，每年的5月9日，厦门各界人士就会举行纪念"五九"国耻的火炬游行。1938年5月9日这天也一样。但是，二十三年前的国耻未雪，如今日本人的铁蹄已踏破了祖国山河，现在日本人已经到了厦门的眼皮底下，这天的游行就更具誓师的意味。

厦门人不惧日军的空袭和炮击，"五九"这一天仍坚持游行示威。殊不知，厦门附近的海域，已经集结了日本的航空母舰、巡洋舰、驱逐舰、运输舰、登陆艇、飞机等海、陆、路空军近五千人，正在等待进攻的命令。

1938年年初，日本为了增援华南地区的海上力量，编制成立了第五舰队。为了攻打厦门，他们又调派航空母舰"加贺"号和三十艘舰艇以及第二联合海军陆战队等共三支部队，近五千人。

"加贺"号是日本最强大的航空母舰，可搭载六十架舰载飞机。"加贺"号上的航空部队，也是日军最有飞行战斗经验和实力的航空部队。加上各舰搭载的飞机，日本各类军机总数达一百二十六架。这样庞大的海陆空阵列，战斗力极其强大，说明日军侵略厦门志在必得。

5月3日，日本海军陆战队乘运输舰从日本佐世保军港出发，7日上午到达澎湖马公港，与日本第五舰队会合。5月9日上午，日军舰队共三十一艘舰艇，在澎湖马公港补充给养，调整人员后，一路向金门疾驶而来。傍晚进入大小金门之间的料罗湾隐蔽。料罗湾在金门的东面，金门岛的西面是厦门，军舰隐藏在料罗湾，厦门守军监视力所不能及。

厦门的游行活动从下午持续到晚上，先是穿着校服的学生举着小旗子上街游行喊口号。除了厦门本岛的，还有从鼓浪屿——集美过来的学生参加了示威游行。他们在厦门几个主要地段和场所，中山公园、鹭江道邮局、思明旅社、鹭江戏院、春风酒楼等地张贴标语、散发传单，发动市民店员出来参加抗议活动。渐渐地有工人、店员、市民加入，七十五师也有部分守备部队官兵参加游行。他们有的在中山公园集会演说，有的在美仁宫表演抗日话剧，当地的歌仔戏帮也参加进来，在文化宫广场演台湾日据时期的抗日斗争剧。卖小吃的小贩也趁人多大做生意，市民纷纷出来看戏听歌看光景，买各种吃食边吃边看。各种演说、口号、歌声、锣鼓声此起彼落。抗议活动似乎变成了市民的大联欢。

街上人头攒动，厦门各界有上万人参加游行。傍晚时分，以学生为主，一队队前来助阵的市民、工人、店员、军人，手持竹筒做成的火炬，准备等到天黑以后就点燃火炬，从中山公园出发，沿镇海路，经鹭江道到浮屿，喊完口号后再把火炬扔到浮屿的海里。

此时，在厦门寮仔后金泰茶庄附近，一伙日本浪人和厦门当地的泼皮后生以此为据点，派人混迹在人群中搞破坏。这些人都是日本特务头子井龟太郎在厦门期间培养出来的骨干。此时，井龟太郎本人正在进攻厦门的旗舰上。

他虽然蛰伏在五通外海的军舰上，等待着入夜发起进攻的时刻，但他仿佛可以听到厦门游行队伍的呼喊声，看到漂流在浮屿海面的星星火炬，他禁不住得意地笑起来。井龟对厦门太熟悉了！选择在今天攻打厦门就是他的主意。

戴着金丝边眼镜的井龟太郎是日本特务机关长年在台湾和厦门两地活动的敌酋。这个来自日本平户的特务头子，传说他的祖先曾追随闽南人郑成功打天下，赚到了井龟家族的第一桶金。而井龟家的血脉能延续至今，靠的是厦门的一款神药。这款厦门恩人赠送的神药不仅救了祖先的命，还在平户一次鼠疫大流行时，使他们家免于灭族。但由于时间久远，神药已经断绝，到后世连名称也叫不清楚了，只知道是什么"丹"，制丹人在中国厦门。井龟家的人基因里都有一个符号："去厦门，去找丹！"

井龟早年就学于日高实业学校商科，毕业后入台湾步兵第二联队服役，任队长。退伍后进台湾总督府警察官练习所学习，接受特务训练。此后他被派到台北，在"大日本南支派遣特务机关"任职。

在特高课接受间谍训练期间，他认识了一个台籍日本人——许雨林，日本名字叫许林一雄。两人一见如故、惺惺相惜，都不甘于平凡的生活，立志于要干一番大事业。不同的是许雨林祖籍泉州，先人赴台开基，创下家业，是南部台湾的首富。台湾割让日本后，他家的掌门人不愿当日本的臣民，举家内迁，定居鼓浪屿。但许家后人繁多，各有所爱，有不想离开台湾的，有的在台湾大陆两地游走，还有往东南亚、欧美寻找新天地的。许雨林家族属于愿意留在台湾效忠日本的一支。

许雨林儿时曾被送回鼓浪屿生活，对厦门、闽南印象深刻，尤其对闽南的美食念念不忘，还有他们家祖传的咏春拳法。井龟太郎听到他与厦门的渊源，身上的基因立即被激活，对许林一雄产生了强烈的好感，"去厦门！去找丹！"成了他近在眼前的奋斗目标。

那时日本早已图谋占领厦门，于公于私井龟太郎都觉得这是自己大展宏图的地方。为了便于从事特务活动，他不仅学会了闽、粤方言，还研究闽、粤风俗民情，号称"中国通"，深受台湾总督的赏识，被授予重任。1932年如愿奉调厦门，担任台湾总督府"善邻协会"事务嘱托兼厦门《全闽新日报》社社长，从事所谓的"中日亲善"活动，积极推行日本侵华的策略。

因为会讲闽南话，又出手大方，井龟太郎很快成为厦门各界通吃的人物。许林一雄也为他在厦门建立人脉出了很大的力，他到厦门上任的时候，带了多封许林一雄给他的拜会厦门名流的信函，毕竟许家在厦门是有影响的人物。井龟太郎则希望许林一雄也到厦门，两人一起在厦门施展拳脚，以实现他们早年的抱负。

到厦门后，井龟太郎就把寻找祖上传说的神药和掌握着神药秘方的王家人作为自己的重要目标。他原以为，要找几百年前的人家和药物，就跟大海捞针一样，可没想到得来全不费工夫。

因为经常宴请各方宾客，既是老饕又是酒鬼的井龟太郎，发现跟他斗酒的人，头天晚上喝得晕头转向的，第二天却照样神清气定。他大为惊异，厦门人是掌握了什么秘笈，才有这样的功夫？以他当间谍的本事，很快就搞清楚了，原来人家是吃一种名为"灵宝丹"的中药丸。而且厦门人都很迷信灵宝丹，有钱人家都备有几个灵宝丹，家里人有个无名肿痛、外伤痈毒的，灵宝丹内服外用都能见效。

井龟一听说灵宝丹，全身的血液都沸腾起来，直觉告诉他这就是救了他们祖先的神丹。因为时间久远，他们把药名都忘了，只记得叫什么丹，是不是灵宝丹他还不敢确认。他想去探探王家有没有一把刻着小龟的弯刀。

井龟请人指点，来到位于大同路的正合药号。

虽然是第一次来正合药号，井龟却像走到了一个熟悉的地方。这里的每一个画面、每一种声音都似曾相识。而他是第一次来厦门、第一次来正合药号啊！他甩甩脑袋站住，不相信这是真的，但感觉就是有两个自己,一个以前来过,一个现在才来。为什么会有这种感觉?他不得不承认,是祖先在冥冥之中指引着自己。

此时中日关系已今非昔比,当年日本落后于中国,井龟的祖上是追随中国人闯天下的,而现在日本人却把中国当肥肉吃。井龟太郎当然不把王家放在眼里,虽然王家有恩于他们,但那是很久很久以前的事情了,他现在不是为了来报恩的,他想知道的是王家人是否还在,灵宝丹是不是他们家做的。如果说当年王家先人救了他的祖先有什么后果,那就是成了现在井龟找上门来的线索。他心里在偷偷发笑,这有点像农夫与蛇的故事,他想的是如何把神药占为己有。

井龟太郎怀着复杂的心情走进正合药号。他在药号里东张西望,但那种似曾相识的感觉没有了,他略略有点惋惜。

药号里的人看出他是个日本人,对他在药号里的举动感到可疑,不冷不热地问:"老板,你是看病还是买药?"

井龟见多了厦门人对日本人的不友好,他也无所谓,答非所问地说:"主人在家吗?"

"你有什么事?"

井龟说:"我受人之托,来找主人问个事。"

店员只好去里面禀报王良用。

王良用出来。第一眼见井龟时,就有一种不祥的预感,这人躲在眼镜后面的眼睛有两道白光,杀气腾腾的。他心里一沉,日本人盯上自己了!来者不善啊!他沉住气,礼貌地请井龟到二楼会客室面谈。

井龟先自我介绍,他是日本在厦门的头面人物。他以为王良用会像有的中国人一样为他这样的人物登门感到荣耀。但他失望地看到王良用面无表情,只是客气地问:"社长大人到小店有何贵干?"

井龟就说了自己的先人曾追随郑成功攻打南京,然后问王良用,他的祖先是否救过一个日本武士。

王良用说没听说。的确，王家先人没有把救过一个日本武士当一回事，作为医者，治病救人是再正常不过了。

井龟又问："那，府上是否有过一把日式弯刀？刀柄上刻了一只龟。"

王良用眼睛一亮，这倒是有的，他小时候就玩过这把刀。因为有别于常见的小刀，铜把手上一只昂着头的小乌龟特别招男孩子喜欢。他们都用这把刀来削弹弓、竹枪。但经常是要用时找不到，不用时却在哪里出现，现在还在不在他也不知道了。他点点头说："有的，现在可能找不到了。"

井龟从身上摸出一把小刀，托在手上给王良用看："这样的？"

"是的。"王良用只用眼睛看，并不把刀接过来。

井龟悻悻地把刀收回去，说："我的先人跟您的先人有过交往。"

王良用不知井龟葫芦里卖什么药，两家先人有过交往应该没错，甚至自己的先人救过他的先人，但那又怎么样？能保证这个日本人对自己友好吗？古代的中国不是帮了日本很多吗？他们现在照样打我们。他只是"哦"了一声，问："你找我有事吗？"

井龟知道王良用并不想跟他叙旧，就说："灵宝丹救过我的先人，我对灵宝丹景仰已久，现在来厦门，理当来拜访一下。还想买一些灵宝丹。"

王良用冷冷地说："买丹可以的，店堂里就能买。我们统一价格，童叟无欺，你不用专门找我的。"他站起来，表示送客。

井龟不死心，又问："还有别人做灵宝丹吗？"

王良用正色道："灵宝丹是我王家独传秘方，别人做的不是灵宝丹，我们的灵宝丹有内标为证。"

因灵宝丹的神奇功效和昂贵价格，一些不法商人为牟利，竞相仿造，导致假药充斥市场，败坏了灵宝丹的声誉，损害了用户的利益。王家遂在灵宝丹的包装内附加一张内标，以表明自己产品的正宗。

内标称：本店秘制精料灵宝丹驰名二百余年，专治周身突发痈疽肿毒，各种疔疮及水火刀铳、虎狼蛇毒所伤。服之立即应效，其验如神……因有无耻之人盗仿本店丹物骗惑，害人不浅，于同治乙丑年再致内标为证，庶无两误。

"明白了。"井龟暗暗高兴，灵宝丹只此一家，搞定王家人，就能得到灵宝丹。

他到楼下店堂里买了十粒灵宝丹就走了，王良用也不送客。

井龟吃了灵宝丹后，发现灵宝丹不仅能解酒，还能让他发黄的眼球变白，晦暗的脸色红润，不禁大喜过望，赞叹中华文明的博大精深：能酿那么好喝的酒，做那么好吃的菜，再造出那么好用的解酒药，中国人实在是太聪明了！眼看着大日本就要把中国收入囊中了，把灵宝丹占为己有也不是难事。

他现在最怕的是王家人出什么意外，在他把秘方和制作方法搞到手之前，他希望王家人都好好的。他派自己的喽啰经常到正合药号转转，不要让王家人跑了。自己也想办法跟王良用套近乎，不仅自己吃灵宝丹，还买来送给他的上司和亲朋好友，成了正合药号的老主顾。

有时他会拍拍王良用的肩膀说："王，你要好好传下去，我才有丹吃。"

王良用想：这还要你说吗？但他看到井龟太郎的眼神就感到一种寒意，井龟像是要把自己吞了一样，那一定是他盯上了灵宝丹。而日本对中国的野心已是路人皆知，要是日军占领了厦门，灵宝丹就难逃一劫了！王良用开始回避井龟太郎，也考虑把儿子先保护起来。

但井龟在厦门是权重一方的人物，他惹不起也躲不起。幸好黄师长清除了日本间谍和浪人，勒令《全闽新日报》停刊，井龟太郎在厦门待不下去，回台湾去了，王良用才获得喘息之机。

井龟离开厦门时曾到正合药号想买一批灵宝丹带走。王良用却说因原材料短缺，灵宝丹断货了，只卖给他两粒。井龟太郎知道王良用故意不卖给他，心里恨恨地想：等我杀回来，灵宝丹就是我的了！现在他比谁都更想占领厦门。

为了促进日军尽快攻打厦门，他还把灵宝丹作为礼物献给同是酒鬼的日本海军舰队司令西岗，让他也爱上了灵宝丹。

学商科的井龟太郎知道，掌握了灵宝丹的秘方，无疑拥有了印钞机，这种独门绝技，是谁都学不来的。他对西岗比划着说："占领厦门，抓到王家人，学会制作灵宝丹。再把他们……咔——"他做一个砍头的动作，"灵宝丹就是我们大日本的了！"

"哈哈哈！"两人狞笑起来。

西岗还像鸭子一样跳着转圈圈，叫着："丹！丹！丹！"日语"丹"的发音竟跟汉语一样！这也是他们从中国学到的文字。他们对抢夺灵宝丹也是志在必得。

金门沦陷后，井龟太郎立即出任"台湾日军司令部嘱托"，回到金门，在金门重新恢复出版《全闽新日报》，继续遥控潜伏在厦门的浪人和汉奸，为侵略厦门做准备。

他熟悉厦门的地形、海潮和民风，掌握着厦门抗日活动的情报。他知道，厦门人每年都会在"五九"这一天举行示威游行，是戒备松懈的时候。就是他建议日本海军舰队司令西岗在这一天进攻厦门的。他还对西岗说，等占领厦门后，把灵宝丹拿到手，这样的良药将为大和民族的健康长寿做贡献。

9日傍晚，厦门各界人士一万多人还在热闹地进行火炬游行，这正是井龟太郎想要的。茶庄里不时有人跑进跑出，这些在人群中跑来跑去的闲人，一边对拿着火炬兴奋地游行喊口号的学生大声呼喊鼓劲，唯恐天下不乱，学生越狂热越兴奋就越不知道已经到来的危险；一边互相挤眉弄眼，怀揣着太阳膏药旗奔向海后路的台湾银行、民国路的台湾会馆、厦禾路新世界娱乐场等地，准备里应外合，等日本军队打起来后，就在这些建筑物屋顶挂上太阳膏药旗，制造日军已占领全厦门的假象，以瓦解军心、民心。还有一些日本浪人已经潜入五通附近的海边，准备给登陆的日军引路，袭击我军后方。井龟太郎特别交代爪牙要盯住正合药号，一旦日军登陆成功，就活捉王家人。一定要活的！他本人也守在军舰上，只等日军登陆成功，就要重返厦门，找回他以前的荣耀。

9日深夜，活动了大半天的厦门学生军民都疲乏歇息。参加游行的七十五师部分官兵深夜徒步走回五通驻地时，已是人困马乏。

这是农历初十夜，弦月微光。凌晨1时，日舰离开隐蔽的料罗湾，驶向厦门岛的东南海域，在幽暗中悄悄潜入厦门禾山五通浦口海岸外两千五百米的海面上抛锚。这是他们早已选定的登陆点，五通海面平缓，利于登陆。五通附近的香山炮台，是厦门炮台阵列里威力最小的。从这里登陆，还可以避开停泊在厦门南部海域的英、美、法军舰，以免暴露。

10日凌晨2时30分，弦月隐没，大地一片漆黑，刚好又是潮水最低的时候。日舰开到五通至香山一线海域，满载着海军陆战队队员的登陆艇，分四路悄悄驶向凤头至浦口一线海岸。3点15分，第一大队敌人首先从浦口社南部海岸登陆。接着，第二大队也从浦口社登陆。

此时，浦口前线阵地只有七十五师四四六团二营九连的八十多人，发现敌情后立即开火。双方一交火，日军马上改变隐蔽偷袭为正面强攻，敌舰立即向我守军阵地猛烈炮击，日军陆战队在炮火的掩护下突击上岸。浦口守军人少，基本没有重型装备，但他们仍顽强抵抗，希望为后方的援军争取时间。他们阻击了约半个小时，不敌日军强大火力和兵力，日军突破防线，抢占滩头，九连官兵全部在激战中殉难。

另一支侵略军志贺部队也在当日4时半强行登上五通凤头社，逼近我方守军阵地，七十五师参谋主任楚恒仁得到日军登陆的消息后，亲自率领保安队和壮丁队赶到前线增援，与遭遇的日军展开激战。经过一个多小时激战，楚恒仁和官兵坚持到弹尽粮绝，全部战死疆场，无一人投降。其中副营长马忠喜身中数弹，还使尽全力爬到树上，居高临下打死几个日本兵。当他像靶子一样被日军射杀时，仍保持着战斗的姿势，殉职时尸体仍挂在树上。

战斗打响后不久，日军舰炮即对白石炮台和虎仔山炮台我方阵地进行攻击。因为我方炮台的威力曾让日军胆寒，他们怕在海上的日舰被我方炮台击沉。

天亮以后，日军飞机开始轮番轰炸、扫射地面目标，以掩护地面部队的强攻，并破坏我军阵地和军事设施。为了阻止厦门周边国军增援，日军同时对厦门周边的闽南大陆进行轰炸、扫射和侦察。致使11日早晨驻泉州的八十师二三九旅以两辆汽车装载机关枪二挺、迫击炮五门赴厦增援时，在泉州附近浮桥的地方被日机炸毁。

五通滩头阵地吃紧的时候，七十五师副师长韩文英亲自率领四四五团一营增援，他们步行到高林时，与日军右路部队第一、二、三联队遭遇，双方短兵相接，战斗异常激烈。所有参战的国军将士，都表现出大无畏的英勇气概，虽然在海陆空全方位进攻的日军面前，他们兵力不足，装备差，明知抵挡不住，但他们没有放弃。韩文英身先士卒，身负重伤。一营营长宋天成也阵亡。所有的人都顽强抵抗，虽伤亡惨重，但仍不退却，打到最后一个人。敌人趁势进攻，进入东芳山、龙山、江头一带。

我军退到江头抵抗，四四五团二营赶来增援，营长杨永山在战斗中臂部受伤，仍坚持指挥战斗。七十五师二二三旅司令部主任参谋樊怀明也在前线督战参战，莲坂、龙山、东芳山失陷时，樊怀明上校在战斗中壮烈牺牲。他是此役我军牺牲的最高军衔的军官。

由于我军没有制空权、制海权，头顶上扛不住敌军的狂轰滥炸，10日早晨8时45分，日军登陆部队已全部登陆完毕，从各个方向向市区逼近。

3 殉 道

五通的枪炮声打破了厦门沉寂的夜，人们从睡梦中醒来，以为又是以往的偷袭，一会儿就会停了。但枪炮声却越来越密集，天亮后又有飞机轰炸，海空并举，前所未有。大家才紧张起来，莫不是日军真的来了？想到的第一件事是"逃！"。

可厦门是个岛，出岛只能靠船，一时哪来那么多的船载十几万人逃命呢？

王良用得知日军在五通登陆后，长叹一声，知道大势已去。大同路上的店家多数已逃往内地，有的正往鼓浪屿跑。鼓浪屿是离厦门最近的岛，又是万国租界，由英美控制，日本人暂时还不敢动鼓浪屿。

王良用也想上鼓浪屿，无奈他那快八十岁的老母亲死活不肯离开正合药号。她说："我都这把年纪了，做鬼也要留在这里！我要跟我们的列祖列宗在一起，将来我孙子回来才找得到我。"

王良用是个孝子，他不能让母亲一人留在店里，就决定自己陪母亲守在药号，他也想跟王家祖先在一起，仿佛他们都在药号的角角落落里看着自己呢！他让妻子和女儿尽快逃往鼓浪屿。

妻子说:"我跟你们在一起,要死大家一起死。"

"女儿呢?你得看着女儿长大呀!"王良用急得直跟女儿使眼色。

馨蕊昨天也参加了游行,闹了一整天。到晚上10点多才领着一个女同学回家来。这位叫瑶琦的同学是王家人都熟悉的,她家住鼓浪屿,她与馨蕊都是鼓浪屿毓德女中的学生。这天她们学校很多人到厦门来参加抗议活动,瑶琦错过了回鼓浪屿的渡轮。馨蕊就邀她到自己家来过夜,第二天再回鼓浪屿。没想到这天夜里日军就打进来了。小孩子睡得沉,外面的动静么大都没把她们吵醒。

天快亮时,王良用把女儿和她同学叫醒。当着瑶琦的面就把家里所剩的灵宝丹和值钱的东西打包交给馨蕊,让她与母亲和同学一起到鼓浪屿避难。

"你和奶奶呢?"女儿还睡眼惺忪的。

王良用苦笑着说:"我和奶奶看家,你们快走!"

"我不走!"馨蕊叫起来。

"傻孩子,你要照顾你妈妈。别忘了我交给你的任务。"王良用意味深长地说。

馨蕊明白了自己的使命,就咬着嘴唇不敢再吭声。

刻不容缓!王良用与妻子和女儿拥抱告别,让她们赶紧走,只怕是现在过渡都很困难的,叫她们花大钱也要尽快雇船上鼓浪屿。现在只有鼓浪屿是暂时安全的,也只有鼓浪屿还留有一线出逃的希望,厦门没地方可以躲了。早上高崎的方向也响起了枪炮声,估计敌人也从那儿登陆了,以切断集美往厦门方向的通道,以防援军到来。还听说有日本飞机在筼筜港投空降兵,都是为了把住厦门的咽喉,不管是不让人逃出去,还是阻击援军的到来。

馨蕊与同学带着母亲赶往海口时,果然过海的渡轮已经看不到了。穿梭在两岸的是各种小舢板,仿佛又回到从前。

> **小贴士：**
>
> 鼓浪屿与厦门之间的交通，以往都是靠古老的舢板、双桨小船摆渡的。人力小船一次只能运载5—10人，慢且危险。遇到风浪天，就几乎停摆。随着鼓浪屿与厦门经济的发展，人力小船摆渡已满足不了需要。后由厦门的社会贤达倡议，政府主导，民间集资，开始修建厦鼓轮渡码头，并于1937年秋天建成，成立了轮渡管理处，轮渡客船正式通航。先后投入了被厦门人称为"电船"的5艘汽船："利侨""利通""金再兴""厦安"和"厦兴"号，每船可载客100人。但好景不长，轮渡开通不到一年，厦门就沦陷了。沦陷后，厦鼓轮渡被日本福大公司强占，轮渡相当于一部印钞机，只要开通，钞票就源源不断流入。日本人霸占着轮渡，只用不修，只管收钱不管维护，直到1945年日本投降，厦鼓轮渡才正式收回，由原轮渡管理处接收。为使轮渡船班运行更为稳定，1947年9月19日，公私合营的厦门轮渡股份公司成立，厦鼓轮渡由该公司管理经营。

整个鹭江道挤满了人，都是在找渡船上鼓浪屿的人。船少人多，有的人强行登船，却掉进海里。有的人在船开动后仍扑过去，虽然抓住了船舷，一会儿也因手滑掉进海里，引来一阵惊呼声。到处都是求救的呼喊声和找人的呼叫声。馨蕊几个束手无策，在轮渡码头团团转，现在就是想花重金租船，也没有一条船是没出租的。

有水性好的青壮年，为了保命，扔掉身上的重物，找地方下水，准备游过海去。听说日军从五通过来，一路见人就杀，特别是男人，都被他们当潜在的敌人格杀勿论。与其在这儿等死，不如游过海去。对厦门人来讲，在厦鼓之间游个来回不成问题。只是现在船多人杂，日本飞机不停地来轰炸扫射，海里变得像汤锅一样，下去可能就变成了一块熟肉。

两个女孩都会游泳，但她们没有勇气下水。而且馨蕊有母亲，母亲不会游泳，她不能丢下母亲不管。母亲倒是劝她们游过去，她要回正合药号，与丈夫和婆婆在一起。

正犹豫着，突然听到有人喊："在这儿！"瑶琦被一个男人抓住了肩膀。

馨蕊下意识地扑过去要救瑶琦，大叫："你们要干什么！"

瑶琦却喊："自己人！自己人！"

原来是瑶琦的父亲见女儿一夜未归，日本人又在五通登陆了，怕女儿回不来，赶紧派人到厦门轮渡码头来找女儿，并托人在沙坡尾租了一条疍民家用的小船。他们找到瑶琦后，就把馨蕊母女一并带到船上。

馨蕊余惊未消，红着眼圈说："我以为浪人要把你抓走。"

瑶琦也很感动，抱住馨蕊说："蕊蕊，患难见真情，你是我最要好的朋友！我永远都不会忘记的。"

一行人上了小船，船东加上找瑶琦的两人，六个人把一条小船挤得满满当当的。好不容易摇摇晃晃地撑出沙坡尾，大家以为逃离了虎口，刚松了一口气，小船却在海面上打转，半天都划不动。周围是密密麻麻的往返两岸的大小船只，有运载力的大船、汽艇，早被官方和有钱人包了。附近的渔民和船家人都把自己的渔船、渡船、小舢板划出来，一方面是救人，一方面是发国难财，倒也十分卖力。

但因船多混乱，加上日本飞机不断地来轰炸扫射，大船撞翻小船或被炸弹激起的巨浪掀翻的事故不时发生。岸边、海里充斥着令人绝望的叫喊声。两个壮汉眼看着船要沉下去，就跳进水里，扶着船舷，半推半游。小船减载，快了许多，好不容易摆脱周围船只的纠缠，划到了靠近鼓浪屿的地方，突然，一艘疾速驶过的汽艇从后面擦着小船冲过去，附近的几艘小船都被掀翻了，船上的人惊叫着落到水里，汽艇却扬长而去。

馨蕊虽会游泳，但父亲捆绑在她身上的黄金珠宝、灵宝丹和不时快速驶过的船只使她几次下沉。她又担心不会游泳的母亲，不敢奋力往岸边游去。她拼命蹬着水，在落水者相互拉拽中寻找母亲。

无奈翻滚的波浪像大巴掌一样，一次次把她拍进海里，有时海水直接灌进她的口鼻，让她换不了气，她渐渐感到体力不支。此时日军的飞机又俯冲过来，贴着海面对渡海的小船和水里的人疯狂扫射。海水受飞机气流影响，海浪如小山一样翻滚。周围的船只撞来撞去，有的人直接被船只挤成肉饼或压到水里浮不上来。馨蕊感到心灰意冷，她看一眼熟悉的日光岩，心想自己就要死了，再也回不到厦门了。那就死了吧，她放弃了努力，让自己沉下去。

突然，一只有力的手托起她的身子，她感到背后有人在推自己，她看不到那个人的脸，只看到在她身旁划水的一只手大拇指的外侧多了一个像嫩姜一样的小指头。很快，她的脚踩到了海底的沙滩，那人把她的身体扶直站稳后，旋即一声不吭又潜回水里。她看到他像一条鲨鱼一样飞向另一个在水里挣扎的人。而海面上，尸体像死鱼一样顺流漂浮，海水也变了颜色，有一股浓浓的血腥味。她又在水里寻找母亲和同学，都没找到。

这时，一只苍鹭发出凄厉的叫声掠过海面，似乎也在寻找它的亲人。因为枪炮声，海鸟早就吓得不见踪影了，现在还在这里飞的，一定是个勇者。馨蕊看着飞远的苍鹭，心里奇怪地冒出"十一指，十一指"的念头，那个嫩姜样的画面定格在她的头脑中。若没有这个"十一指"，她可能也在海里喂鱼了。但容不得她多想，她昏乱又疲惫地慢慢向岸上走去。

馨蕊上岸后又在海滩上找母亲和同学，她多希望能看到母亲的身影啊！找不到母亲，以后怎么跟父亲交代？同学她是比较放心的，瑶琦会游泳，她还有两个家丁保护，不会有事的。但转了几圈，还是不见踪影。她又累又伤心，跌坐到一块礁石旁，终于忍不住哭起来。

忽然，耳边有人说："现在不是哭的时候，赶紧回家去！"她吓了一跳，回头看到礁石的另一边也靠着一个人。那人捂在胸口的一只手，大拇指上正好有一个小嫩姜！原来他是个长得十分俊朗的少年。

馨蕊心里一阵激动，一时不知如何是好。那人却一副筋疲力尽的样子，眯缝着眼睛看馨蕊，表情痛苦。

馨蕊镇静下来，迟疑着说："你？你受伤了！"她看到他的上身赤裸着，胸前有一道很长的裂口，都被海水泡白了，但血水还是从伤口流到腹部，肚脐眼积了一汪血。那人听到馨蕊开口了，反而闭着眼睛不说话。

馨蕊平时在药房里耳濡目染，知道怎么救治外伤。她赶紧从自己身上解下包袱，里面的灵宝丹父亲用蜡纸包紧，没有进水。她拿出一粒，剥开包装纸，让那人咬一小片，嚼碎吞下。然后找出专用的小刮刀，把那人吃剩的灵宝丹刮出细细的粉末撒在他的伤口上。

那个看上去有点玩世不恭的年轻人，这会儿听话地按她说的做，好像等着看笑话一样看馨蕊怎么折腾。

馨蕊蹙着眉头、抿着嘴，又心疼又小心地在他伤口上撒药。她的一缕长发垂下来，落在他的颈脖处痒痒地挠着。那人不知是伤口的疼痛减轻了，还是很享受馨蕊的操作，他全身放松，脸上露出调皮的笑容。

馨蕊撒好了药，又轻轻地在他伤口上吹气，仿佛吹出了仙气，那人突然坐起来，脸对脸跟馨蕊撞在一起。他顾不得问馨蕊撞疼了没有，惊喜地问："什么东西啊？这么神奇？"

馨蕊的鼻子都被撞酸了，眼泪流了出来。她突然发现自己与一个年轻的男子挨得这么近，更难为情的是男子身上的气息让她心慌意乱，她捂着鼻子答非所问说："没关系，没关系。"

男子才想到自己撞到了她，赶紧抓过她捂住鼻子的手说："让我看看。"他看到馨蕊泪汪汪的模样，却笑说："对不起。是你的药太神奇了,我才会撞到你!"

逗得馨蕊都笑了。

男人又问:"什么药啊?"

"灵宝丹,我家的老药。"

男人似乎对灵宝丹无感,随口问:"你家在哪里?"

馨蕊这才想到自己的困境,家呢?父亲和奶奶安好吗?母亲在哪里?自己怎么办?她眼圈红起来,努努嘴对着厦门那边说:"回不去了。"

那人也回到了现实中,恨恨地说:"狗日本!老子总有一天要找他们算账!"他问馨蕊有没有地方去,要是没地方去,可以到他家。他想到了什么,赶紧又声明:"我是说避难,你家里人要来都可以的。"

馨蕊又哭起来,说找不到母亲,不知父亲和奶奶留在厦门会怎么样,现在自己是孤身一人。想到一夜之间,自己突然从生活里的幸运儿变成了一个孤儿,除了悲伤,更有茫然。

那人安慰她,这个仇是一定要报的,现在先找个地方安身。

馨蕊说要去投靠同学,但不知她是否还活着。那人说,要是找不到同学了,可到他家。人家都叫他"十一指"。他伸出右手,让馨蕊看他像嫩姜一样多出来的小指头。笑呵呵说,你只要问十一指,鼓浪屿人都知道的。

连馨蕊都笑起来,她把用剩的灵宝丹放到他的手心,又从蜡纸包里再取出一粒给他。说回去继续内服和外用,伤口很快会好的。

那人握紧灵宝丹,说:"真是神药!谢谢你救了我!"

馨蕊说:"是你先救我的,我要谢谢你!"

那人像孩子一样说:"我们救来救去的,已经是患难朋友了,就不要客气了,你有事一定要来找我!"

"好!"馨蕊一阵温暖。她感到这半天,自己突然从一个无忧无虑的人变得举目无亲,今后怎么办?这个男人在困厄中给了她温暖,跟他分手的时候都有点依依不舍。那人似乎也有同感，定定地看她一眼后，才毅然转身离去。

馨蕊来到同学家，瑶琦已被她的家丁救回，看到馨蕊高兴地一把抱住，说："吓死人了！我以为活不成了！"忽又问："你妈呢？"

馨蕊眼圈又红起来，哽咽着说："在海里，不见了。"

两人默不作声。瑶琦安慰道："我们活着已是万幸了，海里死了多少人啊！"

馨蕊说，要不是有个长着十一指的男人救了自己，她现在就和母亲在一起了。

"啊？十一指？"瑶琦急问怎么回事。

馨蕊讲了自己得救的经过。但她没讲自己也救了十一指，想到男人赤裸着上身，自己几乎伏在他怀里上药，她又一阵慌乱。

瑶琦叫起来："是许家人！"

许家人在鼓浪屿是赫赫有名的。

他们家的神奇之处，就是隔一段时间家族里就会生出个长着十一指的男孩。这个十一指总是家族里不一般的人物，不是大善就是大恶。按照闽南人的习俗，发现刚出生的孩子是个十一指后，都会趁孩子对世界还无感知时，把多余的一指狠狠截去。似乎是斩断煞气，一般都是粗暴地用剪刀一铰了之。闽南人认为多出来的赘物带着邪气。可许家人却把十一指当成家族的荣耀，不但不剪除，还奉若珍宝。在他们看来，大善与大恶并无截然分野，这是祖先对他们的警示，让他们牢记许家的来历。

许家有记载的第一个十一指，是个叫许光头的男孩。许光头出生在泉州南安老家，是个贫苦的山区孩子。因出生时哭声特别凶悍，把要剪去他小指头的父亲吓着了，稍一犹豫，再无勇气下手，小指头就留了下来。但这孩子也在父亲心中留下了芥蒂，觉得不是个善茬，怕给家里惹来灾祸。想把他送人，可他的十一指让人望而生畏，没人敢收。

也许是留下了小指头，许光头还有一个不同于常人的特点，就是力大无穷，四五岁时就能提起满满一斗米。少时曾读过两年私塾，因为力大食量大，常抢私塾里小朋友的食物吃，被私塾先生劝送到武馆学拳。在他们那一带有南少林遗风，盛行咏春拳。

他边学拳边打柴，长到十八岁时，家里给他定了一门亲事。如果不出意外，他会像所有农家子弟一样过日出而作日落而息的生活，成家立业，生儿育女。无奈他还等着成亲的良辰吉日时，未过门的媳妇被当地恶少看上，强掳到家中欺凌。光头得知消息的当天夜里，就怀揣着砍柴刀，翻过恶少家中高墙，专挑挂帘垂幔的房间，见人就砍。然后只身逃离老家，直奔泉州港，随便搭上一艘出海的船就走。这艘船把他载到了台湾嘉义。

他最初在嘉义靠卖力气干重活谋生。有一次又是路见不平拔刀相助，为一个泉州老乡打败了地头蛇。一时名声大振，人家知道了他会咏春拳。泉州老乡就出面为他成立了武馆，许多年轻人慕名前来拜师习武。他当了教头，最多时手下有弟子数百。有一次当地部落叛乱，他带领弟子平息了叛乱，立一大功，受清廷嘉勉，得赏大片山林、土地。他从此种植甘蔗、水稻、茶叶，继而经营樟脑、白糖、大米、茶叶，开银号、办航运，搞国际贸易，遂成台湾南部首富。

许光头做梦也没想到自己会有这样的人生，他得出的结论是，如果在老家不出手杀人，他就不会逃到台湾。在台湾如果不平息叛乱，就不会得赏发迹。这里的善与恶很难截然区分，而他最清楚的是，每当他要出手行动时，那根小小的指头就会发红发烫。他认为这是神明在显灵，十一指就是他的神。因此定下家规，家族中若生出长十一个指头的男丁，必须严加保护，立为传人。可惜他本人娶了三房太太生了二十几个孩子，都没有生出多一个指头的。就在他即将抱憾离世时，长孙却是个十一指。许光头大喜过望，当即为长孙送上一只黄金小指环，并赐予大量土地、商号。后来，给十一指送黄金小指环成了许家的惯例。

馨蕊脱口道："我没看到有小指环！"

瑶琦笑她："哈哈，你是不是喜欢上十一指了？你送他一个。"

馨蕊羞红了脸，捶打着瑶琦说："乱讲乱讲！"

两人笑着扭到一起。馨蕊忽然想到失踪的母亲，又哭起来。瑶琦也跟着哭。

馨蕊却抹着眼泪问："后来呢，那个十一指？"

"很可惜，他却成了许家的败类。"

甲午战争后，台湾割让给日本。许家是嘉义的大户，日本人诱惑他们当傀儡，他们觉得许家的发迹是清廷的恩宠，他们只效忠清廷，不当日本的臣民。怕日本人报复，就举家内迁大陆，定居鼓浪屿。

这时许光头已经成为嘉义许氏祖先，许家繁衍到了第四代，许氏分支十几个，遍布台湾。有的回大陆，有的到东南亚，有的到欧美，很多族人互不相识。但十一指，成了他们认祖归宗的符号。

其中有一个长有十一指的许家长子，也许是身上特有的标志使他觉得负有使命，他既不避走大陆，也不臣服日人，却变卖家产组织抗日义军，与日本殖民者打了半年多。无奈属于散兵游勇，经费和作战能力都不足，兵败后逃回老家南安。却被腐败无能的清朝政府引渡给日本，被日人在嘉义当众以剥皮剜肉的酷刑处死。

许家遂与日本人结下了血仇，对清政府也恨之入骨。此后孙中山的三民主义如火如荼，许家人便投身孙中山的革命，在财力上积极支持同盟会，以推翻清王朝。

其时中国革命风起云涌，1905年8月20日孙中山在日本成立同盟会后，其南洋支部迅速在闽南华侨聚居的菲律宾、新加坡、槟榔屿、吉隆坡等地发展壮大，南洋各地不少华侨参加革命。这些南洋华侨多为闽南人，厦门又是华侨的出入口岸，同盟会的革命火种很快带到厦门。

许家后人亦追随革命,但分化为信奉马列主义的和信奉三民主义的,也有信奉实业救国、教育救国的。有的看破红尘出家习武,有的下南洋、过台湾,走上各自不同的人生道路。但祖上的家国情怀和对日人的仇恨像血脉一样根植在他们身上。

当然许家也有败类,曾有一个被族人寄予厚望的十一指,因迷恋一个日本艺妓,留在台湾,并成为台籍日本人。

"那他还会生十一指吗?"馨蕊很怕救她的十一指是这个人的后代。

瑶琦说:"他们家的十一指不一定出自同一支,有时隔代,有时隔亲。第一个十一指生了二十几个孩子,没一个长十一指的。但孙辈中却出了几个,后因支系庞大,族人分散各地,往后的许氏十一指就很难统计了,只有命运突出的才会被知晓。据说那个背叛家族的十一指,就是被家族中的另一个十一指刺杀的,他们认为留着他是家族的耻辱。但我想,救你的十一指应该不是那人的后裔。"

馨蕊松了一口气,觉得这个家族的确很不一般。她已经对救自己的十一指产生了说不清的好奇和惦念,暗暗盼着能再见到他。

连续三天,厦门那边都响着枪炮声,时而激烈时而稀疏。

在鹭江道的这一边,5月12日上午,有部分日军打到了鹭江道及第五码头和第六码头附近。他们用机枪对还在过渡的难民扫射,很多人被打死在海里。

井龟太郎也带着小喽啰第一时间赶到轮渡码头,他知道很多厦门的重要人物会在这里过渡,他要在这里拦截自己需要的大鱼。

因为厦门还没有被日军全部占领,他还不敢暴露身份,不敢轻举妄动。他看着在海里求生的人,得意地对亲信说:"他们就算逃到鼓浪屿了,我们也会追过去的!鼓浪屿迟早是我们的!"征服鼓浪屿,是他们侵略厦门的最高目标。他对手下说:"你们好好干,日后有重赏。"

厦鼓海峡仍是密密麻麻的逃生人群,鼓浪屿上的人也越来越多,有亲戚朋友投靠的去投靠亲戚朋友,没有的就露宿街头。岛上的食物、淡水一时都紧缺起来,原来被称为富人天堂的鼓浪屿已经乱作一团。

但鼓浪屿居民并没有因为难民的到来影响自己的生活而有任何怨言,而是立即行动起来,组织安排难民的生活。5月11日上午,很多学校宣布停课,高中部的大孩子到各个路口、码头去召集逃难的妇孺到学校住宿,有的同学回家向亲友募集旧衣服和食品,有的在学校帮忙照顾难民和搞卫生,仅毓德女中,高峰时期就收容了1300位难民住校。

由于战事发生得太快,来不及建立收容所,难民越来越多,他们就把公共场所全部腾出来给难民住。所有学校全部停课,寺庙、礼拜堂、戏院全部停止宗教活动和演出,所有室内场地都用来做难民的临时收容所。连因为经常有回声盛传有鬼而没人敢去的八卦楼、西林别墅都挤满了人。比起杀人如麻的就在眼前的日本鬼子,传说中的看不见的鬼已经不可怕了。到后来,鼓浪屿的很多住户都主动打开家门,接纳素不相识的难民。

因为鼓浪屿是公共租界,当时的管理机构是"工部局"。这是1902年,英、美等外国驻厦领事与清政府签订了《鼓浪屿公共地界章程》,把鼓浪屿划为公共租界而设立的,司职人员以英、美人士为主。占领鼓浪屿,等于与英、美为敌,此时的日本人还不敢与英、美撕破脸,就不敢贸然进犯鼓浪屿,也就给厦门的民众一线逃生的机会。

馨蕊和瑶琦像其他同学一样,参加了龙头渡口和黄家渡码头帮忙难民的志愿队,给难民带路,把他们送到可以落脚的地方。

那些刚逃到鼓浪屿的人还惊魂未定,一方面庆幸自己脱险了,一方面担心生死未卜的亲人。日军虽不敢对鼓浪屿开火,但对还在海里和厦门那边的人不停地射击,看着活生生的人一个个倒下、掉进海里,他们已经无法用悲痛和惊恐来形容了,对接下来的一切也是茫然无措的。

馨蕊幻想着能在难民中看到妈妈的身影,又盼着那个长着十一个指头的男人能突然出现在自己面前。几天辛勤的劳动都不觉得累和怕。

渐渐地,厦门那边的枪炮声由密集到稀疏、零落,最后是沉寂。只有浓烟从不同的地方升起,又慢慢在空中消散。海里的船只也没有了,原来在海里漂浮的被炸碎的船板,连同那些死难的冤魂,也已被海流带走,不知去向。鹭江道像一条死水。虽然波涛依然翻滚,但空无一人的海面给人死亡的恐怖感。

馨蕊得不到家人的音讯,她原来幻想着奶奶能回心转意,跟父亲一起逃到鼓浪屿。每天盼望在逃难的人群中能看到奶奶和父亲的身影,但每天失望而归,只能以泪洗面。她不知何时才能回到厦门,回到正合药号去找父亲和奶奶。

王良用抱着赴死的决心,淡定地与母亲守在药号里。母亲几次劝他走,他都不为所动,除非母亲愿意跟他一起走。可王老太说,她最近经常梦见自己的夫君,也就是王良用的父亲王世达。梦里的王世达总是深情款款地对她说:"多时不见了,你什么时候来相聚?"母亲认为自己该走了,去与丈夫相聚是一件开心的事。

母亲是决心已定,王良用却不能让母亲一人去死。他想到儿子和女儿各怀绝技,灵宝丹能守得住,多少感到欣慰。所以,陪母亲赴死也变成一件欣然的事。他这时才告诉母亲,自己偷偷教会女儿制丹术了。

母亲笑起来:"你当我不知道啊?你们父女俩天天躲在丹房里制丹,以为我不懂?"

王良用连忙说:"儿子有违祖训,母亲勿怪,这是不得已的。"

母亲说:"能把宝丹传下去,才对得起祖宗。你这样做是对的。"

有母亲这句话,王良用就放下心上的石头了。他现在义无反顾,要陪母亲去见先人,想到自己无愧于祖先,竟也感到温暖。

母子俩把生死想开了,就有一种慷慨就义的坦然。他们在10日那天,就把家里的佣人和店员召集起来,分别给了一些钱,让他们各寻生路去。要是厦门能躲过这一劫,大家可以再回来。

大家都惊慌失措的,拿了钱就跑。只有一个老伙计吴伯和丫鬟阿凤不想走,愿意留下来陪老板和老太太。吴伯是与药号有感情,他无儿无女,孤身一人,正合药号就是他的家,也要与药号共存亡。而阿凤家在内地,回不去了,她心里还在等着不知去向的福气哪天会回来,要是走了,怕福气回来会找不到自己。

但王良用坚决不让他们留下。他知道此次凶多吉少,自己与母亲是为正合药号殉道,不能让他们也跟着白白送死。他深情地说:"你们快走吧,为了正合药号也要好好活着!等哪天平安了,再回来看看。也许你们还能为王家做点事。"他想到了儿子和女儿,将来他们重振正合药号,还需要这些老伙计的帮助。想到生死未卜的儿女,王良用不禁泪流满面。

其他人也都哭成一团,最后他们不得不依依惜别。

所有的人都走后,王良用把药号门关紧,在门板后插上平时不常用的防匪木桩,就是两根方砖厚的长木桩,上下横贯插在门面两侧的角铁里,这样,门板不容易被推倒。他是怕浪人趁乱来抢,如果日本兵真的来了,那就抵挡不住了。

门面安排妥当了,他就与母亲躲到二进客厅里安心喝茶聊天。对着空寂的大宅,似乎回到了祖先面前,让他们悲喜交集,以往的一切都涌上心头。他们回忆家族的过去,说着有趣的人和事,渐渐走进家史,对正在逼近的日本人和远处的枪炮声好像都不当回事了。

但是,枪炮声越来越近,大街上却越来越冷清。王良用不时到临街的阳台去看看，整条大同路空无一人，他担心的浪人也没有出现。他想，也许日本人觉得胜券在握，不着急下手。这样的话，自己是不是还有机会逃？

他跟母亲商量：厦门成空城了，我们是不是也走？留得青山在，不怕没柴烧。日本人来抢，也只是抢东西，人在，宝丹就在。母亲突然也明白了，儿子在，灵宝丹才能更好地传承下去。为什么要在这里等死呢？她怕的是自己拖累了儿子。但自己不走，儿子肯定也不会走的。她下定决心，自己先走，儿子就会走的，还来得及。

她跟儿子说："好，我们走！"她让儿子去把平时运货的小推车找来，她腿脚不方便，让儿子用车推着她走。她呢，去收拾一些东西。

王良用很高兴，赶紧到库房里去找小推车。而老母亲却悄悄跑到前面的药房，找到一个装在特别的玻璃瓶里的砒霜，抓了一大把，放进配药台上的铜钟臼里，连捣几次。又找来一张包装灵宝丹的蜡纸，把捣成粉状的砒霜倒在蜡纸上，折弯蜡纸，让药粉集中在一起，抬起头，把纸里的砒霜全部倒进嘴里。开水是从客厅出来时就带着的，直接用温水送服。

她做这一切时一气呵成，没有一丝停顿，没有半点迟疑，好像是在配一服熟悉的药方，治一个普通的病症。只有在把砒霜倒进嘴里时，抬头的瞬间看了一眼高悬在墙上的"正合药号"牌匾，面容坚毅而欣然。

吃进去的砒霜像火流从食道到胃里，胃立即就像炸开了一样，她巨呕一声，吐出一口白沫，人就栽倒在地。她只记得把包装灵宝丹的蜡纸紧紧抓住，捂在胸前。她知道儿子一定明白自己的意思。

王良用在库房里找到小推车，赶紧叫母亲，却没人应。跑到客厅，没人影。上楼到卧室找，也不见人。又到厨房，也没有。赶紧冲到药房，一眼看到母亲倒在地板上，口鼻处都是血和呕吐物。他大叫一声扑过去，习惯性地摸脉，已经没有脉了。他大叫一声：

"妈！"使劲摇母亲，好像要把她唤醒。母亲放在胸前的手滑落下来，他看到母亲手里捏着的灵宝丹包装纸。他知道母亲的用意了，他要赶紧走，不能让母亲白死。

他站起来准备离开时，却听到街上有人声，一听就是浪人的日语。"来了！"他低吟一声，从小方口望出去，果然，那个矮矮的井龟太郎带着五六个爪牙正大摇大摆地走过来，一路指指点点。王良用知道自己跑不掉了，如果被抓，日本人一定要从自己嘴里抠出灵宝丹的秘方，到时自己只能以死相守，那倒不如现在与老母亲在祖宗的牌匾下死个痛快。他回头对母亲说："妈，我跟你一起走。"

他替母亲擦净口鼻处的污物，从客厅搬来两把太师椅，摆在药店正中"正合药号"的牌匾下。然后把母亲抱上一把太师椅坐好。自己也洗净手、脸，整好衣冠，用早已准备好的两桶洋油浇上家里剩余的中草药和制药的工具，给母亲和自己身上也浇透。然后坐到母亲旁边的另一把太师椅里，轻声说："妈，我们走。"把手里的洋火划开，未及把火柴扔出去，空气中弥漫的汽油就"轰"地一下子燃起来，两人立即被火舌吞没。他不让灵宝丹的蛛丝马迹落到日本人手里，要一把火烧尽。

这时他还能听到外面乒乒乓乓的砸门板和叫喊"开门"的声音，微微一笑，忍着疼痛抱住母亲，心里一遍一遍地念着："丹在我在，我可亡，丹不灭。"

井龟太郎等人砸不开门，里面冲出的热浪让他们靠近不了，也没办法叫人来灭火，只能眼睁睁看着正合药号燃着熊熊大火。大火持续了几个小时，所幸家家户户有做防火墙，王家的火没有连成片，把大同路全烧光。大火熄灭后，井龟太郎不甘心地再来一次，他没找到任何想要的东西，也没看到王家的其他人，想到灵宝丹就此销声匿迹了，自己心心念念的灵宝丹再也没有了，他气得挥着武士刀对准烧成炭的母子俩一阵乱砍。

王方明和福气已逃出厦门两个多月了。他们躲到角美一个依山傍水地下有温泉的村庄，借住在王良用的生意伙伴张大水家里。

　　张大水是个精明的生意人，家境殷实，除了有十几亩良田，还有一座建得像城堡的砖瓦房，空余的房间很多，来十几个人住都没问题。他热情地接待了王方明主仆，把一座独立的二层小楼腾给他们住。

　　张大水与王良用已经交往多年，对王良用的人品和家底是熟悉的。现在王家将独苗送到自己身边来，他真是大喜过望，他知道这个掌握着灵宝丹秘方的年轻人就像一座挖不尽的金矿。如果能把他招为女婿，那就是发了意外之财了！平时高攀不上，现在是机会难得，这是送上嘴的肥肉。而王方明俊秀的模样和城里人的时尚，已经让张大水的儿女们兴奋不已。两个女儿更是春心萌动，情意绵绵，张大水夫妇都看在眼里。他与老婆合计，这送上门来的乘龙快婿不能丢了！要想办法把他留住。两个女儿随便他挑，要哪个都行，或者两个都要也行。

　　夫妻俩对王方明好生款待，女儿也暗送秋波。年轻人经常结伴出游，上山抓鸟，下河捕鱼，采花摘果，温泉沐浴，玩得不亦乐乎。王方明每次想要打听厦门的情况，张大水都说："没事没事，包在我身上！有情况我就告诉你。"

　　5月10日之前，厦门的确一如既往。福气心里都有点闹别扭，没事跑出来干吗，害得自己跟阿凤都没见上一面。人家少爷是爽啦，在这里有吃有喝有人爱慕，自己却对阿凤牵肠挂肚的。特别是看到张家小姐与少爷眉来眼去的，他更是满肚子酸水。

　　厦门沦陷了，他们也不知道，张大水是故意隐瞒。他知道王良用有交代，厦门危险了，王方明就得赶紧往内地跑。王方明要是跑了，他的如意算盘就落空了。所以他是肯定不会让王方明知道厦门沦陷的。在小山村里，他们人生地不熟的，没有消息来源，张大水也有意让他们远离村人。日子反正也挺好过的，王方明渐渐就忘了身处的险境。

可福气却惦念着阿凤，因为没与她告别，不知阿凤会如何责怪自己。看到少爷与张家女儿玩得那么尽兴，越发思念阿凤。他想回去偷偷看阿凤，就跟王方明说，少爷在这里住得好好的，有张家人照顾，暂时不用去哪儿了。我们已经出来两个多月了，不知家里情况如何。自己愿意回厦门打探情况，反正他就一个下人，没人会注意他的。

王方明觉得也是，出来两个多月了，不知厦门怎样，家人怎样，是不是要继续往漳州、龙岩走。福气回去看看是可以的，有什么情况也好做决定，总不能一直住在这儿吧？就同意了，让福气快去快回。又特别交代，要是看到情况不对，就赶紧回来，不要丢下自己不管。福气说不会不会。

张大水也乐得福气不在这儿妨碍他们的好事。如果福气不在，他们趁机让王方明生米煮成熟饭，岂不妙哉！

此时日军已占领厦门全岛，厦门是十室九空，原来热闹的市井一下子变得萧杀，整个厦门犹如一座死城。

日军在13日完全占领厦门后，经过几天的清理，感到没有抵抗力量以后，16日开始允许滞留在岛内的居民外出。但他们上街必须被搜身检查，然后举着膏药小旗，表示自己是个顺民。如遇横陈路边的尸体，还得负责把尸体抬到小板车上，拉到海口丢入海中。收尸的过程持续了几天，市井才渐渐恢复正常。因为厦门是个岛，生活物资靠周边地区供应，战火停止没几天，就有人驾船到附近地区运送物资，厦门与周边的交通不知不觉地恢复了，虽然轮渡码头有岗哨严加盘查，人员和物资流动还是渐渐多了起来。

福气不知就里，他从原路嵩屿返回厦门。上岸时看到浮屿码头设了关卡，有保安队在逐一盘查，旁边建了一个高高的瞭望塔，上面有端着枪的日本兵。他吓了一跳，下意识地往后退，却被哨岗发现，有保安大声喊："站住！"瞭望塔上也有拉动枪栓的声音，日本兵把枪口对准了他。他不敢退，战战兢兢地停在原地。

两个保安过来，让他把手举起来，在他身上摸摸，没发现什么可疑的东西，问："你为什么要跑？"

福气用眼睛瞄瞄瞭望塔上的日本兵，说自己到内地走亲戚很长时间了，今天第一次回来，没见过码头是这样的，害怕。

保安说："你只要不抗日，就没什么好怕的。现在厦门是皇军当家了，你只要当良民，就可以过好日子。"日本侵略者正鼓励外逃的厦门人回岛内复市，有人回来他们都是欢迎的。

过了码头的岗哨，福气的心才稍稍定下来。从浮屿上岸后几乎就可以直插大同路，他突然灵机一动，不直接回正合药号，而是沿着鹭江道绕到中山路再迂回大同路。这样避免被人发现，同时可以看看厦门的情况。

他小心翼翼地往中山路方向走，路途虽不远，却走得艰难。路上行人稀少，偶有人走过也是行色匆匆。倒是对面的鼓浪屿可以听到人声嘈杂、人影绰绰。鹭江道上那些著名的海关、邮局、电信大楼都是关门大吉。到了中山路，沿街的店面大部分都没开，那些名牌酒楼、大百货、金店、布店、银行、当铺也都是店门紧闭。只有几家卖酱料、米面、日杂等生活必需品的小店，只开了一条缝，偶有顾客像小偷一样一闪而进，然后背着东西小跑而去。大部分的店面虽然没被炮火摧毁，但都一副奄奄一息的样子，有的窗玻璃碎了，临时用报纸或布帘挡着，犬齿状的玻璃残片还留在窗框上。

福气不敢走在街面上，而是贴着骑楼下的柱子走，差不多是从一根柱子奔到另一根柱子的，这些柱子给他某种安全感。但这些熟悉的红砖柱子和家家户户店面的门板，让他更怀念正合药号，更急切要见阿凤。后来，他忍不住小跑起来，恨不得立即回到正合药号。

从思明北路拐到大同路时，已经远远可以看到正合药号了，他感觉有点不对，还没看明白哪里不对，突然有人从背后一把将他推倒。

幸好年轻，反应快，他两肘撑地，头才没撞到坚硬的石板路上。他下意识地要爬起来，腿却被人踩住了。回头看到两个面熟的浪人在对他冷笑。

他被浪人反剪着双手拉起来。浪人认得他是正合药号的伙计，井龟太郎因没抓到王家人和他想要的灵宝丹而大发雷霆，这下可好，福气自己送上门来了。浪人问："你家主人呢？"

福气佯称他也是回来找主人的，不知道主人在不在家。

浪人指着烧成废墟的正合药号，幸灾乐祸地说："死了，烧死了！"

福气大叫一声，就要冲过去，却被剪着手，动不了。他喊的是"阿凤！"而不是老爷。如果药号烧成废墟了，阿凤还会好吗？

浪人把他带去给井龟太郎交差。井龟太郎也很高兴，这个福气他见过，他一定知道小主人的去向。福气却称自己也是来找主人的，因为他早先被派去岛外送药了。但浪人说已经有一段时间没看到福气和小主人了，他们一定是藏在了什么地方，福气一定知道小主人在哪里。

福气坚称不知道。他想好了，死都不能说，老爷已经死了，少爷再被抓住，灵宝丹就完了。

井龟太郎看福气的神态就明白他在说谎，也知道他没那么容易说出来的。他让手下好好修理福气，别打死了，但要他够难受。日本人折磨人的手段是很变态的，那些浪人正以折磨人取乐子呢。

才过了火刑和水刑，福气就扛不住了。井龟太郎看到他求饶的目光，知道快有戏了，就利诱他："你一个仆人，灵宝丹在谁手里跟你有什么关系呢？如果你供出王方明在哪里，我们拿到灵宝丹的秘方，日本人发了大财，也有你一份。"

福气现在是只求不死，要死也要见上阿凤一面。想到自己在这里受苦，少爷却在角美与张家女儿快活，不禁悲叹命运不公。

井龟太郎看出他的心理变化，又进一步说："同样是人，为什么人家在享福，你却在挨打？你不想过好日子吗？"

福气当然想了！可现在被日本人抓住了，想有什么用啊！

井龟太郎又说:"命运是掌握在你自己手里的,只要你说出王方明在哪里,你就能过上你想要的日子。"

福气最想要的日子是跟阿凤成亲,生几个孩子。以后自己开个小杂货店,养自己的老婆孩子,做一个有家有小的男人。他眼里突然闪着光,以前觉得这个愿望很难实现,现在想来,如果按日本人说的,找到少爷,就会给自己一笔钱,这样的日子就在眼前。他早就知道灵宝丹的价值,王家人靠个灵宝丹,几代人都吃不完,看着都让人眼红。他平时不敢有非分之想,这下借日本人之手,自己也许真能分得一杯羹。

井龟太郎看到了他脸上的欲望,又说:"我们找到少爷不是要害他,而是要保护他。中国迟早会被我们大日本拿下,他要是落到别人手里,人家不知道灵宝丹的价值,他就是个没用的'支那',可能命都保不住了!"他做了一个抹脖子的手势。

这个福气也是懂的,少爷不会跟人家说他掌握着灵宝丹的秘方,逃到哪里,兵荒马乱的,随时都会死的。不如说了,日本人要他制丹,不会让他死的。少爷不会死,自己也能活,还能发财,两全其美。如果不说,自己肯定死,少爷也会死的。

他问井龟太郎:"你们当真不会杀少爷?"

"当然不会!我们还要把他当贵宾供着,让他教我们制丹,带我们发财。"

福气想到老爷要他们以命相守,说少爷是不会把秘方告诉日本人的。

井龟太郎说:"会的会的,你相信我。制了丹,大家都可以吃,有什么不好呢?难道像他父亲那样死掉才好吗?"

福气觉得有道理,反正是药,大家都可以吃,谁做还不是一样?他就答应井龟太郎,等他找到阿凤,给一笔钱成亲安家,他就带他们去找少爷。井龟太郎哪管什么阿凤,一个巴掌甩过去:"走!找到少爷再说!"不管愿不愿意,押了就走。这时福气已经身不由己了。

4 苦难

王方明久久等不到福气回来，心里开始忐忑起来，生怕家里有事，也想回去看看。张大水劝他不要回，说听说厦门已经被日本人占领了，他回去是自投罗网。

王方明听说厦门已被日本人占领，心都凉了。父亲的担心没错，父亲要自己往内地跑，保住灵宝丹，自己却在这里乐不思蜀！他很痛恨自己，也不等福气了，准备独自去漳州。

张大水怕他离开，就说："你再安心等几天，也许福气就回来了。万一情况不好，我们全家陪你一起往内地躲。"

这话给了王方明极大的安慰，福气走后他就感到孤单无助。说要独自去漳州，心里却是怕得要命。如果福气能回来，有人陪伴就好了。要是不行，张家人愿意一起走也很好。他现在跟张家人已经像自家人一样了。

福气不在的时候，张大水的大女儿经常单独到他房间玩耍，其他人也都像有默契一样不来打扰。女孩聊到夜深都不走，弄得王方明心猿意马，小心地问："你这么晚不回自己房间，你妈不管吗？"

女孩却逗他："我要是不走呢，你准备怎么办？"说着，人就整个儿靠了过来。

王方明闻到了女孩身上散发出来的气息,那是一种陌生又令人不安的女性肉体诱惑。他一阵迷乱,不知所措地说:"这样不好吧?"手已经不由自主地抱住了女孩,身体也不听话地有了反应。

女孩早有母亲的调教,知道如何引导男人腾云驾雾。王方明很快就束手就擒,落入女孩的温柔乡里忘乎所以。偷食了禁果后,他也不再顾忌,看来张家是默许他们这样的,他自然成了张家的人。

张大水的想法是要十拿九稳,等女儿有了身孕,再跟王方明摊牌,到时容不得他反悔。

实际上,王方明已经认了张家,所以,就听了张大水的劝告,准备再等几天。但他已经不能再安心沉溺于温柔乡里了,他天天爬到半山上往村口眺望,盼着能看到福气的身影。

这天,他远远地看到村口出现一伙来势汹汹的人,引得村人四处躲闪。走在前面的就是福气!王方明脑袋一炸:完了!福气带着日本浪人来了,那个矮墩墩的日本人他是认得的,来店里头过灵宝丹,还问七问八的,父亲要他离这个人远点。现在他却来了!

王方明悲愤交加,福气一定投靠了日本人!父亲肯定是凶多吉少。现在怎么办?无论如何,自己和灵宝丹都不能落入敌手。他也不知道往哪里逃,第一个想法是向张大水求救,在这里,只能靠他了!他拔腿就往张家跑。

他大叫着冲进了张家。可这个时间段张家人都不在,张大水到镇上开店,张太太也去赶集了,孩子们在上学,房子里空荡荡的。他一下子没了主意,慌乱中又跑到自己住的小楼,拿出所有的灵宝丹,还想往外跑,却听到远处传来的喊声,知道福气带着人过来了。眼看着无处可逃,手里却拿着一包灵宝丹,难道就这样送给日本人吗?他记住父亲的叮嘱:宝丹不能落入日本人手里,秘方和制作方法不能让外人知道。现在怎么办,来不及把宝丹藏起来了,自己也不能被日本人抓走。他想到的是以死保丹,杀身成仁!要赶在福气他们到来之前把宝丹吞进肚子里！他用颤抖的手打开布包，看着一粒一粒像蚕茧一样的灵宝丹，心里说："爸爸，孩儿无能，只能以死保丹了！"

他抓起灵宝丹，毫不犹豫地一粒接一粒地塞进嘴里，又拿来冷水壶，大口喝水，把宝丹吞进肚子里。他不让灵宝丹落到敌人手里，也不想自己活着被日本人抓走。这样，灵宝丹装进自己肚子里，日本人就拿不到了！这样，自己也必死无疑！灵宝丹的秘方和制作方法就永远留在自己身上，日本人抢不走了！这是一个十八岁少年所能想到和做到的。他边吞边冷笑：福气，看你怎么跟日本人交差！

等福气和日本人冲进来时，王方明已经吞了所有的灵宝丹。他感到肚子胀得像大鼓，胃肠刀割一样地痛，他想吐，却吐不出来，只是有白沫从嘴里涌出。他面容痛苦、眼神发直，看到福气时，他想扑过去把他撞死，这个忘恩负义的畜牲！他"呜呜"叫着，用尽最后的力气扑向福气，人却口鼻出血栽倒在地。

福气吓得往后退，嘴里叫着："少爷！少爷！"

井龟太郎连忙过去翻过王方明的身子，把手放在他的鼻子前，想看看还有没有救，但已经没有气息了，又摸摸颈动脉，也没有脉了。他气得一脚踢开王方明的身子，又像拎小鸡一样一把提起福气，再狠狠扔下去。要是有带刀，他就会一刀宰了他。王方明一死，留着福气也没用了。

因为角美还是国统区，他们从厦门过来不敢暴露身份，井龟太郎只带了几个厦门当地的汉奸，他本人因为是中国通，汉语、闽南话都会讲，很容易蒙混过关。要不是认为灵宝丹太重要，他也不至于亲自带人来抓王方明，但他不敢带武士刀。

福气吓得跪在地上喊："他家还有一个女儿！"

"女儿没用的！"井龟太郎深谙王家祖训，说女儿不掌握秘方。

福气连连说："掌握的掌握的……"说他亲耳听到的，老爷为了保住秘方，也把秘方传给女儿了。而且女儿一定还在厦门。

"哦？"井龟太郎转怒为喜，他见过馨蕊的，一个眼睛忽闪忽闪的美少女，留住灵宝丹的希望就在她身上了！他立即转身回厦门寻找馨蕊。

可怜张大水一家，现在是人财两空。等到晌午的时候，第一个回家的张大水老婆发现了暴毙的王方明，发出一声惊天动地的惨叫。把刚进门的大女儿吓到了，接着她也大叫一声当场哭晕过去。后面回来的孩子都瑟瑟发抖，不知发生了什么事。张大水最后一个回来的，他已经从村人的描述中知道福气带着日本人追来了。他没想到表面温顺懦弱的王方明会如此刚烈，以死保护灵宝丹。他叹了一声："王家人啊！"

张大水厚葬了王方明。他下定决心，如果女儿肚子里有王家的种，也要留下来。这样才对得起王良用老友，对得起灵宝丹。

现在，馨蕊成了灵宝丹唯一的传人。井龟太郎很怕她有什么三长两短。要在厦门找馨蕊并不难，沦陷后留在厦门的人没多少，井龟太郎派人把厦门筛了一遍，也没看到馨蕊的影子，甚至连年轻的女子都难得一见。正合药号的门面已经烧坏了，烧死的两个人可以看出是王良用和老太太。馨蕊和她母亲显然不在厦门，她们一定是逃到鼓浪屿了！

井龟太郎想到还在攻打厦门的时候，自己在鹭江道看到许多过渡到鼓浪屿的人被打死在海里，突然想到，要是馨蕊也在里面呢？他破天荒地为一个中国人的死感到惋惜。如果灵宝丹的传人都没了，灵宝丹灭绝了，自己以后吃啥呢？世上没了这么好的药，那有多可惜呢！他只怪自己没有早点到厦门，把王良用和王方明抓到手。现在最重要的是找到馨蕊，只求老天保佑她还活着，这是保住灵宝丹的唯一希望了。

无论如何，先到鼓浪屿去找！井龟太郎把这个任务交给浪人小头目吉田，让他们带着福气到鼓浪屿去找馨蕊。特别交代，一定要小心，一定要活的，他怕馨蕊像王方明一样，一旦发现被人盯上了就自戕，那还不如让她活着。所以，他要浪人与福气保持距离，最好是由福气把馨蕊骗回厦门，乖乖地生产灵宝丹。

井龟太郎想到把馨蕊骗到手，不由得笑了。他舔舔自己肥厚的嘴唇，做着吞咽动作，不知是想到了喝酒还是想到了灵宝丹，总之是一副心满意足的样子。他是个饕餮，对闽南美食简直无法抗拒。

此时正是井龟太郎春风得意时。他虽然不是军人，却是日本在厦门谍报系统的总头目，日军统治厦门的策划人。他随入侵的日军回到厦门后，很快把他撤退时布置潜伏下来的特务、间谍、浪人收罗在一起，厦门还没全部沦陷时，他就开始了他的情报和建立伪政权的工作。

厦门沦陷后，井龟太郎开始实施日本"以华治华""分而治之"方针的幕后操作。他迫不及待地复办了《全闽新日报》，一方面是为日军的侵略行动做宣传，一方面是为自己复仇，厦门是他事业成功的吉祥地，《全闽新日报》就是他的旗帜。一年多前被迫离开厦门后，他就日夜等待着杀回来的这一天。

这次他除了重新当《全闽新日报》社社长外，还兼任台湾总督府驻厦门嘱托、海军总部嘱托、日本亚洲共荣会事务嘱托、华南情报部部长、伪厦门文艺协会理事、伪厦门市商会顾问等职，掌管着厦门军政、文化、经济各部门，可谓权倾一时的风云人物，被称为日本在福建的"太上皇"。原来那些他在厦门时就跟他有交往的人纷纷投奔到他的门下，得到重用。而他也需要人手来为统治、控制厦门服务。

他向自己在台湾时的好友许林一雄发出了邀请，请这个熟悉厦门的同道来助自己一臂之力，一起来实现他们年轻时的理想。日本占领厦门后，胃口更大，进一步占领中国内地、香港和东南亚的目标更加迫切，厦门是实现这些目标的重要枢纽，他们可以在厦门大干一番。

这个许林一雄也是老十一指许光头的后代。他在台湾出生，幼时被送到厦门生活学习，少年时代又回到台湾。因许家特殊的社会背景，许林一雄从小就接触许多台湾当地名流，他聪慧机敏，儒雅大方，加上从小习得祖传的咏春拳，可谓文武双全，深得台湾的日本黑道老大小林之助的喜爱，被收为义子，改名许林一雄。稍长，到日本求学深造，后因个人爱好和义父推荐，转入日本警视厅，专业训练掌握各种特工手段。他不负众望，很快精通特工技能，成为特高课的高级人才又回到台湾警视厅服务，与井龟太郎共事过一段时间。

"九一八"事变后，许林一雄开始关注中国大陆。曾到广州考取黄埔军校，后不知何故又离开黄埔回到台湾。此后，他在台湾广交江湖朋友，建立各种人脉，成为当地名噪一时的人物。接到井龟太郎的邀请时，他认为施展才华的机会来了，欣然应允。

他到厦门之前，先前往香港，拜会了粤军首领陈策将军，这是他在黄埔时就留的关系。他跟陈策汇报了自己即将前往厦门协助井龟太郎从事情报工作，而他们许家的根是中国，他们的血液里都有仇日的细胞，他想利用这个机会为中国做事。陈策遂把他的情况通报给军统方面。戴笠得知后如获至宝，立即任命许林一雄为军统闽南站台湾挺进组组长，人员和资金保证支持。

许林一雄带着使命回到厦门。他在香港时就到佛药大药房买了两打灵宝丹，他知道井龟太郎喜欢灵宝丹，听说厦门的正合药号已经在日军入侵时毁了，不生产灵宝丹了，香港的代销店还有些库存，就给他带去当见面礼。此时已是厦门沦陷几个月以后了。

5月的厦门，气候潮湿温润，是万物孕育生机的季节，本是渔船出海、农民耕作、工人生产、商业兴旺、学校书声琅琅……人们满怀着对来年的憧憬，辛勤劳作、社会欣欣向荣的时候。但战争打碎了生活，日寇来了，世道变了，许多人家破人亡，原来的生计没了。大家不知道等待着自己的是什么，自己接下来又能做什么。流离失所的人没了生活依靠，没来得及逃出厦门的人，也躲在家里不敢出来。可每天太阳照样会升起落下，身体照样要吃喝拉撒，没有劳动，哪来的果实？大家强烈感到要恢复生产，日子还得过下去啊！

日军在占领厦门的不到一周内，就于5月19日在中山公园举行了阅兵式，耀武扬威庆祝侵略胜利。同时再给厦门人一个精神打击，让他们震慑于日军，驯服于日本人的统治。他们把留在厦门的居民从家中赶出来，要他们作为日本统治下的顺民，每人举着膏药旗去为侵略者欢呼，脸上还要做出笑容。稍有违抗或面露不屑的人，就会招来一顿暴打，不少市民是头破血流地到中山公园的。

中山公园的四周插满了膏药旗，还有用日文和中文写的庆祝日军胜利的横幅。树木和园景都挂着彩带和气球，十几个穿着和服的女子穿梭在人群中，俨然一派日本人的天下。

这座位于厦门市中心，始建于1927年，1931年建成的公园，以革命先行者孙中山先生的名字命名，在全国众多的同名公园中最具特色，被誉为"华南第一"公园。她曾是厦门人的骄傲，可才几年工夫，就成了侵略者炫耀武力的地方。此情此景，被赶到公园的市民无不感到悲愤和耻辱！

阅兵式是日本兵穿着皮靴、扛着枪支一队队走过，不时喊着口号，最后是向空中鸣枪开炮。被赶来围观的市民都低着头，不愿意看日本人得意的样子。但在场的中国人里却有兴高采烈的，这一天，"厦门维持会"在日军阅兵式后也宣告成立了。

一群或穿长衫马褂或西装革履、满脸堆笑的男人混在一身豪横的侵略者中间，热切地等待着日军宣布维持会成立，自己好在维持会里封官加爵，捡到人生的大便宜。这些以投机商人、文人、律师、掮客为主的汉奸，早在日军对厦门磨刀霍霍的时候，就认贼为父，不为国家的危亡忧虑、奋争，而是投机钻营，找到各种关系在台湾、金门、香港等地与日本人暗中勾结，等着有朝一日一步登天。他们比谁都希望日本人来统治厦门，彼此之间还为争宠夺利而钩心斗角。

现在厦门果然如他们所愿，成了日本人的天下，他们都像有功之臣一样粉墨登场，全然无视同胞的尸骨未寒、血迹未干。不少人是从台湾、香港远道而来的，有的从漳州、福州、莆田而来，抢个近水楼台。倒是厦门本地的士绅基本都离开了厦门，留下来的多是黑帮地痞，或是早已跟日本人勾搭上的奸商，俗称"吃蛇配虎血"的歹物。厦门的"变天"，给这些投机分子创造了"出人头地"的机会，否则在商贾云集的厦门，还轮不到他们露脸。

汉奸洪月楷穿戴得与众不同，他头戴白草帽，身穿白色双排扣日本海军制服，脚蹬漆皮鞋，眼戴墨镜，一副日式派头。他在这一天满面春风地当了首任维持会长。但好景不长，当汉奸，成为日本人的帮凶注定没有好下场。他刚想在厦门施展一下拳脚，他在莆田老家的父母就被当地国民政府逮捕了。本要光宗耀祖，不想却连累了自己的父母。他不得不放弃维持会长职务，跑到香港从商去了。

日本人急于开始所谓的"东亚共荣圈"的建设。原来的厦门，本是一个中国东南沿海的繁华城市，连接着上海、香港、台湾直至东南亚，除了航运、商业、工业、渔业、金融、教育、服务业……都很发达。但沦陷后大部分市民逃离，人口稀少，商铺歇业，市井寥落。以前海外华侨乘船回国，都先在厦门停靠，再转内地。现在船只都停靠鼓浪屿，没人到厦门了，日本人仿佛占领了一座死城。他们鼓吹的所谓"东亚共荣圈"根本看不到影子。

日本人千方百计要吸引逃离厦门的居民和商人回到厦门，开通厦门与周边地区的交通往来是首要条件。而且日本人知道，厦门最肥的鱼在鼓浪屿，鼓浪屿是富人的天堂，他们想掠夺厦门人的财富也要上鼓浪屿。同时，各种社会势力隐藏在鼓浪屿，欧美势力，国民党、共产党的抗日组织也躲在鼓浪屿，鼓浪屿成了他们的心头之患，他们也急于上鼓浪屿去对付这些隐患。占领厦门半个多月后，日军就派了一批汉奸前往鼓浪屿，与鼓浪屿上的日籍浪人里应外合，成立了"鼓浪屿维持会",动员、诱惑鼓浪屿的难民回厦门。

轮渡刚开通时,多数是从厦门往鼓浪屿的人,留在厦门的人还惊魂未定,还想逃走。可上了鼓浪屿才知道,这里没有他们的立足之地,岛上人满为患,那种人挤人的难民生活还不如留在自己的家里舒服。只好又回厦门,也死心接受沦陷后的生活。

已经逃到鼓浪屿的人,看到有人安全从厦门过来了,打听了厦门的情况,有胆大的人也开始回厦门寻找失散的亲人或回家找需要的东西。刚开始不敢久留,都是白天去去,晚上就回鼓浪屿。但跑了几趟,除了码头出口有日本兵和保安检查外,感觉没有太大危险,有的就留下来,开始恢复原来的营生,毕竟还得活下去呀!慢慢地,轮渡往来的人就多起来了。

轮渡开通后,日本浪人、汉奸经常混入鼓浪屿收集情报。日军不时借清除抗日人士为由强行登岛。在咄咄逼人的日军面前,工部局也只能睁一眼闭一眼的,他们的重点是保护外籍人士,对普通民众和让日军视为危险分子的人都放弃职责。他们也不想得罪日本人。留在鼓浪屿救世医院里治疗的国军伤兵,来不及撤走的,就全部被日寇抓去活埋了。工部局都没有出面阻止,鼓浪屿一时人心惶惶,有条件的人赶紧从鼓浪屿再往嵩屿、石码、港尾跑。

福气与两个监视他的浪人上了鼓浪屿。

福气如惊弓之鸟,王方明一死,他就知道自己也活不长了,现在生的希望都押在小姐身上,只有找到小姐,他才能活下去。可兵荒马乱的,谁知道小姐还在不在呀?他硬着头皮被两个浪人架着上了鼓浪屿。浪人除了要配合他一起找馨蕊,还要盯着不让他逃跑。

可这时要在鼓浪屿找人谈何容易!小小的鼓浪屿突然多出了十几万人,虽然已经疏散出去了几万人,但岛上还到处是密密麻麻临时搭盖的避难所,避难的人们像无头苍蝇一样在这些避难所之间窜来窜去。难民生火煮饭的炊烟、无处大小便造成的污秽、各种生活垃圾,把个鼓浪屿搞得像一锅大杂烩,人混在这里面就像一片树叶丢进丛林里，很难找的。他们整天在鼓浪屿弯弯曲曲的小巷子里钻来钻去，要找馨蕊就像大海捞针一样。

馨蕊还住在瑶琦家里，幸亏有瑶琦，她才不用住到专门为难民临时搭建的竹棚、草屋里。她无处可去，也不敢离开瑶琦家，怕万一父亲来找自己不在了。她相信，只要父亲平安了，一定会来找自己的。现在就是不知道父亲和奶奶怎么样了。想到这个，她就又寝食难安。

轮渡开通后，看到有人回厦门了，她也想回去找父亲和奶奶。但瑶琦不让她去："你没看到那些日本兵吗？他们来鼓浪屿都如狼似虎，去那边岂不更没人性？"现在回厦门等于是去送死！"死了不要紧，"瑶琦悲愤地喊，"最可怕的是女孩会被抓去奸淫，这你受得了吗？"

沦陷以来，厦门女性惨遭日本兵奸淫的事件不断，灭绝人性的鬼子发泄了兽欲还用刺刀扎女孩的身体。瑶琦说得自己都嗓音发抖，哭着叫馨蕊"你不能去！"。她劝馨蕊先安心住在自己家里，等时局稳定了再找亲人。父亲知道她在鼓浪屿，如果他活着，一定会来找她的。

瑶琦说的事馨蕊也害怕，她不敢叫瑶琦陪自己去，自己一人又不敢回厦门。现在除了瑶琦，她已经没有人可以依靠了。她想到了十一指，但素不相识的，怎好求人家？何况到现在也没见到他的影子，只好继续在瑶琦家等着。可是，父亲为什么还不来找自己呢？多过一天，她对父亲还活着的希望就减少一天。"爸爸！"她有时都会在梦里叫起来。

刚到瑶琦家的时候，她还没从差点淹死在海里的惊恐中解脱出来，又为母亲失踪而伤心自责，整天恍恍惚惚的。但容不得她多想，蜂拥而来的难民打乱了鼓浪屿的生活，也打乱了瑶琦家的生活。她与瑶琦很快就投入到救助难民的队伍中，暂时忘记了自己的悲痛。

鼓浪屿岛上白天黑夜都充斥着人声，各种呼叫、哭声、呵斥、急促的脚步声……对面的厦门时紧时疏的枪炮声。原来令人沉醉的海风涛声都被这变故的杂音吞没了。每个人的脸上都挂着惊恐和焦虑。

瑶琦家白天黑夜都有人来敲门，刚开始是相识不相熟的远亲、故友，还会敲门请求收容，到后来不认识的人赔着苦笑，不管你愿意不愿意也就进来了，起先他们在花园里安营扎寨，慢慢地侵蚀到廊下、客厅，还好楼上的卧室还给主人留着。瑶琦家第二天干脆就把大门打开，把所有的空地都留给难民，三天时间里，她家住进了十四户人家。花园里一口半淡半咸的水井成了这么多人活下去的源泉，每天都有人在井台排队等着汲水。以前瑶琦家嫌这口井有海水，味道不好，吃的水都买从嵩屿或海门运过来的九龙江水。现在海上供水中断，他们也只能去挤这口井了。

孩子们嫌井水煮的饭菜不好吃时，瑶琦妈妈就说："你们如果不吃就送给院子里的人吃，他们会很感谢的。"

瑶琦家有五个孩子，她是老大，下面有两个弟弟两个妹妹。他们都是半大不大的小孩子，鼓浪屿的混乱对他们来讲像过节一样兴奋，他们每天只上半天课，可以看到很多稀奇古怪的事情。连瑶琦都觉得战争让馨蕊天天跟自己泡在一起，也是件开心的事。

妈妈的话让孩子们赶紧闭嘴不敢再抱怨了。这种时候，很多人都没饭吃，岛上能采的野菜、野果都被采光了，能填饱肚子就要感谢上帝了。他们家已经为灾民贡献了很多库存的物资，瑶琦的爸爸现在还在忙着为难民赈粥，难得回家吃饭。

赈粥是当时鼓浪屿岛上一道亮丽的风景。每天早晚，一到饭点，就可以看到各路挑粥队伍，从淘化大同公司鼓浪屿制造厂和永和食品罐头公司鼓浪屿制造车间里，挑着冒着热气的粥到各个难民住地分发，一天两次。每人每餐两碗，还配有咸菜和豆腐乳。这是专门针对没有亲友可以投靠，没有资金，住在收容所里等救济的人。已经住在学校、教堂、寺庙、医院、戏院等公共场所的人不在此列。

就算这样，在黄家渡码头附近和海滩附近的空旷地带建的五十多个收容所仍人满为患。

收容所里的人，到了赈粥时间，就眼巴巴地拿着锅盆等着，特别是饥肠辘辘的孩子们，早等不及了，都跑到路口去迎担粥的人，把手里的锅盆敲得当当响。

担粥人是由各收容所选出的轮值人员负责，装粥桶用洗净的煤油桶改装，盛粥的勺和碗也都是统一标准，做到公平透明。为什么会有赈粥和分粥的事呢？这还得从头说起。

难民上了鼓浪屿后，除了少数有资产的人，很快转往香港、南洋和内地，大部分人只能滞留在鼓浪屿。而鼓浪屿的资源有限，前面几天还能应付，后面就难以为继了。鼓浪屿的知名人士迅速发起成立了"鼓浪屿各界联合救济会"。因鼓浪屿是"公共租界"，岛上有很多同情中国人的英美人士，为了得到更多的国际支持，抵御日本人的干扰，"鼓浪屿各界联合救济会"很快获得外籍人士的支持，升级为"鼓浪屿国际救济委员会"，中外人士共同帮助难民解决食宿问题，并向富人和海外华侨募捐。

陈嘉庚先生第一个向鼓浪屿捐赠，他于5月17日通过华侨银行香港分行用五千元国币买米运抵鼓浪屿。以后菲律宾、马来西亚等地华侨也多用买米的方式救济难民。鼓浪屿救济会的人起先也是把大米分发给难民，但难民多无炊具，鼓浪屿又缺柴薪，难民拿到大米也难以食用。救济会遂得到淘化大同和永和食品公司的支持，由这两家公司成立粥厂，每天两次为难民煮粥，提供稀饭外加小菜。所以才有蔚为壮观的担粥队伍，难民的吃饭问题得到切实高效的解决。因鼓浪屿四面环海，做饭所需的柴火奇缺，救济会又想方设法从漳州运来六艘大帆船的柴火，才解决了煮饭的问题。

而永和罐头食品公司正是瑶琦家的产业。她父亲吕同安除了为赈粥捐款，还为煮粥和小菜操碎了心，公司上下都齐心协力参与这项善举。其中就有公司经理陈清泉，他除了救助同胞外，对日寇的罪行更深恶痛绝。一次机缘巧合，他加入到抗日谍报工作中，直至惨遭杀害，成了厦门沦陷期间震惊中外的"永和惨案"的遇害者之一。这是后话。

鼓浪屿的赈粥工作从1938年5月持续到1938年12月，很多难民因为有赈粥而免于饿死。抗战时期的鼓浪屿，富人与穷人同舟共济，体现了国难当头同胞的血脉之情。

> **小贴士：**
>
> 厦门沦陷后，海外华侨在最快的时间内救济鼓浪屿难民，解决他们的吃饭问题。5月17日，新加坡福建会馆陈嘉庚主持，由华侨银行香港分行拨款国币5000元买米运至鼓浪屿。
>
> 菲律宾"中华总会"会长李清泉发起，在香港买大米2500袋（每袋107公斤），5月19日送到鼓浪屿赈济难民。
>
> 马来亚吉隆坡、怡和、麻坡、太平的华侨分别电汇国币8000元、10000元、5000元、5000元买米赈灾。
>
> 缅甸和远在南美洲的秘鲁华侨也都捐款5000元国币买米赈灾。
>
> 以上是5月沦陷后以解决难民吃饭问题的捐赠。从6月起，包括大米、医药和其他所需的捐助源源而来，从有记载的资料看，自1938年6月30日起到1938年12月31日止，国内外团体和个人向鼓浪屿捐赠的现金达42.6万元，物资价值约15.63万元，总计约58.24万元。

馨蕊与瑶琦刚开始是加入到毓德女中的战时志愿服务团里，投入到救助难民的行动中。毓德女中组织学生到码头引导难民，送他们到可以栖身的地方。又到富人亲友中募捐，为难民送去吃的用的。帮忙照顾老人和小孩，忙得昏天暗地，这样馨蕊反倒忘了自己的悲伤。到了13日，厦门沦陷后，涌入的难民才告停止，但岛上已经乱了套，她们的学校被难民占用了，她们无学可上，就暂时待在家里等候复课。有时到赈粥点帮忙维持秩序。

瑶琦家的客厅、廊下、花园里已经住了很多亲戚、朋友和不认识的人。还好主人的房间没被占用，馨蕊与瑶琦同住一个房间。这时，馨蕊就有时间和心情想念家人了，她不知道爸爸和奶奶是否还活着，已经离开厦门几个月的哥哥在哪里，自己没有保护好妈妈，怎么向爸爸交代，家人什么时候才能再见。想到这些，她就泪流满面，好像这个世界上她已经没有亲人了。

瑶琦却不喜欢她这样，每次看到馨蕊流泪就问："说说，我还能为你做什么？"意思是，你还有什么不满意的？

馨蕊知道瑶琦对自己好，战乱中，自己能在瑶琦家舒舒服服地待着，已经非常幸运了。比起住楼下花园里的人，或住收容所的人，自己不知好多少倍！但是，孤单无助的感觉和想念家人也是没有办法的，就是在饭桌上，瑶琦妈妈给自己夹菜时，她都忍不住要落泪，她又想起了自己的妈妈。她怕瑶琦有误解，就说："琦琦，我们像亲姐妹一样，你对我好我都知道。我也想不哭，但我没办法。如果你还想为我做什么，就是看到我哭时不要生气。你生气了，我就害怕。"

说得瑶琦心都疼了，只好抱着她答应："好吧好吧，我的林妹妹，你想哭就哭吧！但哭是不能解决问题的，我们要为抗日出力！"

"怎么出力？"馨蕊急忙擦着泪问，她以为瑶琦已经有主意了。

瑶琦也不知道要怎么出力，只觉得身上憋着一股劲，想要发泄出来。虽然她家为救助难民出了力，但她觉得这不是在抗日，抗日就是要打日本，想办法把日本人赶出中国去！她压低嗓音说："杀日本兵！"

馨蕊吓了一跳："怎么杀？我们哪有力气杀人？"

"不是靠力气，要靠计谋。听说已经有很多人起来反抗日本人了，我们加入到他们中间，只有消灭日本人，才是真正的抗日！"瑶琦觉得，帮助难民只能说明中国人很可怜。她在赈粥点看到有的难民为多讨一点粥，不是装出一副可怜相，就是耍花招骗取，她都很生气，觉得不该给这种人吃！

馨蕊不知道瑶琦在想什么，迟疑地问："可是，抗日的人在哪里呀？人家会要我们吗？"

这也是瑶琦感到为难的地方，抗日组织都是秘密的，要是公开抗日，早就被日本人抓起来了。那些没人性的日本人连医院里的伤兵都不放过，隔三岔五地就找借口上鼓浪屿搜查，抓走很多他们认为是危险分子的人。很多人都是有去无回，至今生死不明。

所以抗日组织都搞地下活动，没有关系是找不到的。就算有关系了，没有本事人家也不会要的。她又想到那些等着赈粥的人，像这样的人，你能指望他们去抗日吗？她想象中的抗日英雄应该像侠客一样，能飞檐走壁、武功盖世、枪法如神。可惜自己什么也不会！

瑶琦遗憾地说："都怪我妈！小时候就不该让我弹钢琴而是练武术，现在就好了！"她觉得自己要是像花木兰一样有一身好武功，现在就可以把日本鬼子杀个人仰马翻。

馨蕊却替瑶琦妈抱不平："那时候哪里知道日本人会侵略我们呀！再说，现在打仗也不是靠功夫，日本人有军舰有飞机，我们的军队都打不过人家，你一个女孩子能怎么样啊！"她想到逃离厦门那天，日本飞机在头顶上轰炸扫射，连十一指那样的人都受伤了，会武功有什么用呢？瑶琦说十一指家有祖传的咏春拳，他一定是个武林高手。

瑶琦觉得馨蕊说得有道理，她这时才发现，自己没什么本事，想要为国家出力，都派不上用场。她对馨蕊说："百无一用是书生啊！咱们除了读书，没有一技之长，真没用！"

馨蕊突然想到，自己会做灵宝丹。爸爸说，掌握了这个独门绝活,就是拥有了济世良方!她差点脱口而出:"我会做灵宝丹!"但想起爸爸交代的,什么人都不能告诉,就生生把话咽了回去。同时又想到,就算会做灵宝丹,对抗日有什么用呢?灵宝丹能杀死日本人吗?幸好没说出口,要不然瑶琦又要笑自己了。

但瑶琦不知想到了什么,压低嗓音说:"听我爸爸说,厦门有一个叫'血魂团'的抗日组织,正在跟日本人对着干呢!"

"真的?那我们也参加!"

"他们是秘密的,很难找的。要是被日本人发现了,会被抓起来枪毙的。"

"血魂团!"她们面对面互相叫着,好像对方就是血魂团。这样叫着已经让她们感到很兴奋了,她们期待有一天自己能遇到血魂团的人,加入到他们中间去!瑶琦随口高唱起《义勇军进行曲》:"起来,不愿做奴隶的人们!把我们的血肉筑成我们新的长城!……"

馨蕊吓得赶紧捂住她的嘴,因为在鼓浪屿宣传抗日就会被汉奸和在鼓浪屿的浪人威胁,前几天还有人在街上打起来了,有一个女的被扔到了海里,不知是哪一边的人。

现在,鼓浪屿经常有人吵架斗殴,都是持不同政见的人,有的在宣传抗日,有的在说日本人好。通常说日本人好的人会被打,但他们仗着有日本人撑腰,打他们的人过后就会被报复。

这次厦门人真正尝到了亡国奴的滋味。虽然鸦片战争以来,中国成了半殖民地半封建国家,丧权辱国的《南京条约》使厦门与广州、福州、宁波、上海这五个城市被迫成为通商口岸,但毕竟只是打开国门,使这几个城市成为西方列强向中国倾销商品的入口,外国人并没有成为统治者,老百姓并不是被外国人管的。通商口岸反倒让这些城市看到了西洋景,感受了国外先进的技术和产品,比内地人早一步与外国人打交道,从而了解了外面的世界。

所以,那时的厦门人对外国人并不是很忌惮的,大户人家的老爷,仍是一副绅士的模样,他们也学洋人的做派——戴着礼帽、拿着手杖（手杖闽南话叫"洞革"，并不是行走不便的助力工具，而是身份的象征，就像国王的权杖）在街上行走时，若遇行为不检点的番仔，看不顺眼照样一杖打过去。当然这类番仔都是低等的印度人和船上的水手，有身份的洋人一般不会在街上胡来。特别是在鼓浪屿，工部局按照一套大家共同设立的法规条文管理万国租界，中国人外国人犯法同等处置。而很多早年来鼓浪屿的外国人是来办医院、办学校的传教士，与当地居民和睦相处，有的还深受鼓浪屿人爱戴和感激。比如创办救世医院的郁约翰医生，鼓浪屿人至今感念他。鼓浪屿上也有日本领事馆，日本人虽不像欧美洋人来传教行善，但也要遵守工部局的规定。

可现在的日本人是用枪炮打进来的，他们就是让厦门人成为亡国奴的侵略者。亡国奴跟侵略者是没有道理好讲的，他们可以随时杀死你、欺凌你，因为我们的军队打输了。这种亡国奴的屈辱，厦门人现在才真正体会到。

然而，不愿做亡国奴的人很快开始反抗。就在厦门沦陷不到两个月内，一个叫"血魂团"的民间抗日组织在厦门悄然出现，它的全名是"厦门青年复土血魂团"。从名字就可以看出，他们的目标就是要把日本侵略者赶出中国去，以年轻人为主，不惜流血牺牲！

起先日本人和社会各界都不知血魂团的来历，以为是国民党或共产党派来的。他们第一次出现就让日本人震惊和老百姓叫好。那是在沙坡尾，渔民聚居的地方，因为临海靠山，地形复杂，是容易进出厦门的地方，日军不得不派哨兵经常巡逻。血魂团的人就从这里下手。

一个风高月黑的晚上，日本巡逻队从厦大营区往沙坡尾方向走去，来到避风坞附近。这里没有路灯，只有停泊在避风坞里的疍民小船发出忽明忽灭的小油灯光，海风吹过，感觉世界就会被卷入黑暗。日军巡逻队的脚步声却逼仄而沉重，好像每一脚都踩着人们的神经。突然，一颗手榴弹从黑暗中飞出，在巡逻队中间炸开，两个日本兵当即倒下。巨大的爆炸声夹带着鬼子的呼叫声，同时枪声大作，随后是周围的居民关紧门窗的砰砰声。

随后赶来的日军封锁了厦港一带，小船一律不准出海。继而全市戒严一天一夜，抓了许多可疑分子。但除了在事发地附近发现一张用红字写的"血债血偿！"落款"血魂团"的毛边纸外，日军一无所获。这是厦门沦陷后最鼓舞人心的事件，福建内地和香港的报纸对这一事件做了大量的报道。

从此，血魂团出现在人们的视野中，这在死气沉沉的沦陷区里，如一道耀眼的闪电划过乌云密布的天空，在郁闷的人民心中燃起了希望。老百姓欢欣鼓舞，奔走相告："抗日义士来了！"日本人却如临大敌，加强了警戒和搜查。

人们以为血魂团是个有来头的抗日组织，接下来会有更振奋人心的表现。但等了好久都无动静，偶尔在中山公园和思明电影院发现他们散发的传单和贴的标语，这与人们的期待相去甚远。又听说他们想放火焚烧日军仓库，油也淋了，火也点着了，可还没烧起来，发现火情的日军把一包不知名的粉末抛入火中，火苗马上熄灭了。感觉血魂团跟玩儿一样。

咋会这样呢？

其实，血魂团是由一群普通船工、建筑工、印刷工、小商贩等文化程度和社会地位不高的青年自发组织起来的。他们没有受过专业训练，没有资金来源，没有上级组织，仅凭一腔抗日的热血就干起来了。发起的是一个叫黄白戈的船工，他的家人被日本飞机炸死了，他因为出海而躲过了一劫。他对日本人充满仇恨，发誓要为家人报仇。他的决心和勇气得到了朋友们的响应，原来跟他有一样想法的大有人在，大家都恨透了日本鬼子，不惜献出生命来反抗。

血魂团因此诞生，刚开始是他们四五个朋友，但很快滚雪球似的迅速扩大到一百多人。他们以各自熟悉的区域和关系，以小组为单位分头行动。有事时互相支援，比如掩护、躲藏、外逃等等。

但由于没有资金来源，活动所需的经费是大家掏腰包凑的。第一颗扔出的手榴弹就是黄白戈用自己的积蓄在海上托人买的。他平时都随身带着手榴弹，时刻准备与敌人同归于尽。一颗手榴弹就要耗去大量积蓄，每次活动都要等攒够了钱才能开展，买炸弹、买枪支都要花大钱的，还不容易买到。他们即使想轰轰烈烈地大干一场也没有条件。只有发传单、贴标语这样的小钱花得起。

血魂团的成员平时去干活、做小买卖，努力挣钱，攒够了钱再干一票大的。他们的资金主要靠一个成员家里的侨汇，他家有海外关系，海外的亲戚寄钱来救济他们，他就把钱用来反抗日本人。还有一个成员想办法搞到一条小船，用小船到内地贩运蔬菜、柴炭到鼓浪屿卖，赚到的钱用于活动。

这样的资金毕竟难以为继，也干不了大事。他们曾派人到内地找国军联系，希望得到资金和装备的支持，却被当作不良之徒轰走。国军有自己的地下抗日组织，不想这样的草台班子干扰了他们行动。

血魂团在得不到官方支持的情况下仍以自己的方式斗争，终究没对敌人造成多大的威胁，反而自己损失惨重。血魂团仅存在一年零三个月就被日军镇压了，二十多人血洒厦门沦陷区，二十几个人逃到国统区，却没有得到善待，被国民党当局怀疑，遭到关押和训诫。少数幸存者多隐姓埋名，不提当年的英勇。这个厦门抗日史上曾让百姓津津乐道的民间抗日组织，从此销声匿迹。但他们体现的是厦门的特色，厦门人的不屈精神，在中国的抗日史上留下了悲壮又令人唏嘘的一页。

5 令图

有一天，馨蕊和瑶琦看到住在花园里的小孩拿着一张纸说，龙头码头有血魂团的人在发传单。两人一蹦而起，不约而同要去看血魂团。妈妈问她们，快吃饭了，又要去哪里，她们都顾不上回答。园子里的小孩替她们回答："去看血魂团！"

"什么血魂团！女孩子家不要整天打打杀杀的。"妈妈嘟囔着，她们早已不见影子了。

龙头码头是进出鼓浪屿的门户，一条石板路像老龙头一样伸进海里。涨潮时，只露出连在堤上的台阶；退潮时，就露出湿淋淋、黑褐色的脊背。两侧的石板缝里长满了海苔、海带、蚵、蚬、螺等水生物，好像是老龙身上的鳞。石板路边的滩涂上，小鱼、小虾、蟹、贝等小东西，忙乱而盲目地爬来跳去，好像也在赶水时。太阳一照，一股咸腥味灼灼而出，让人萌发出焦躁的欲望。这时，有许多竹轿子等在堤上、石板路上或滩涂上，等着抬上船下船的小姐、太太们。那些穿着时髦的小姐、太太，一般都不自己走石板路，她们穿的高跟鞋很容易卡在石头缝里，也很容易滑倒。所以，码头上就衍生出一支抬轿、搬运的队伍。而普通人家的男人、女人，穿的是平底布鞋，上船下船都"呱嗒呱嗒"地自己走得飞快，这些人的钱是赚不到的。从鼓浪屿到厦门，只有八九百米距离。渡船多为小舢板，六七个人就可开船；大一点的是帆船，连人带货一起运。若遇风浪天气，鼓浪屿就与外界隔绝。龙头码头是鼓浪屿与外界联系的枢纽，集中了岛上最时兴、最有趣的人和物，常引得人们来这里看新鲜、开眼界，瑶琦和馨蕊也不例外。

那时，她们十六七岁，正是最不安分、最好幻想的年龄。两人经常在课余时间来到龙头码头，坐在离码头不远处的象鼻礁上，观望着码头上远行和远归的人们，想象着外面的世界，谈论着自己的未来。可现在，厦门被日本人占领了，世界变了，她们看不到未来，已经很久没来码头了。

这会儿，她们因血魂团又来到码头。可血魂团来无踪去无影，等她们赶到时，除了工部局的巡捕在维持秩序和几个日本浪人像猎狗一样嗅着周围的人，只有一个中学生模样的男孩正在流鼻血，他用手去抹，整张脸就花了，看起来挺吓人的。不知是被浪人打的还是自己碰伤的，围观的人似乎对他更感兴趣，血魂团的人长什么样子根本看不出来。海里有不少传单在漂着。

她们看了一会儿热闹就准备回去，转身时，馨蕊在一丛女贞树下发现一张传单，兴奋地捡起来。原来是油印的小学生作业簿大小的纸头，上面写着"中国人站起来！""消灭矮日本！""血债血偿！以牙还牙！"等内容。这样的口号她们在学校里演出时也都喊过的，感觉并不新鲜。

馨蕊失望地说："这就是血魂团啊？"

瑶琦也揶揄道："钢板字刻得没我好。"

她们拿着传单窃窃私语的样子引起了浪人的注意，浪人过来对她们不怀好意地盘问："哪里来的传单呀？是不是也想参加抗日组织？"

她们知道这是日本流氓，没安好心，瞪他们一眼就转身走开了。

但她们对血魂团的期望一落千丈,为什么不再扔手榴弹或拿枪来打呢?

瑶琦说:"嘿,你知道吗?最近又有一个外号'苍鹭'的好汉,专杀大汉奸和日本要人,那才叫带劲呢!"

"苍鹭?"馨蕊眼前出现5月10日那天在海边,血色的海面飞过一只无声的苍鹭,孤独而勇敢。她情不自禁地把救自己的十一指想象成了那只苍鹭。瑶琦说的"苍鹭"会不会是他?她不敢想也不敢说,心里却一阵惊喜,固执地认为一定是他。

"对!"按照瑶琦的想法,抗日就是要像"苍鹭"那样来真的,给日本人迎头痛击才能解恨。偷偷摸摸发这种不痛不痒的传单,根本动不了日本人的毫毛,还害得无辜的人遭殃。她现在有点不想参加血魂团了,反而对孤胆英雄更感兴趣。

馨蕊本来对参加血魂团就不抱什么希望,现在的心思也转到"苍鹭"上,这勾起了她对十一指的向往。两人又不约而同地想到要找"苍鹭"。但是,独行侠苍鹭肯定更不好找了。

瑶琦说,也许她爸爸知道这个人,爸爸曾经自豪地说,永和食品公司的人都有血性,特别是总经理陈清泉,别看他文质彬彬的,他可有手段了。

"什么手段?"馨蕊头脑中又现出那只孤独的苍鹭。

瑶琦也不知道什么手段,就说:"哪天我们到爸爸的公司去玩,听说陈经理成立了'鹭风'诗社,有一群文人雅士经常到诗社去吟诗作画、泡茶喝酒。"

馨蕊不以为然地说:"吟诗作画、泡茶喝酒能杀日本人吗?苍鹭不会也去吟诗作画、泡茶喝酒吧?"她觉得十一指不像这样的人。

瑶琦神秘地说:"你傻呀!这只是幌子,我爸爸说的血性,可不是吟诗作画、泡茶喝酒的!我觉得他们就是在暗中搞抗日的。"她爸爸爱对她说"你傻呀",瑶琦不知不觉也有了这个口头禅。

馨蕊恍然大悟:"好!我们赶紧去!"她早想回厦门那边去找爸

爸和奶奶了。近来厦鼓两边跑的人多起来了，危险似乎消除了。永和食品公司在厦门那边的总部也重新开业了，瑶琦说的去公司玩，应该就是到厦门那边，这样自己就可以回正合药号了。

瑶琦说得等爸爸同意才行，这可是很不得了的事情。

瑶琦说的很不得了的事情，果然是真的。

这个永和食品罐头公司的总经理陈清泉是厦门本地人，出身书香门第，是同文书院的高材生，精通多门语言，能诗会画。原本他是一介书生，过的是优雅的生活。但看到国弱民穷，列强横行中国，传统士大夫身上那种"国家兴亡，匹夫有责"的情怀使他再也不能安于现状。他先是投身商海，希望经世济民，像陈嘉庚先生那样，以财富救国。无奈"七七"事变爆发，民族危亡时刻，他立即投身到抗日斗争中去，担任了"厦门抗日后援会"文书，为全民抗战奔走呼喊。

可惜中国打不过人家，连厦门也沦陷了。他含恨撤到鼓浪屿，努力参与赈粥等救灾工作，但对日人的怒火远远得不到平息。正想寻求有效的抗日途径，此时他的外甥女婿陈耀宗从内地来到鼓浪屿，此人是国民党军统机构派到厦门的谍报人员。两人本来就是亲戚，又志同道合，可谓一拍即合。经陈耀宗推荐，军统同意以永和食品罐头公司为掩护，成立军统永和情报组，陈清泉担任组长。

永和食品罐头公司在厦门是知名企业，与社会各界交往密切，日本人也想拉拢利用，所以他们的活动得以顺利开展。在永和食品公司的掩护下，陈清泉将一份份情报从这里传出。为不引起注意，他在原来的朋友圈里成立了"鹭风"诗社，以诗画会友、泡茶喝酒，人来人往，汉奸浪人混进来也看不出端倪。情报组的成员就利用参加诗社的活动，把情报送来或带走。他们用自来水笔把情报写在小纸头上，塞在鞋子、帽子、拐杖或烟盒、笔筒等隐蔽的地方传递出去。

瑶琦的爸爸看在眼里，他是明白的，他愿意看到更多的人去抗日，赞赏他们有血性。他在暗中支持，但他不参与也不说。

这就是瑶琦从爸爸那里感受到的永和公司的神秘和不得了的地方。爸爸跟她说，不能乱讲的，会掉脑袋的。所以她担心爸爸不会同意她和馨蕊去公司玩。

两人各怀心思往家走。经过番仔球埔的时候，馨蕊不由自主地对一座花园洋房多看了一眼。

瑶琦笑她："又在想你的十一指了？"因为那座名为"嘉许"的花园洋房是十一指的家，以前瑶琦指给馨蕊看过的。

"你讨厌不讨厌啊！"馨蕊捶了瑶琦一拳，心里是甜蜜的。

瑶琦却说："这个十一指也太不懂风情了，放着这么好的姑娘都不来找！"

"哎呀……"馨蕊正想再打瑶琦，一个男人突然从旁边的小巷子里蹿出来，拉住馨蕊喊："小姐！"

两人都被吓了一跳。馨蕊定睛一看，是福气！顿时大喜过望，高兴地叫起来："福气！福气！你怎么在这里？"

福气紧张兮兮地说："我是来找你的。"他拉住馨蕊不放。

"爸爸让你来找的吗？"馨蕊早就等着这一天了。

福气愣了一下，赶紧说："对对，是老爷让我来找你的。"他始终拽着馨蕊的裙摆。

馨蕊又问："爸爸和奶奶怎么样，他们都好吗？"她感到福气拉自己的地方不自在，就把他的手拨开了。

福气回头看躲在巷子里的浪人，他没心思跟馨蕊说这些，只想赶紧把她带走，嘴里敷衍着说："好好，我们快走吧！我找你好久了。"

"好！"馨蕊也没多想，急着要跟福气走，她对瑶琦说："琦琦，我跟他走了。等我见过了爸爸和奶奶，再回来跟叔叔和阿姨告辞，你先跟他们说一声。"

瑶琦一脸狐疑地看着福气和馨蕊，觉得哪里不对，可又说不上，就说："那我送送你吧！"

福气赶紧说："不用你送！不用你送！我陪小姐就可以了。"

"你管得着吗？"瑶琦突然对福气十分恼火，她觉得福气就是来把馨蕊抢走的。

福气不敢吱声，馨蕊替他打圆场："好吧，你送到码头就可以了。"

三人掉头往码头走，远处的浪人也悄悄跟上。

瑶琦忧心忡忡地问："你真的要跟他走吗？你不等我一起到永和玩吗？"

馨蕊沉浸在即将与亲人重逢的喜悦之中，恨不得马上回到爸爸身边，她安慰瑶琦："我见过了爸爸就回来找你，我们再去永和玩。"

瑶琦忍不住说："你跟这人走我不放心！"

"他是我家伙计，从小在我家长大的。你以前不是见过他吗？"馨蕊回头看福气，没觉得哪里不对。

福气却别过脸不敢与她对视。这时渡轮正好来了，他对馨蕊说："我们赶紧上船吧。"拉了馨蕊就走。

他拉得很用力，馨蕊被他拉得不舒服，平时福气不敢这样做的。他怎么那么急着要走呢？突然又想到，哥哥呢？他不是跟哥哥在一起吗？为什么哥哥不来找自己？她挣脱福气拉的手问："我哥呢？他怎么没来？"

福气知道馨蕊开始怀疑了，他们也已经走到渡轮旁，只要上了船，就大功告成了。他不管不顾地使劲拽着馨蕊往船上走，嘴里仍骗她说："少爷躲在角美，他不能来。"

"那你为什么来了？你怎么不跟我哥在一起？"福气的样子吓到了馨蕊，她知道坏了，福气像换了个人！她想往回跑，但被拽着，她希望瑶琦能帮自己，回头对已经离她几步远的瑶琦喊："琦琦，救我！他是坏人！"

瑶琦看到福气在拽拉馨蕊的时候，已经傻眼了。此时醒悟过来，急忙要来救。但她穿的高跟鞋鞋跟扎在码头的石头缝里，一个趔趄差点摔倒，鞋子都掉在地板上了。这时旁边的两个浪人过来挡在她前面，她挤不过去，只能看着馨蕊被福气拽进渡轮。渡轮已经在收锚，机器发出巨大的轰鸣，船要开了。这边的两个浪人仍挡在瑶琦前面，直到船已经移动了，他们才飞奔过去，从码头跳到渡轮上。瑶琦眼睁睁看着馨蕊被带走，连馨蕊的身影都没看到，她被福气和两个浪人挟持着，夹在他们中间。瑶琦对着远去的渡轮悲恐地喊："馨蕊！"人就瘫坐到地板上。

在渡轮上，馨蕊知道反抗已经没用了，她不明白的是：福气为什么投靠了日本人？哥哥是不是被害了？爸爸和奶奶还活着吗？她突然像掉进了冰窟窿里，一个可怕的念头出现：他们一定都不在了，才会是福气来找自己。她强忍着不让自己哭出来，责问福气："你还有良心吗？！"

福气像没听见一样，眼盯着一个地方，不看她也不应她。

馨蕊又问："你这样做是为什么？"

福气才说："有个日本长官想见你。"

"他是你什么人？他想见我你就来抓我？我们家白救活你白养大你了！"

这话戳到了福气的痛处，他也急了，解释道："小姐，我也是没办法的！现在是日本人的天下，政府都没办法了，我们能怎么样啊？"

"那你就帮他们来抓我了？我哥呢？也被他们抓了吗？"

福气低下头不敢说话。

"你说呀，我哥在哪里？我爸让你照顾哥哥，你照顾到哪里去了？"

福气还是不说话，馨蕊又问："我爸呢？莫不是也去见那个日本长官了？"

福气急了："那没有！老爷和老太太是自焚的。"

"啊？"她抓住福气，"你说爸爸和奶奶……"她说不出话，眼里溢满了泪水。

福气也流了泪，说："我也是回来才知道的，老爷和老太太不愿意正合药号落入日本人手里，就放火烧了药号。是日本人验明了他们的尸体，我回来时他们已经没了。"

馨蕊这才知道爸爸和奶奶已经不在了，她哭得站不住，福气想扶她，被她一把推开："你这个没良心的！你干吗回来了？你把我哥怎么啦？"

福气心虚地说："这不关我的事，都是日本人逼的，等你见了井先生，你自己问他。"

"我不见什么井先生，我不认识他！"

一直在旁边听他们对话的浪人吉田，此时阴沉地威胁："你认不认识都得见，这由不得你！"

馨蕊意识到自己已经落到日本人的手里了，说什么也没用了，唯一的办法是逃，死也不能跟他们走。她想好了，船靠岸的时候，是最好的时机，现在正好是满潮，只要不被船和码头夹住，自己跳进海里就可以游走。福气不会游泳，两个浪人不知会不会，反正只有这条路了。也许他们会朝水里开枪，那就是死也比被他们抓走好。她想到瑶琦说的女性被日本人欺凌的事，更坚定了跳海的决心。

福气见馨蕊不说话了，就劝她："你去见一下吧，井先生是看重你，要保护你的。"

馨蕊冷笑道："他看重我什么？他们是来保护我们中国人的吗？"

福气差点喊："灵宝丹呀！"要不是为了灵宝丹，自己也不用这么辛苦来找她。要不是因为灵宝丹，少爷和老爷也不会死！但他知道这是不能说的，只能由井龟太郎自己跟她说。

这时，船已经靠岸，船工把缆绳圈抛到岸上的木桩套住，收紧缆绳，船慢慢贴近码头。船上的人都涌到出口的船舷，等着上岸。

福气和浪人早有防备，馨蕊不让他们碰自己，他们三人就从左、右、后方围住她，她只能往前走。而前面有关卡和哨兵，她逃不掉的。

就在船靠近码头还有半米远的时候，馨蕊挤开前面的人，一个箭步冲出去，跳进船与码头之间的空隙。船上、岸上等着上下船的人都惊叫起来，因为馨蕊完全可能被船和码头的石壁夹成肉饼。即使没被夹住，掉进海里，在船舱的下方，她也很难冒出水面呼吸的。

渡轮在馨蕊跳下去的瞬间靠上码头。福气和浪人想从缝隙找人都不可能，他们叫船工赶紧松开缆绳，自己抓起竹竿顶着码头的石壁，试图移开船身，一怕夹到馨蕊，二想留出缝隙，要是馨蕊掉进海里，给她一个出水的空间。

船撑开后，让人担心的一幕没出现，馨蕊应该掉进海里了。他们立即分头跑到渡轮的其他几个方向，看看馨蕊有没有从哪里出来。有好事的围观者也跑到船上，屏住呼吸看海面，祈祷馨蕊能浮出来。

"在那！在那！"有人指着船的外侧几米远喊。馨蕊已经从渡轮的外侧出来，正奋力向鼓浪屿的方向游去。她与瑶琦参加过毓德女中组织的厦鼓横渡，对游到鼓浪屿很有信心。她怕的是浪人向自己开枪。

果然，从码头岗哨过来帮忙的哨兵，不分青红皂白就要对馨蕊射击。吉田喊："别开枪！要活的！"他亮出身份，哨兵才收了枪。

馨蕊见日本人不敢开枪，便放心地往前游。只是她穿的裙子被海流鼓起，产生阻力，让她游不快。她又怕裙摆掀开，自己的大腿被看到，还要用手去捂裙子，游得很慢。

吉田命一个船工和他们一起下到海边，解开系在码头上的小木船，划出去追馨蕊。

岸上的人看出要抓她的是日本人，就对她大喊："他们划船去追了！加油！加油！"大家都为这个中国女孩感到自豪，又为她捏一把汗。

馨蕊因为紧张又用力过猛，突然脚抽筋了，游不动了，人开始往下沉。这时，离鼓浪屿还很远，她多么希望那只曾托起自己的长着十一个指头的手能再次出现啊！她最后再看一眼日光岩，知道自己没有上一次的运气了。

岸上的人大叫："她不行了！""哎呀，沉下去了！""快救人啊！"

这时追上来的小船已经靠近她，船工跳进海里，把已经沉到水下的馨蕊托上来。船上的吉田和福气赶紧把她拉上去。馨蕊已经没力气挣扎了，只知道死死地按住裙子，不让它掀开来。

馨蕊救上来后，吉田和福气都松了一口气。吉田由衷地感叹："他们这家人都很刚烈啊！"他是见过王方明自杀的人。他又看福气一眼，鄙夷地说："你在他们家长大，却跟他们不一样，下人就是下人！"

福气又羞又恼，却也无话可说。

围观的人看到馨蕊被救上来，又欣慰又失望。欣慰的是馨蕊得救了，失望的是馨蕊被抓了。大家议论纷纷：什么人啊，这么勇敢！大家都骂汉奸浪人没天良，一个小女孩都不放过！

船工回来后，轮渡又要恢复工作了。大家才想起自己要忙的事，赶紧各走各的。

鼓浪屿这边，从厦门过来的渡轮一靠岸，一个女孩子不愿意被日人抓走而跳海的消息立即传开了。这个消息比"血魂团"发传单更令人激动。

瑶琦还在码头附近徘徊。她跌坐在地板上的时候，要过渡的人从她身边走，都停下来问要不要帮忙，瑶琦说不需要，她自己站起来，伤心地想：需要帮忙的人被抓走了！

这时她在人群中看到一个身影，十一指！她张口就喊："十……"突然想到这样叫人家不礼貌，可又不知道他的大名，就改为喊："许先生！"要不是馨蕊被抓走，她是不会这样做的。虽然她知道十一指这个人，但她跟他毕竟不认识，一个女孩子，以她的教养是不会这样做的。在鼓浪屿，抬头不见低头见的人很多，许多人都是互相面熟，但没有交往。

十一指果然回头，确信瑶琦叫的是自己时，走过来问："你要我帮忙？"

瑶琦又摇头又点头，却牛头不对马嘴地问："你认识馨蕊吧？"

"馨蕊？"十一指想了想，说不认识。

瑶琦赶紧解释："5月10日那一天，你救了一个从厦门逃到鼓浪屿的女孩，对吧？"看到十一指眼睛一亮，她知道十一指是记得的，又说："她就是馨蕊，我的好朋友！"

"哦，对了，她说要住同学家，就是你家吧？"

"对！"瑶琦高兴地喊，她甚至忘了馨蕊被抓的现实。

十一指问："她好吗？现在在哪里？"

瑶琦才想到眼前的问题，就把馨蕊被挟持的事跟他讲了。十一指听了也很愤怒："他们竟然跑到鼓浪屿来抓人了！"而且抓的是单纯的中学生，他们干吗要抓馨蕊呢？

瑶琦也不明白，馨蕊从沦陷以来一直跟她在一起，她没做什么反对日本人的事啊！瑶琦恳求十一指想办法救馨蕊。"你救过她一次了，她很崇拜你的，你再想办法救救她吧！"

十一指咬着牙说："她也救过我的，我一定会想办法救她！但得先搞清楚日本人为什么抓她，她被关在哪里。"

两人约定，分头去打听消息，有情况及时联系。十一指给瑶琦一个救世医院的地址和人名，说自己到处跑，不常在鼓浪屿。救世医院的这个人是他姐夫，能找到他。瑶琦有事可留信，由他姐夫转达。

瑶琦奇怪，他为什么不让找他家的人？他家的人不知道他在哪里吗？但她觉得这样变着花样找人挺好玩的，就高兴地说："好啊！我怎么称呼你？"

"许继中，继续的继，中国的中。"不过他交代瑶琦信封要写他姐夫的名字：花世民。

"哈哈，好怪的名字！"瑶琦听到有姓花的，忍不住笑起来。

十一指也笑说："北方人的姓氏，他是外地人，在爱丁堡读医时跟我姐姐认识。正好救世医院在招人，就随我姐姐来鼓浪屿了。"

"真好！"瑶琦想起来还没介绍自己，就说了自己的名字和地址。

"嗯，我知道，永和食品的。"

两人都笑笑，瑶琦又补充说："馨蕊家是正合药号的。"

"啊！怪不得她有那么神奇的药。"他指了指自己的胸口，"我的伤很快就好了，还不留疤痕。"

"灵宝丹！她们家祖传的。"

"哦，灵宝丹，神药！"

这时在码头上等过渡的人越来越多，大家都伸长脖子看厦门那边，焦急地问："出什么事了？那么久船还不过来？"这边依稀可以看到对面好像有情况。

瑶琦和十一指只顾着聊天，没注意那边的情况。等渡轮过来时，听说一个女孩跳海的事，瑶琦就哭了，她说那一定是馨蕊。馨蕊啊！想到自己的好朋友差点就死了，她出了一身冷汗。对十一指说："馨蕊是好样的，你一定要救她呀！"

十一指也很佩服馨蕊的表现，他想起她目不转睛地给自己的伤口上药的模样，她的头发痒痒地拂在自己的脸上，想不到这么纤巧温柔的女孩是这么勇敢！可现在她身陷囹圄！十一指觉得自己有救出馨蕊的责任。他对瑶琦说："我一定！"

船要开了，他跟瑶琦告别，头也不回地往前走，他知道瑶琦一定在背后看着自己,尽量把脚步走得更豪迈一点,好像他就要去救馨蕊了。

井龟太郎得到馨蕊如获至宝。馨蕊的样子让他略略吃惊:怎么那么纤弱?她那副奇特的眼角上扬、鼻尖上翘、樱桃小嘴的模样,简直就是灵宝丹的精灵!那是一种高贵、骄傲、从容又不肯将就的神态,仿佛她是因灵宝丹而生的。

这个女孩子他很久没见了,馨蕊平时在鼓浪屿上学,不常回家。也许小时候在药店见过,但女大十八变,现在是个亭亭玉立的少女了。关键的是她掌握了井龟太郎想要的宝贝。

井龟太郎客客气气地把馨蕊迎进办公室,看到馨蕊因全身湿透而不时拉拉紧贴身子的衣服,以免身材凸显,他善解人意地从浴室里拿出干净的浴巾,让她披在身上。又命侍从马上上街给她买几套衣服。特地交代内衣、睡衣都要买。

馨蕊听他这样安排,知道自己暂时出不去了,就问:"你为什么抓我?我没犯法。"

井龟太郎请她坐下,拿了一个放在茶几上的油桃给她,说:"你先休息好,吃点东西,我们过后再谈。"

馨蕊不接桃子:"我无缘无故被抓,哪还能吃得下东西?"

井龟太郎没趣地放回桃子,说:"请你来,是想请你继续制作灵宝丹,你知道的,我迷上了灵宝丹。"

"那你去正合药号买呀!你以前不是经常在那儿买吗?"

"可是……"井龟太郎不知怎么说。

"可是什么?"馨蕊想到福气说的,爸爸和奶奶都……她不愿意相信这是真的。

"嗯,战争,你知道,这是没办法的,正合药号已经没了。"

"那我爸爸和奶奶呢?"馨蕊仍抱一线希望。

"他们也没了,都烧死了。"井龟太郎以为馨蕊会大哭大闹,但馨蕊只是低头啜泣，她现在才彻底死心。她要求回正合药号去看一看。

井龟太郎说："可以的，但得等你休息一下，换了衣服才去，是吧？"他又奸笑着说："还得你配合我们才行啊。"意思是，馨蕊不听话就别提要求。

馨蕊知道自己已经身不由己了，井龟太郎想要灵宝丹！幸好哥哥逃走了，自己死也不能告诉他的。可他是怎么知道自己也会做灵宝丹的呢？她只能装不懂，不承认自己会做，等待机会逃走。

井龟太郎也不急，衣服买来了，让人好好照顾馨蕊，等她受的惊吓和身体恢复了再谈正事。但福气不能在馨蕊面前出现，馨蕊一见福气就像公牛见了红布，要跟他拼命。

福气也怕见馨蕊，不管怎么样，他内心愧疚。王家就剩这个女儿了，他又把她交给了日本人，馨蕊的结局可想而知。他想到自己所受的酷刑就不寒而栗，金枝玉叶的小姐怎么受得了？他所能做的是躲得远远的，不要去想，活一天算一天。

他跟井龟太郎请求回正合药号。他已经找到了阿凤，想把正合药号修复一下，两人住进去，可以继续经营。

他在找馨蕊的同时也在找阿凤，没事时经常到正合药号附近转悠，希望能发现馨蕊或阿凤的踪迹。有一天果然看到阿凤从一条小巷子里钻出来，站到药店门前发愣。

福气有点心虚，悄悄从后面闪到阿凤面前，叫了声："阿凤！"

这差点把阿凤吓死。看清是福气后，她生气大于惊喜，厉声问："你死到哪里去了？为什么现在才见鬼影？"

福气现在已经不需要隐瞒他和少爷的行踪了，就说："老爷让我陪少爷逃去日本，不让人知道。我没办法跟你说。"

"那你怎么又回来了？少爷呢？"

福气躲避着阿凤的目光说："少爷还在角美张家，他让我回来看看。"

阿凤抬颌指指烧成焦炭的正合药号,噙着眼泪说:"看看,成这样了!老爷和老太太都过去了,太太和小姐没有音讯。家都没了。"她放声大哭起来。

福气问她是怎么过来的。她说日本人登陆那天,老爷就给她一些钱,让她自己谋生去。说如果她有心,将来局势太平了就回来看看,如果大家还活着,再一起过日子。她没地方去,就到筼筜湖里一个亲戚的渔船上才躲过灾难的。她已经来过几次,邻居说老爷是自己烧掉药号的,他和老太太的尸体还是得到过他帮助的瞎子算命先生收的。太太和小姐都不见了,可能上鼓浪屿了。她有空就来看看,是希望能碰到她们。

她问福气:"那你怎么办?是去接少爷,还是去找太太和小姐?"

福气故作神秘地说:"少爷是不能回来的,老爷让我们逃就是怕日本人学会做灵宝丹。他要是被日本人抓住,灵宝丹就保不住了。"他告诉阿凤,不能让人知道少爷躲在角美,那样少爷就危险了。

阿凤恍然大悟,她急起来:"那你还不赶紧回去?叫少爷快跑,日本人知道他在那里就惨了!"

福气忍不住说:"我想你啊,你跟我走吧。"

阿凤说她不走,她要等太太和小姐回来,她也会等福气。她让福气把少爷照顾好,将来再团聚。

福气说,少爷在张家被照顾得很好,不如他去鼓浪屿找太太和小姐,等找到了,大家一起去角美。

阿凤不知底细,觉得这样更好。她把自己的住处告诉福气,让福气找到了太太和小姐就来找她。

福气很高兴,他虽然还没找到馨蕊,但经常去找阿凤。阿凤也在孤苦中,两人互相温暖,很快就住在一起。他劝阿凤搬回正合药号,先把房子收拾起来,等找到了太太和小姐,就有一个安身的地方了。药号除了店面烧废,二进以后都好好的,他想住到二进主人住的地方,但阿凤不同意:"那也是你能住的地方?等太太和少爷、小姐回来，他们住哪里？"

福气知道他们不会回来了，但也不想说，就顺了阿凤的意，仍住回他们以前住的下人的地方。他心里暗笑，要不了多久，我就会当主人了，他心里清楚，以后正合药号就是自己的了，即使找到了馨蕊，日本人也会把她带走，她不会再回到药号了。你这个傻丫头，到时再让你瞧瞧我福气是什么人！

现在他已经找到了馨蕊，向井龟太郎交了差，就可以和阿凤堂而皇之地占有正合药号了。他找到了做主人的感觉，觉得当有钱人真好。这让福气减轻了犯罪感，他想：你们好命过，现在轮到我们了。

井龟太郎也觉得再留福气没什么用了，但让他把正合药号重新开起来是有好处的，以后自己做的灵宝丹还可以借正合药号的名卖出去。只要在厦门，福气就跑不到哪去，要用他随时叫。等馨蕊愿意配合了，福气和阿凤还可以来当帮手。就同意福气回正合药号，把门面恢复起来，重新开业。

但令他头疼的是馨蕊不承认自己会做灵宝丹。她说灵宝丹传男不传女，这是所有人都知道的。

井龟太郎说："这次不一样，你爸爸是传给你的。有人能证明。"他把福气叫来，让他说说那天的情形。

福气就绘声绘色地把他看到听到的说了一遍。

馨蕊叫起来："啊？你偷听！"她对福气的恨更深一层，又要冲过去跟他拼，但被人拉住。

井龟太郎说："是吧，你会做丹的。"

馨蕊却说自己还没记住药方，还没学会制作，日本人就打进来了，爸爸也死了，没人教了。说着又哭起来。

井龟太郎不知是真是假，但他不相信王良用没有教会馨蕊，以馨蕊长期在正合药号里耳濡目染，也会知道怎么做灵宝丹的。馨蕊是在骗他，他一定要从她身上抠出灵宝丹来！

他把馨蕊关在自己办公楼隔壁的一座小洋楼里，派了两个浪人和一个女仆日夜看守，交代一定不能让馨蕊出意外。馨蕊跳海的事情让他们心有余悸，馨蕊被关进小楼后又以绝食对抗，是请了日本军医来输液才解决了问题。谁知道她哪天又会想出什么招数来寻死呢？

如何才能让馨蕊回心转意愿意制作灵宝丹，成了井龟太郎的烦恼。依吉田的说法，这家人都刚烈，看她从船上跳下去的样子，很有侠女之风。井龟太郎明白，中医药是中国传统文化的一部分，中医世家的人都有中国士大夫精神，是讲究忠孝仁义的。王家人能把灵宝丹保护和传承下来，就是信守了中国的传统精神。井龟太郎对王家人真是又敬又怕，对馨蕊和灵宝丹当然是绝不肯放过的。

就在井龟太郎对馨蕊束手无策的时候，厦门来了一个他盼望已久的特殊人物，这个人不仅从香港给他带来了他所喜爱的灵宝丹，还为解决馨蕊的问题打开了一个缺口。

他就是井龟太郎在台湾警视厅特高课的同道许林一雄。

老友相见分外高兴，特别是井龟太郎，俨然以厦门主人的身份接待许林一雄，因为他现在就是厦门的"太上皇"了。而许林一雄回到儿时生活过的地方也倍感亲切，自己又肩负使命，大有报效祖国的壮志。他把灵宝丹送给井龟太郎时，井龟太郎大为惊讶，现在还有灵宝丹吗？他以为灵宝丹已经没了。

许林一雄说，是香港"佛药"药房的库存，已经快没了。他们也很担忧，不知正合药号以后还做不做灵宝丹了。

"会做的，会做的。"井龟太郎得意地一笑，"我掌握着灵宝丹的唯一传人呢！"就把王良用母子殉道，王方明自戕，王馨蕊被软禁都说了。"可惜的是这小女子不肯合作。"他皱着眉头。

"女儿会做灵宝丹吗？"许林一雄也知道灵宝丹传男不传女的规矩。

井龟太郎又说了福气的事，幸好福气偷听到了这个秘密，要不然灵宝丹就会流失在外面了。井龟太郎已然觉得自己是灵宝丹的主人了。

许林一雄恭维着井龟太郎："这可是王良用特地给你留下的宝贝呀！"心里却恨得直咬牙，那个出卖主人的叛徒该死！

井龟太郎听了很开心，说："是啊，要不然我的灵宝丹就要灭绝了！"他觉得灵宝丹已是囊中之物。但是，馨蕊不肯就范，灵宝丹还是做不出来。他讲了自己的烦恼，馨蕊软硬不吃，对她动刑又怕把她弄死，到头来一场空，真是没办法！他看到许林一雄笑而不语的样子，好像胸有成竹，突然觉得也许他是有办法的，他们同是厦门人、中国人，也许他能说服馨蕊。就问："你要不要去见见她？也许她会听你的。"

许林一雄已经产生了要救馨蕊的念头，灵宝丹不能让井龟太郎搞到手，馨蕊要赶紧救出来，就顺水推舟说："好啊，让我也见识见识灵宝丹的传人。"

两人来到仅一墙之隔的小洋楼。馨蕊正在二楼的书房里看书，楼下一个特务，楼上一个女仆，都是在看守她的。二楼的窗户都上了铁丝网，馨蕊是没法跳下去的。

两人进来的时候，女仆站起来要叫馨蕊，井龟太郎制止了她。馨蕊已听到脚步声，但她仍保持低头看书的姿势。她知道进来的不会是自己想见的人。

井龟太郎来到她身边，叫道："王小姐。"

馨蕊习惯性地站起来，对他领首回礼。这是她们在女子学校训练的礼仪，不管怎么样，教养都要有的。但她看到井龟太郎身后的许林一雄时，竟愣了一下，似乎面熟。这一细微的表情让两个特务都捕捉到了，许林一雄倒是不知道她为什么会这样。

井龟太郎介绍："这是台湾来的朋友许先生，你们厦门人。他也是灵宝丹的爱好者。"

馨蕊对许林一雄略略一笑，没说什么。刚才那一眼让她想起了十一指，这人与十一指有某种神似的地方，她下意识地看了他的手，没有多出什么。井龟太郎说他是台湾来的许先生，她又进一步把他与十一指联系在一起，都姓许，都与台湾有关系。她多么希望十一指能来救自己啊！可眼前这个人是井龟太郎的朋友，也就是中国人的敌人，如果他是许家人，那一定是许家投降日本的那一支。

许林一雄看一眼桌上的书，没话找话地说："王小姐在读什么书啊？"

那是一本英文版的《简·爱》，书房里现成的书，馨蕊无聊，随便拿来看的。馨蕊不应他，她已经把许林一雄归为坏人，即使他是十一指的亲戚，也是属于败类的那一种，没有必要对他客气！

许林一雄不介意馨蕊的态度，笑着说："女孩子都爱读这类爱情故事。"

井龟太郎哈哈笑。馨蕊被气得脸都红了，她这个年龄，爱情是个敏感词，可气的是她听到"爱情"时，头脑中竟闪过十一指的样子。她好像被偷窥了秘密，羞恼地说："才不是呢！"

两个男人觉得更好笑，连女仆都抿着嘴。许林一雄不愧是心理高手，立即说："不是说你呢，你是女中豪杰。"

馨蕊没想到自己会被说成是女中豪杰，她不像花木兰那样会武功，连血魂团都没参加，怎么会是女中豪杰？但被说成女中豪杰毕竟是愉快的，她谦虚地说："我又没什么本事。"

许林一雄看出她的心思，立即抓住缝隙说："你会做灵宝丹啊，这可是天下无双的！"

馨蕊想都没想就反驳："不是天下无双，我哥哥也会做！"她以为哥哥还在，这等于承认了她会做灵宝丹。

井龟太郎心中暗喜，他与许林一雄对视一眼，鼓励他继续引导馨蕊说下去。但许林一雄不想让井龟太郎知道馨蕊更多的秘密，就说："改天我来跟你探讨灵宝丹，如何？"

馨蕊又警惕起来:"我不认识你,灵宝丹是我们家的祖传秘方,我不跟你说。"

许林一雄笑道:"我知道啦,我不是跟你探讨秘方,我是跟你说灵宝丹的神奇功效,它救了很多人的。"

这话勾起了馨蕊对爸爸的回忆,眼睛又红起来。她坐下来,低头不语。井龟太郎和许林一雄觉得已经有效果了,他们见好就收,悄悄退出来。

井龟太郎出来就对许林一雄赞赏有加,他本来是邀他来协助自己做情报工作的,没想到他对馨蕊还有一手,更是意外之喜。他除了让许林一雄抓紧把间谍组织建立起来,也让他尽快解决馨蕊的问题。

6 双面人

瑶琦的爸爸通过陈清泉等人也打听到了消息，井龟太郎抓馨蕊是为了灵宝丹，他想把中国的灵宝丹变为日本的灵宝丹。大家想到老祖宗留下来的宝贝日本人都想抢走，真是又愤怒又悲哀。所幸，馨蕊没有屈服，但她会不会做灵宝丹却是个谜。大家既希望她会，又担心她会。要是她会，顶不住日本人的酷刑，供出来了，那灵宝丹就保不住了。要是她不会，灵宝丹就后继无人了，也是遗憾。不管怎样，解救馨蕊是当务之急，也是大家的心愿。这个消息和请求通过情报系统传到军统上层，军统回了话，不能让灵宝丹落入日本人之手，解救馨蕊！

可怎么解救？永和情报组只负责收集情报，并没有行动人员。而且馨蕊是井龟太郎亲自过问的，看守严密，很难解救的。

瑶琦说："我们把灵宝丹给他呀！用灵宝丹换人！"她知道王良用给馨蕊一大包灵宝丹，馨蕊曾拿出几粒要给瑶琦，瑶琦还不要呢！她不相信那又黑又苦的中药真能包治百病。现在馨蕊的灵宝丹还放在她的房间里，瑶琦觉得既然井龟太郎想要灵宝丹，那就拿去换人好了。

爸爸说："你傻呀，日本人要的是秘方，拿走了秘方，是釜底抽薪，以后灵宝丹就变成他们的了。现在这些灵宝丹能吃多久呢？"

瑶琦明白了，原来日本人抓馨蕊是为了把灵宝丹变成他们的！她现在才知道馨蕊还有这么重要的价值，不禁对她刮目相看。可怎么才能把她救出来呢？

爸爸安慰她，井龟太郎对馨蕊还算客气，没对她动刑，要是动起刑来，馨蕊绝对扛不住。爸爸随口说了听人家讲的几种酷刑，什么"滚肉皮"，就是拿湿毛巾披在人体上，再用烧红的熨斗上去熨，等毛巾干了再揭开，连皮带肉一起撕下，还有……

瑶琦捂住耳朵不敢听："别说了别说了，馨蕊不会这样被折磨的！"

爸爸也担心，如果时间久了，井龟太郎失去耐心，那就很难讲了。他不是对馨蕊仁慈，而是怕用刑把藏在馨蕊脑子里的秘方弄没了。要是馨蕊坚决不说出秘方，她的生命就难保了。所以要抓紧救人！

瑶琦想到了十一指，她急着要把这个消息传递给他，看他有什么办法救馨蕊。她捧着脑袋，对爸爸说："让我好好想想，也许有办法救馨蕊。"

爸爸半开玩笑说："你好好想吧，等想出来了，要用钱用人跟我说哈。"他又想起了什么，提醒瑶琦把馨蕊的灵宝丹藏起来，说不定哪天日本人会上门来搜查。他担心，万一馨蕊供出了灵宝丹放在瑶琦家里，日本人一定会来抢的。

"他们敢来鼓浪屿搜查吗？"瑶琦以为鼓浪屿还有工部局，日本人不敢上鼓浪屿搜查的。

"有备无患嘛。"爸爸不想吓到瑶琦，其实日本人经常以各种借口上鼓浪屿搜查，已经抓了不少人了。他们步步为营，目的就是要占领鼓浪屿。现在欧洲已像火药桶一样，世界大战一触即发，以英美势力为主的工部局已经无心关照鼓浪屿这个小地方了。日本人占领鼓浪屿是迟早的事。

瑶琦匆匆来到位于河仔下的救世医院。

这个由荷兰籍美国传教士郁约翰博士创办的医院是鼓浪屿人心中的圣地，因为郁约翰博士就是个圣人。在厦门，有两个深受老百姓崇拜的医圣，一个是中医的"大道公"，一个是西医的郁约翰。他们都为救治病人献出了自己的生命。

大道公又叫"保生大帝"，是宋朝一个叫吴夲的民间医生，精通医术，济世救人，深受百姓爱戴。有一次为救治当地流行的瘟疫，他上山采药时，不慎从崖上跌落，羽化成仙。当地民众将他的遗像奉祀在龙湫庵，尊奉为"医灵真人"。南宋绍兴二十年（1150年），高宗皇帝颁诏，改建龙湫庵，赐名"慈济庙"。乾道元年（1165年），孝宗皇帝将"慈济庙"追封为"慈济灵宫"，由"庙"而"宫"，"医灵真人"成了"保生大帝"。他又继续在庙里为百姓看病，而且灵验神奇。

后来过台湾、下南洋的闽南人把大道公的香火带到台湾、东南亚等地，这些地方都有保生大帝庙。在闽南更是遍地慈济宫，鼓浪屿也有一座，叫"种德宫"，香火很旺。鼓浪屿虽然不少人信了洋教，但还喜欢拜拜当地的神，有时，做完礼拜后再拐到小庙里烧一炷香。在他们心中，不管洋神土神，只要是保佑自己平安幸福的，都要恭敬。

瑶琦小时候常到大澳内的种德宫庙去看人家拜大道公。谁家有人生病了，就到庙里向大道公求签，保生大帝的签书都是药签，相当于处方，求到后可上药铺配药吃。有的只要求赐一撮香灰，用开水冲服，即可药到病除。但有条件的人家，为保险起见，一边到庙里求大道公救治，一边到救世医院找洋医看病，双管齐下，只要病好，谁的功劳都记下。

因为大道公是神，人们有什么难题、心愿也可以向他求教、乞佑。到了大道公的生日，全岛信众就会举办大型的庆典，祭祀都摆到街上来了，鞭炮放得整个鼓浪屿都是火药味。随着庙祝的一声令下，大人小孩都跪到地上叩头行礼，黑压压的一片，很是壮观。瑶琦看得心动，觉得当医生真是了不起啊。

但是，大道公老是坐在庙里，脸被香火熏得黝黑，表情似笑非笑，实在看不出他是个什么样的人。而救世医院的郁医生就是个实实在在的人了，鼓浪屿人常见他穿着整整齐齐的礼服，戴着高高的礼帽，拿一根铮亮的拐杖，在做完礼拜后，有空会到教民家中访问。谁家有什么困难了，他就想办法解决；邻里之间有什么纠纷了，他也会出面调停。他还像无所不能的大道公一样，会做很多神奇的事情。比如河仔下救世医院那两座规模宏伟的"救世男医馆"和"救世女医馆"，就是由他募资、设计，于1898年创建的，里面的发电、给水、消毒系统也是他设计安装的。救世医院的医疗设施达到了美国医院的同期水平，设有X光室、手术室、传染病房等。从1900年起，这家医院还附设医学专科学校，开设物理、化学、胚胎学、组织学、生理学、解剖学、内科、外科、眼科、妇产科、小儿科、皮肤科、检验科等科目，培养了众多的西医师，还创立了闽南第一所护士学校。厦门救世医院跟青礁慈济宫一样，声名传遍了闽南、台湾和东南亚，一些被认为不治的病人，都在这里被治愈了，许多民众慕名前来就医。郁博士还设计了鼓浪屿人引以为荣的英华中学和八卦楼，八卦楼还成了鼓浪屿的标志性建筑。

但是，就像大道公为救治当地流行的瘟疫，上山采药不慎从崖上跌落羽化成仙一样，郁医生也在1910年4月厦门鼠疫横行时，为救治病人，不幸感染鼠疫去世。他们都是为救治病人献出自己生命的医圣。

救世医院背靠日光岩，面对厦门，三面环海，树木掩映，交通十分方便。因为有先进的医疗设备，医生技术高明，又以救世为宗旨，服务态度好，来这里求医的病人络绎不绝。即使在战乱期间，从厦门附近来的闽南病人还是非常多。

进到医院，闻到特殊的消毒水味道，瑶琦赶紧用手帕捂住口鼻。医院总是让人望而生畏的地方，来到医院就想到打针，打针就是痛！要不是为了馨蕊，她可不愿意到这种地方来。

她正小心翼翼地要进门诊大厅时，有个印度侍者出来拦住她，问："小姐，你看什么病？"

"我不看病，我来找人。"

"找什么人，我能帮你吗？"

"嗯，"瑶琦拿出信封念道："肺科，花世民。"这个名字她还不熟悉，还要对着字来念。十一指教她有事把信寄给这个人收，落款写瑶琦，姐夫就会把信转交给他。

"哦，寄信不用进去的，放在门房他就会收到。"侍者指了指医院大门旁的一个小房间。医院所有人的信件都会放在那里，他们经过时，门卫就会交给他们。

瑶琦却想看看姓花的人长什么模样，她头脑中已经有一个像小生一样的人物形象，对十一指的家人甚是好奇，就说："我都来了，我进去交给他。"

印度人很尽职，说："不可以进去的，那里是传染科。""喀喀，"他做咳嗽的样子，"TB。"

"TB"就是结核，结核在那时还是令人谈虎色变的疾病。瑶琦当然不敢进去了，她对这个花医生也感到敬佩，在那么危险的地方给人治病！就跟郁约翰一样。她把信交给了侍者。

从救世医院出来，瑶琦心情愉快。馨蕊的消息传递出去了，又得知十一指的姐夫是个勇敢的医生，感觉救馨蕊就有希望了一样。她正在兴头上，便乘兴到离这里不远的种德宫去烧一炷香，求保生大帝保佑馨蕊平安无事。

烧香的时候，庙里的住持一直盯着她看。

瑶琦被看得不自在，问："我拜得不对吗？"

住持说："甚好甚好。我看你心意很诚，是为何事发心呢？"

瑶琦犹豫了一下，还是说："我求大道公保佑我的好朋友平安无事。"

"我猜，你的好朋友是正合药号的小姐。"

瑶琦惊叫："你怎么知道？"她以为大道公有这种神通，能够看穿一切，就像上帝一样无所不知。庙里的住持一定得到了大道公的神谕。

住持却说："那天在码头上，我目睹了你的朋友被人挟持走，你跌坐在地的情形。"

"那你怎么知道她是正合药号的小姐？"

"天下中医中药是一家！我们的药签很多也是中医名方啊！"住持自豪地说，"正合药号的功德厦门人是不会忘记的！民国前，厦门鼠疫流行，鼓浪屿的洋医生郁约翰就是那年去厦门给鼠疫病人看病才染疫而亡的。要不是正合药号向穷人发放灵宝丹，不知还要死多少人！"

"真的？"瑶琦对那年的鼠疫只是耳闻，不知道馨蕊家还做了这么大的好事。

"王家有慈济风范哪！"住持有感而发，"王仁医是我们小庙的施主，以前曾带小姐来过我们庙里。我见过的，不过时间久远，我不太敢确认。"

"可是，她被日本人抓走了！"瑶琦忍不住哭起来。

"嗨，我猜也是，日本人一定是冲灵宝丹来的！"

"你怎么知道？"瑶琦又一惊，她以为是重要的情报，这人却都知道。

住持笑笑："正合药号最宝贵的东西是什么呢？"也不多解释，又说："我们一起想办法救小姐。"

"你有办法？"瑶琦惊喜得快跳起来。

住持未置可否，但说："努力！多联系，不声张。"他拿出一张神符给瑶琦,"大道公保佑!"

瑶琦双手接过,小心地折好,捏在手心。

住持闭上眼睛,示意她可以走了。

瑶琦走出种德宫,外面的阳光刺得她睁不开眼,闭了一会儿眼睛。睁眼时,一眼看到岩仔顶上的大石头,发现今天的天空特别蓝。一只苍鹭飞过,划出一道优美的弧线。半山腰上的木棉树伸出刀戟般的枝丫,枝丫上端坐着一朵朵含苞待放的攀枝花。等到开花的时候,那将是满山红遍。去年攀枝花开的时候,她与馨蕊还把羽毛球大的攀枝花当投弹一样扔来扔去玩着,又把开得正好的花串成花环挂在胸前。一眨眼,美好的日子好像已经过去很久很久了,日本鬼子来了,生活乱了套,馨蕊被抓走了。她又忧伤起来,多么希望馨蕊能回到自己身边啊!现在希望寄托在十一指身上了。

姐夫把瑶琦的信交给十一指时,他并没有回避姐夫,当着姐夫的面拆开了信。姐夫逗他:"听门房说,是个时髦的小姐送来的。"

十一指笑道:"姐夫别误会,她是永和食品家的小姐。我们共同关心着一个人。"

"哦?"姐夫以为十一指恋爱了,正要为他高兴,却是空欢喜。

十一指看过瑶琦的信,得知日本人抓馨蕊是为了拿到灵宝丹的秘方,现在馨蕊被软禁在中山公园西门外的祥云别墅里。这超出了他所能想到和所能做到的,他感到心情沉重和焦急。

姐夫见他情绪不对,就问:"怎么啦?有什么不开心的事?"

十一指就把这个情况跟姐夫说了,请姐夫帮忙出出主意。

十一指跟姐夫的关系特别好,几乎无话不谈。他跟姐夫好,起先是缘自姐姐的亲情,后来是出于对姐夫的崇拜。十一指的母亲是父亲的三太太,父亲共有五个太太,他原本要娶满七房太太的,以便每周七天,每天带不同的太太参加社交活动。那时鼓浪屿的富人家经常举办各种派对,土洋结合,形式上学的是洋人的风雅,唱歌、跳舞、弹琴、吟诗、作画、饮酒、喝咖啡、喝茶……内容却是中国人的特点，要面子讲排场，而妻妾成群是那时成功男人的标配。

可十一指的母亲在生他后不久染病去世，让他父亲对凑足七房太太不再感兴趣了。早逝的三太太为他生了许家的特产"十一指"，让父亲又喜又忧。为弥补缺失的母爱，父亲把他和同母姐姐一起请奶妈专门照顾。姐姐大他七岁，爱他如母。

姐姐十六岁赴欧洲求学时，十一指曾痛苦万分，要不是他独特的身份得到家族其他成员的眷顾，他可能很难度过与姐姐分离的时光。姐姐也是因为惦念他，学成后执意回到鼓浪屿，并给他带来了像大哥一样的姐夫。此时他们的父亲已去世多年，家里由大房长子掌门。

姐夫成了十一指的偶像，姐夫所爱的，必是他的所爱。而姐夫不仅见多识广，学识渊博，重要的是他有一种强大的精神力量，好像在他身上有某种特殊物质，让他意志坚强。十一指曾问他那是什么东西。心里暗忖：像我多出来的小指头吗？他有时在特别沮丧的时候，会盯着嫩姜一样的小指头，对自己说：你跟人家不一样，你必须坚强，像祖先一样厉害！他的祖先十一指，每次要发生大事或作出重大决定时，多出来的小指头都会发红发热。他以为姐夫身上可能也有这种特殊的能量。

没想到姐夫笑说："信仰。"

"信仰？"十一指摇摇头，"信上帝、信佛都是信仰吧？可多数人并没有这种状态啊。"

姐夫说："等你找到了自己真正向往的信仰，就会有了。"

"快告诉我吧，你是什么信仰？"

姐夫却问："你有信仰吗？"

"我没有！"十一指干脆地说，"我不相信！"

"为什么呢？"

十一指气嘟嘟地说，那些拜佛拜上帝的人都是有所求才拜的，如果佛和上帝满足了这些人的贪欲，那就太不公平了！再说，这个世界并不是善有善报恶有恶报，佛和上帝也不管管。所以他不相信！他只信实力！十一指挥了挥拳头。

姐夫笑起来："信仰并不是只对神，有时是对真理的追求。"

"真理？"十一指如拨云见日，他把信仰和迷信混为一谈了，以为信仰就是拜神，没想到真理还可以成为信仰。

姐夫说，真理不仅可以成为信仰，对真理的共同信仰，还会使素不相识的人成为"同志"，肝胆相照、永不背叛。

"哇！"十一指以为要同饮血酒、结为金兰之交才能肝胆相照、同生共死。什么真理能让人义无反顾？

姐夫秘而不宣："每个人的生活态度不同，他所追求的真理就不一样。比如你信仰实力，而我是个医生，我的信仰是社会公平，人人幸福。"

"呵呵！"十一指笑起来，他虽然很敬佩姐夫，但姐夫的信仰却让他觉得太书生气了，这社会哪有公平？受苦受难的人那么多，哪来的幸福？他揶揄道："我看你像个共产党。"

姐夫严肃地说："你可别乱讲啊！你怎么知道共产党？"

十一指第一次听说共产党是很多年前，他还在上小学的时候，厦门曾发生一起轰动海内外的"劫狱事件"。大家才知道共产党的厉害。

那时人们对共产党不了解，国民党把共产党描绘成穷鬼和匪徒，住在鼓浪屿的富人们庆幸这个地方没有共产党。不承想，他们像从空气里冒出来的一样，把四十多个共产党重刑犯从严密把守的监狱里救出，并转移出岛。在厦门这样的地方，劫狱难，转移出岛更难！人们对共产党刮目相看。

传说共产党人都身怀绝技、神秘莫测。劫狱事件发生后，厦门人对身边的人都产生了某种猜疑，那些看似最不可能是共产党的人，却最有可能是共产党！因为就在鼓浪屿这样的地方，居然有共产党的省委机关,还开过中共福建省委第二次代表大会!而那些共产党的高级领导,看上去都是风度翩翩的绅士、淑女!一时间,厦门刮起了一阵共党热。

那时,十一指这样的小男孩还会玩一种游戏——"共党大侠",就是穿着斗篷披风,戴着墨镜,旁若无人,疾走如飞,却突然一出手,把身边的小朋友撂倒。被撂倒的人吃惊地问:"你是什么人?"

大侠就翘着嘴角说:"共产党!"游戏到此结束。

十一指也是在那时萌生了做一个独行侠,兼济天下的想法。但那毕竟是闹着玩的,共产党的主张也太虚无缥缈了吧!十一指不相信儒雅、温和的姐夫会是共产党,所以就说:"跟你开玩笑的啦!你要是共产党,我就跟你加入。"

"这话不能乱讲的,以后不再说这个话题。"

"好了好了,放心。"有那么一刻,十一指觉得姐夫真的是共产党,不然他为什么那么怕自己说呢?

十一指跟姐夫说馨蕊和灵宝丹的事,原来只是随便说说,并不指望姐夫真能帮什么忙。没想姐夫神情严肃起来,认为是个重要的事情。首先中国的传统医药瑰宝不能让日本人抢了去;其次战乱时期,军队和百姓都缺医少药,如果把馨蕊救出来,生产灵宝丹,对伤员是一种快速有效的急救良药。

十一指马上说,他的伤就是馨蕊用灵宝丹治好的,都没有到救世医院去找姐夫。姐夫却批评他,以后这样的事不能自作主张,该到医院还是要到医院。

十一指心里偷笑,姐夫还是不相信中医。但他不跟姐夫抬杠了,就问:"你说怎么救馨蕊?"

姐夫说得仔细想想,他让十一指与瑶琦保持联系,有什么新情况及时告知。

十一指不相信想想就能救馨蕊的,还是要靠自己。他曾去找过血魂团的人,想参加他们的抗日活动。但接触后互相不买账,血魂团的人对他这种富家子弟不看好，觉得他们"骄娇"二气重，关键时刻会掉链子。而十一指也觉得血魂团的人太 low，小打小闹，搞不了大事，而他就是要玩大的，所以看不上他们。现在要救馨蕊，单枪匹马是不行的，他又想到血魂团，不知人家会不会接纳自己。但为了中国人的灵宝丹，也许会吧？他想去试试。

这时，家里来了一位不速之客——台湾的远亲许林一雄回到了鼓浪屿。平时家里也常有台湾来的亲朋好友，他们有的回南安老家寻根祭祖，路过鼓浪屿，会住几天叙叙旧。有的则是专门到鼓浪屿认亲，住几个月大半年的都有。两边的亲戚保持着密切的联系，血脉中有一个特殊的心结牵挂着他们，那就是跟别人不一样的手指。那边有长十一指的人回来，必受这边隆重欢迎。那边回来的人必见这边的十一指，看到那独一无二的标志，内心洋溢着浓浓的亲情。如果家族中有新的十一指诞生，必举家欢庆。他们家的十一指有两节，上一节还有小指甲盖，晶莹剔透，像个可爱的小精灵。

所以，许林一雄回到许家的花园大洋房时，十一指必然是在场的。因许林一雄在台湾与日本警视厅的关系大家都略知一二，对他的到来有所戒备，不知他在这种时候来厦门干吗。

许林一雄也不避讳，说这次回来就是想利用自己跟日本人的关系，在厦门赚一把。

这话让人听了觉得不是味道，外敌入侵，你还想发国难财？许家人可不是这样的！要是想靠日本人发财，当年日本人拉拢先辈，他们留在台湾当傀儡就好了，也不至于舍家弃业损失巨大财富。但想到许家的确出过这样的败类，现在再有也不奇怪。

但以许家人的禀性，有话不吐不快。当家的阿兄从辈分上讲，是许林一雄的长辈，不过隔了好几支，两人年纪差不多，他不好摆老大，但还是提醒："日本是侵略者，赚这种钱可要三思。"

许林一雄早有心理准备，赶忙赔着笑脸说："族叔放心，我不赚昧心钱。但有些钱，我们不赚，别人照样赚，不如我们来赚，还可以为国人做点好事。"

阿兄就问他有什么财路，想必是财路找好了才回来的。

许林一雄呵呵笑，说："咱自家人不说见外话，这生意只有我来做日本人才放心。"他说是做交通船。这是他在厦门表面的身份，他真正要做的事情是不能说的。

他一说是交通船，在场的人全明白了，特别是花世民，心里为之一动。花世民虽是许家的外亲，但因他爱丁堡大学医学博士的身份，在家里是受人尊敬的人，家里有什么重要活动都会请他到场。别人想的是，如果能做交通船的生意，那真是一本万利的事情。而花世民想的是"交通"，进出厦门有了渠道。

厦门是个岛，与岛外的联系全靠海上运输。沦陷后，日寇宣布封锁港口，禁止船舶进出沿海，为了防止渔民"图谋不轨"，甚至不许渔船出海捕鱼。还在港外海区布下水雷，并经常出动飞机和检查艇在港口海面巡逻。厦门的生活物资向来靠岛外提供，一旦封锁港口，闽南一带的农副产品就不能进入厦门，厦门市场物资匮乏，物价高涨，百姓怨声载道。

为了解决副食品的来源，日本统治者派了日籍浪人潜入内地，勾结当地流氓地痞，贿赂嵩屿、港尾、浒茂、海沧、东屿等沿海哨卡国统区官吏，收购家禽、家畜、蛋品、水果、蔬菜、粮食等物资，以小船趁夜运出，先到鼓浪屿，再绕到厦门。同时还策划内地的奸民进行走私，事先约好联络信号，他们在虎头山发射探照灯，走私船发现信号后，即靠泊日军停在海面的小艇，由小艇拖到厦门收购。回船可带鸦片、吗啡等毒品及少量工业品到内地贩卖。走私船一往一返，获利丰厚，许多人发了横财。但这种走私船容量小，风险大，有时会因信号不符而被内地守军或日军射击，船破人亡。所以人称"卖命船"。

由于走私船体积小，载量少，满足不了市民的生活必需，于是日寇利用鼓浪屿还是公共租界的特殊地位，允许第三国籍民申请牌照，自备汽船或帆船，插第三国国旗与内地国民党统治区进行贸易。一般以百货、布匹、药材、香烟及舶来品向内地换回鸡鸭、鱼肉、蔬菜、大米、笋干、香菇、桂圆、糖、水果等土特产。而国民政府地方军政当局以外销农产品和争取外来物资为由，也同意审核发证给第三国籍民船只往来。这种获准航行于沦陷区和国统区的船只，被称为"交通船"。

交通船的航行必须持有双方的许可证。厦门方面，是由外籍商行办理手续，通过该国领事馆向日本海军司令部申请发证。在国统区，则向福建军政机关或漳州驻军师部申请办证。证件开列航行理由、申请人姓名、船号、船型、载重量和船员人数、姓名及商号铺保等。内地方面还要通过地方士绅转呈师部或省级机关批准。

可想而知，能拿到交通船的航行许可证，几乎就是拿到了印钞机。而要拿到许可证并非易事，许林一雄却有这样的条件。赚这样的钱也算是体面的，大家便对他要做的生意不再诟病了。

他拿出从台湾带回的桧木香壶和冻顶乌龙茶作为礼物，这都是许家人喜欢的。当桧木的香气沁人心脾的时候，他又拿出一包扎着红丝线的油蜡纸。

十一指看到油蜡纸心里一咯噔，好生眼熟，还没想出在哪里见过，许林一雄就说："这是我在香港买的厦门名药灵宝丹，现在已经很难买到了。"

十一指想起来了，馨蕊就是打开油蜡纸，拿出灵宝丹给自己疗伤的。他的心跳加快起来，脱口而出："灵宝丹，真的很好用啊！"

见十一指对灵宝丹也感兴趣，许林一雄很高兴，说："咱家的宝贝喜欢就更好了！可惜现在没人做灵宝丹了！"

十一指看姐夫一眼，姐夫却不动声色，好像不知道有馨蕊这件事一样。十一指知道不能暴露，就把要说的话吞回去了，他本来想说自己用过灵宝丹呢！

阿兄却问："此话怎讲？"

许林一雄便讲了王家的事。

阿兄一听就冒火:"岂有此理!灵宝丹是我们中国人的,他矮日本不配拥有灵宝丹!"

一直没说话的姐夫此时才说:"可人被他们抓了,要么秘方被盗,要么玉石俱焚,都不是好事啊!"

"不行!得把人救出来!"阿兄来了脾气,他让许林一雄想办法救人。突然又想到他跟日本人是一伙的,就问:"你不会也帮日本人吧?"

许林一雄赶紧说:"不会不会,我骨子里是中国人,我要对得起老祖宗!"

"那就好!既然你跟姓井的熟,就有办法吧?"

许林一雄表示会努力,但没那么容易。这时姐夫给十一指一个眼神,十一指心领神会,便说:"我跟王家小姐有一面之交,就是她用灵宝丹治了我的伤。"他讲了那天海边的情形,说很想报答王小姐,如果"骨肉亲"有用得着的地方,在所不惜。

他们把有血缘关系但支脉已经隔得比较疏的远亲叫"骨肉亲",或是"线面亲",就是像线面一样非常绕非常长了。因为这种关系辈分和年龄不对称,比如十一指比许林一雄年轻许多,但辈分却比他高,要叫他侄,叫他名都叫不出口,很尴尬,就以"骨肉亲"含糊带过。许林一雄却要尊他为长辈,叫他"继中叔"。

许林一雄马上想到可以利用十一指的关系,让馨蕊信任自己,因为十一指对馨蕊是有救命之恩的。只有得到馨蕊的信任和配合,营救工作才能展开。

这件事让大家都很开心,在场的人都表示,愿意为此事尽力。阿兄对许林一雄的戒心也少一些了。

许林一雄的"许泰日安航运公司"没多久就成立起来了。他一边有日方的支持,一边有军统的支持,交通船的航行许可证轻易就到手，并暗中得到两边的保护。厦门和鼓浪屿对生活物资的巨大需求，让他财源滚滚，加上有许氏后人的名分，他很快成为当地社交界的新星。很多人都知道他有钱、有来头，都以跟他结交为荣。

此时的鼓浪屿和厦门，经过沦陷后近一年的混乱，现在的生活秩序渐渐恢复了平静。鼓浪屿因为人口剧增，经济反而畸形地繁荣起来。在鼓浪屿新开了多家赌场、烟馆、妓院，与之伴随的旅社、饭馆、洗衣店、发廊、按摩店也应运而生，还有各种名目的俱乐部，也不知道里面是干什么的。其中有一家叫"日日升俱乐部"的赌场，出入的都是社会名流，据说这家俱乐部的后台是日本人，老板就是许林一雄。

井龟太郎已经把厦、金两地及闽南的情报工作交给许林一雄负责，他自己专心做社会面的工作。随着日军侵华战争的扩大，他们要把已经占领的地方作为后方加以巩固，厦门很快就要成立伪政府，为暗中策划的即将成立的南京汪精卫伪政府做铺垫，将来中国就是他们控制的二等国。

许林一雄开了航运公司后，请了懂航运的人来管理公司，他自己基本上就是坐着收钱，不用操心什么。而他真正要操心的是井龟太郎同时也有军统交给他的任务。来到厦门后，他才发现，这个看似边陲小岛的地方，实则暗流涌动，他以自己的职业敏感嗅到了各方势力的存在。

为了广交朋友，获取情报，同时作为掩护的场所，他就开了这家俱乐部。名义上是为日本间谍机构"亚兴院"服务，内地里却把这儿作为军统闽南站台湾挺进组的情报联络处。他已经建成了台湾挺进组基隆、金门分组，现在又建成了厦门分组。福建、台湾中上层有影响的爱国人物都被他拉进了秘密组织。军统为他在厦门专门建立了秘密电台，这样，许多高质量的情报就从许林一雄这里源源不断地汇入军统。

他与许家走动得也很密切，掌门阿兄邀他住到家里来。许家的花园洋房是一个远近闻名的别墅群，由四座洋楼组成，四周围以花园，前后左右贯穿了四条街。也可以说，四条街因他家而建。家里的住房足以容纳上百人，南安老家或台湾亲戚来了都可以住下。但许林一雄因自己的特殊使命，不便住在许家，他在俱乐部附近找了房子住，建了自己的安乐窝。

他让十一指有空到俱乐部去，玩玩也行，管点事也行，来这里的都是社会名流，认识他们对年轻人有好处。阿兄和姐夫都表示赞同，这让十一指感到其中大有玄机。阿兄和姐夫作为鼓浪屿的名人，自己有时也去俱乐部。

姐夫有意让十一指多接近许林一雄，他已经感觉到，这人不是开航运公司那么简单的，他的背景复杂，掌握的信息太多了！就那交通船，如果用得上，就是一条通往漳州的重要渠道。

十一指对姐夫那么在意许林一雄感到吃惊，他一个医生，要去漳州干吗？难道要去看病人吗？沦陷以来，需要暗中潜往漳州的，多是各路抗日人员，在厦门干了鬼子一票，就逃往漳州。不知道姐夫是属于哪一派的。他暗自判断姐夫是共产党，因为家里的掌门阿兄是信仰三民主义的，并在许家推行三民主义。十一指对三民主义没感觉，他觉得阿兄跟姐夫是两种不同的人。如果阿兄是"三民主义"者，那姐夫可能就是共产党！他不知是喜是忧，又对姐夫不告诉自己真实身份感到不痛快，觉得姐夫对自己不放心。

现在姐夫需要他了，要十一指以替同学找活路为由，跟许林一雄开口，让一个姐夫的人到交通船上当水手。做这件事时，三人都心照不宣，姐夫明摆着在做一件与他身份和事实不符的事，如果不是很迫切，姐夫是不会这样的。十一指知道姐夫一定另有身份，他也不多问。许林一雄明知十一指是在替人铺路，却说："只要是族叔想做的，我当尽力而为。"就这件事，在三人心中都留下了一丝嫌隙。

但十一指一门心思要救馨蕊，对这党那党的不感兴趣，他心急的是大家都说要救馨蕊，可至今没有行动，连说话算数的姐夫好像也忘了这事！他气得不跟姐夫再提这事，自己去找许林一雄。

许林一雄因前期忙于航运公司和俱乐部的事，暂时顾不上馨蕊。他觉得井龟太郎目前也没心思忙于灵宝丹，馨蕊在他手上，他稳操胜券。许林一雄已经跟井龟太郎说过，自己家里有个族亲认识王家小姐，也许能跟她说上话，可以让他做做馨蕊的思想工作。井龟太郎表示要先见见这个族亲，再决定是否让他见馨蕊。井龟太郎对此还是非常谨慎和重视的。所以，许林一雄让十一指别急。

他笑问："继中叔是不是对王家小姐有好感啊？"

十一指竟然脸红起来，但他也不否认："她给我敷伤的时候，非常细心温柔！"

"嗯，是个可人儿。我见了也喜欢。"

于是十一指又问许林一雄见馨蕊的情形，他已经问过好几遍了，好像要在许林一雄的描述中，把馨蕊的模样印在自己的脑海里。

许林一雄就不厌其烦地讲。有意思的是，每次讲都会有新的内容出现，比如这次他讲到了正合药号和福气。福气是他们都认为要严惩的叛徒，现在却把正合药号重新开张了，当起了小老板。十一指说，要清理福气很简单，他一人就可以做到。

许林一雄叫他不要轻举妄动，馨蕊救出来之前，不要打草惊蛇，以免引起井龟太郎警惕。这时，一个想法在他头脑中闪现：井龟太郎说馨蕊一直吵着要回正合药号。在馨蕊说出秘方和答应制作灵宝丹之前，井龟太郎是不会让她回去的。现在正合药号已经复开了一段时间，也许可以鼓动井龟太郎同意馨蕊回正合药号看看，然后利用这个机会把馨蕊劫走。

十一指高兴地跳起来："好主意！只要能把她带到鼓浪屿，就不怕日本人了！"

许林一雄却说还得再仔细谋划，有很多环节都得有人帮忙，比如在哪个路段劫走馨蕊，从哪里过渡，谁接应，谁备船，到了鼓浪屿藏哪里，如果还要转移出去，怎么走，都要想好，一定要做到万无一失，这事不能急。他并不认为鼓浪屿是安全的地方，日本人在那里密布的特务和浪人很多，他们要上岛搜查也是随时的。

许林一雄心里已经把这个计划报告给军统了，只有获得军统的支持，才有可能在井龟太郎的严防中劫走馨蕊并送到安全的地方。

十一指毕竟年轻，他把事情想得太简单了，经许林一雄一说，才知道此事急不得，但这是一个很可能成功的计划。他心里憋不住，还是找姐夫说了，把许林一雄的计划告诉他。

实际上，姐夫也在为解救馨蕊采取行动。他正是十一指猜测的共产党，他也把馨蕊的情况报告组织，并得到上级的指示：尽最大努力营救馨蕊，并争取送到安全地区制作灵宝丹，为我军服务。姐夫判断，许林一雄要救馨蕊也是真心实意的，出于中国人的情感，可以利用他实现共同的目标。但姐夫没想到的是许林一雄背后还有军统，军统也想得到灵宝丹，已经给许林一雄指示，救出馨蕊，提防共产党插手此事。

姐夫也觉得许林一雄的计划很好，但这个计划必须有外围的力量配合。他不知道许林一雄能请什么人来帮忙，显然不是"亚兴院"的人，那岂不是又把馨蕊送回去？这时他才意识到许林一雄背后也许还有第三方，甚至第四方，比如国民党方面的，比如社会上的黑道，比如海外的富商华侨，他们可能对灵宝丹都有所图。不知他救出馨蕊后欲送往何方？鼓浪屿显然不是久留之地。依许林一雄的行事风格，他应该会安排好后路。如果这样，馨蕊即使脱离了日本人，也很难来到我们这边。他让十一指继续跟许林一雄保持联系，有什么情况及时告知。他则向上级报告了这一新情况。

这个计划得到姐夫的认同，让十一指更按捺不住。他也懂得不能操之过急，但这是个可行的计划，他很想早做准备，在行动中发挥自己的作用，甚至独自一人就把馨蕊救出来！当然这都是他躺在床上辗转反侧、夜不能寐的时候所想的。最后，他决定自己先到正合药号附近侦察、踩点，熟悉环境，考虑行动方案。从馨蕊被关押的祥云别墅到大同路，要经过几条街，到时最有可能从哪一条街走，什么地方可以藏身，从哪一条路到海边，事先雇个什么船……

他一遍遍地想这些，突然想到，可以请瑶琦帮忙，让瑶琦陪自己踩点。他也很久没跟瑶琦联系了。

瑶琦把馨蕊的情况通过姐夫通知他以后，他曾去吕家园找过瑶琦，表示信息收到了。这时鼓浪屿的难民大部分都走了，走不了的基本都住在难民营里，瑶琦家已经不住外人了，花园庭院也恢复了往日的格局。大门虽然是开的，但有家仆看着，十一指到访时要通报。

瑶琦听说十一指来了，高兴地从主楼的大门跑出来，她的身后紧跟着一男二女三个大小不一的孩子。孩子的后面是一只高大的斑点狗。

瑶琦迎上十一指说："欢迎大驾光临！"

十一指看着她身后的队伍，笑说："阵势不小啊！"

瑶琦大笑："我的弟弟妹妹还有'点点'，他们听说许家的大人物来了，都想来看看真容。"她摸了下挤在她身旁的斑点狗"点点"的脑门。

十一指伸出右手，握住拳头，把自己的小指头藏在掌心里，说："是想看这个吧？"

"啊——"三个孩子都叫起来，睁大眼睛，等着十一指张开手掌。

瑶琦却说："先进屋喝咖啡吧。"

孩子们失望地叹了一口气，连斑点狗也"汪汪"两声。

"好！"十一指故意逗他们，捏着拳头往前走，三个小的赶紧围住他，稍大的男孩像绅士一样迈着大步伴在他身旁，好像跟他已经是老朋友了。最小的女孩只有六七岁的样子，她怕跟不上，直接跑到十一指前面，挡了他的道。他干脆一把将她抱起来，其他人都欢呼地拥上前。

刚进大厅,门后又闪出一个,是瑶琦的大弟弟,他刚才不好意思像小的那样跑出去,现在见十一指进来了,也高兴地迎上来。连瑶琦的妈妈都笑容可掬地从旋转楼梯走下来,优雅地说:"Welcome! Welcome!"

十一指觉得这家人太有意思了。特别是五个兄弟姐妹,像一棵树上结的一串果子。虽然他也有很多兄弟姐妹,但同父异母,各房过各房的,平时并没有多少交往。亲姐姐虽然爱自己,却像大人一样让着自己,他就没有这样热热闹闹的手足之情。而瑶琦家显然是时髦的西式家庭,自己家则还是传统的中式家庭。

他很快就跟瑶琦的家人玩得很好,当然那些孩子都如愿以偿地近距离观看了他的小指头,他还允许他们摸一摸,只有瑶琦不好意思摸。

闹了一会儿,妈妈把那些孩子喊回各自的房间去,只留下瑶琦和十一指在客厅的彩玻璃窗下喝咖啡。他受到了吕家人的欢迎,他们希望他有空常来玩。

但他并没有再去,因为他没有解救馨蕊的消息给瑶琦。许林一雄的情况、姐夫的想法都不能告诉瑶琦,他怕自己见了瑶琦会不小心说漏嘴。现在这个救馨蕊的设想也不能跟瑶琦说的,但可以请瑶琦来当幌子,姐夫都误以为他们在谈恋爱,不如继续演戏,一对情侣在街上闲逛比自己一人踩点更自然一些。可要怎样说才不会引起瑶琦的误会呢?他已经感到瑶琦对自己有好感,可自己的心思却在馨蕊身上。

这次他不敢再上瑶琦家,怕瑶琦的弟弟妹妹和点点再一哄而上,自己招架不住,也怕要跟瑶琦说的事走漏风声。

毓德女中已经复课,瑶琦在学校上课。十一指就在她放学回家的必经之路等候。看到瑶琦与同学有说有笑地走过来时,他学了一声鹭鸣"嘎——",这是他与瑶琦约好的暗号。

瑶琦心领神会，她对同学说："对了，我还要去黄金香买肉松，你们先走吧。"就拐到另一条小巷子。

鼓浪屿的小巷像迷宫一样，七弯八拐的，十一指熟门熟路地找准瑶琦要过来的路，与她迎面相见。

两人很兴奋，感觉很神秘。小巷子里只有他们两人，凛冽的穿巷海风，巷墙上陈年的青苔腐味，空寂悠长的巷道，都让他们感到紧迫而逼仄，应该有什么事情要发生。

瑶琦小声问："有好消息吗？"

可惜不能把许林一雄和姐夫要救馨蕊的消息告诉她，但他对这种紧张的气氛很满意，故意吊瑶琦的胃口："你想不想跟我一起冒险？"

这正是瑶琦所要的，虽然她的目的是救馨蕊，但她的内心深处，更想干一番轰轰烈烈的事业。自厦门沦陷以来，她就憋了一口气，很想参加到抗日救亡斗争中去，不愿意躲在鼓浪屿享受公共租界的保护。但她不知道去哪里找抗日组织。爸爸说，有日本特务设陷阱假装抗日，诱骗单纯的热血青年，抓了很多人，要瑶琦小心。曾经轰动一时的血魂团已经销声匿迹了，据说死的死、抓的抓、逃的逃，如今再也没有血魂团了。

所以，瑶琦也不敢随便找人抗日，现在有十一指，她觉得是可靠的。十一指一说冒险，她就想到是抗日，不假思索地说："想！怎么冒？"

十一指说，既然知道馨蕊关在公园西路附近，他想到周围去转转，熟悉地形，看有没有救馨蕊的办法。另外，听说正合药号已经由叛徒福气重新开张了，他也想去看看，找机会收拾福气。

这正是瑶琦想干的，她说："好！我跟你一起去冒险！"

十一指赶紧声明：目前还没有行动计划，只是两人在街上逛比较不会引人注意，他想请瑶琦假装是自己的同伴一起踩点。等真的要行动时，女孩是不能参加的，太危险了。

瑶琦觉得十一指也太小瞧自己了,也许那时候馨蕊最需要的是自己!但她不跟他争辩,能去侦察地形已经让她蠢蠢欲动了,她让十一指要去的时候通知她。她本来想跟十一指说种德宫住持的事,她后来又去过一次种德宫,住持跟她说馨蕊有贵人相助,会逢凶化吉。

瑶琦高兴地问:"什么贵人?馨蕊会得救吗?"

住持却用一根手指挡在嘴巴前说:"天机不可泄露,我们求大道公保佑。"

瑶琦想请十一指一起来猜猜贵人是谁,馨蕊真的会得救吗?但十一指的小瞧让她赌气不说,心想等贵人出现时,馨蕊得救了,让你大吃一惊!

7
鼓浪屿事件

　　瑶琦左等右等，十一指都没来约她去踩点。她以为十一指瞧不起自己，一个人去了。她心里不服气：哼！你不叫我，过后我自己去！

　　5月11日这一天，学校放假。一年前，日军登陆厦门，很多逃难的厦门人在日军飞机的扫射、轰炸中惨死在鹭江道海域。这一天，很多幸存者要为死去的亲人做忌日，学校就放假，鼓励学生们哀思铭记这国仇家恨的日子。

　　瑶琦与同学事先做了许多白纸花，她特地在家里的花园采了一大把栀子花，是为馨蕊的妈妈准备的。馨蕊的妈妈会做好吃的同安封肉和炸海蛎，经常让馨蕊带到学校给瑶琦吃。现在她成了鹭江道里的亡灵，连尸体都没有！

　　她们去轮渡时，路过龙头路，却看到这里的店家张灯结彩的，有的还打出标语：庆祝皇军胜利一周年！真是岂有此理！国家被侵略，同胞被杀戮，还有人在庆祝！而那些笑容满面的居然长着一张中国人的脸！他们是发够了国难财吧？在人们都悲痛哀伤的时候，他们却在为敌人欢呼！

路过的人都对他们怒目以对，但他们却我行我素。瑶琦只恨自己不是男儿，血魂团的人为什么没把这些汉奸商店烧了呢？她气得扔了几朵白花在那些商店门口。商店的人嫌晦气，喊她要她捡起来。瑶琦不理他们，加快脚步跑了，那些人在后面骂。她听到他们恶毒地诅咒：马上就要轮到你！

同学问瑶琦胆子为什么那么大？不怕那些人报复吗？在鼓浪屿这样的小地方，每一张脸都是熟悉的。

瑶琦更感到悲哀：鼓浪屿还没有沦陷，中国人就这样了！她说："难道我们要唯唯诺诺地做奴隶吗？我们今天不是来祭奠同胞、要为他们报仇的吗？"

说得同学又惭愧又振奋，都表示要做有志气的中国人。

来到与厦门对岸的海边，这里却是另一番景象。已经来了很多人，都是来祭奠亲人的，大家默默无语，有的点香祭拜，有的跪地哭泣，一年前的情景又历历在目。瑶琦想到自己和馨蕊也差点死在海里，差点就成了人们现在祭奠的亡灵了！她起了一身鸡皮疙瘩，感到后怕。可想到馨蕊还身陷囹圄，生死未卜，受人尊敬的王仁医一家死得只剩馨蕊一个，这是为什么？都是日本强盗害的！"家破人亡。"瑶琦突然喊出这个词，她第一次如此深刻地体会到这个词的意味。再想到在龙头路看到的那些兴高采烈的败类，哼！想报复我？那就来吧！瑶琦更决心投入到抗日斗争中去，首先把馨蕊救出来。可是，讨厌的十一指怎么不来呢？

她和同学把纸花和栀子花都抛进海里，有的小孩子摘了鲜艳的马缨丹扔到海里，小朋友把马缨丹叫"死人花"，似乎每一朵花都是一个逝去的生命。海里漂着白的、红的纸花、鲜花，有的人也把拜祭的食物、水果、纸钱扔进海里。想到有那么多没有收尸的游魂泡在水里，活着的人就想多给他们一点。

瑶琦听说今天种德宫在做"稣"，为去年死去的同胞超度，她便想去见见住持，也为馨蕊死去的家人捐点钱。她的同学多是信基督教的，不愿意去种德宫这样的地方，瑶琦乐得自己一人前往。

她往种德宫走的时候，听到龙头路方向传来一阵枪声。她吓了一跳，又担心经过龙头路的同学安危。周围的人听到枪声都四处逃窜，瞬间躲进附近的房子里，去年日军登陆厦门的情形令人记忆犹新。大家以为日军又登陆鼓浪屿了！因为坊间早已盛传日本人要占领鼓浪屿。

瑶琦也跑起来，她直接跑向种德宫。不知怎么的，她觉得住持就是自己的贵人。

种德宫门前的红砖大埕上摆了十几张圆桌、方桌，桌上摆满供品。虽然是战乱时期，虽然很多人生活无着、经济困难，但这种做功德的法事，大家都愿意来布施，连平时不容易买到的鸡鸭鱼肉都有。因为保生大帝是民间医生羽化成仙的，所以不像佛教寺庙那样需要斋戒。

瑶琦跑进种德宫的大殿时，这里的法事照样进行着。大殿内，香火袅袅，鼓、钹轮响，住持领着几个执事和一队信众，吟唱着经文绕着大殿转圈。他手拿一瓶圣水，不时把一根柳枝伸进圣水里，再抽出来，把水洒向四周。瑶琦进来时，他跟没看见一样。

瑶琦不敢打扰，躲在角落里看他们转圈。一会儿，又有一人匆匆进来，瑶琦一看竟是十一指！意外又高兴，他怎么也出现在这里？但在这样的场合她不敢出声叫他，就迎过去。

十一指从亮处进到昏暗的大殿，眼睛不适应，没看到瑶琦。有人突然迎上来，让他警觉地出手招架，看到是瑶琦才迅速收手，幸亏他练过武，动作快捷，否则瑶琦肯定被他打到了。

十一指小声问："你怎么在这里？"

瑶琦嗔怪地说："我也想这样问你呢！"

未待十一指说话，住持已经把法瓶交给一位执事，让他继续领着做功课，自己走过来，对他们说："欢迎两位施主大驾光临。"他意味深长地看着十一指，又说："少东家安好？"

"很好很好。"十一指说着，把一个沉甸甸的黄布包交到住持手里。看起来，他们是熟人，也许十一指像馨蕊家一样，也是种德宫的常客。

住持点点头说："二位就跟大家一起做功课吧。"他把他们引到转圈的队伍后面，自己却转身不见了。等他出来接着领诵时，手里的黄布包不见了。

他们刚转了半圈，外面就响起嘈杂声和叫喊声。几个日本兵和便衣冲进大殿。法事被迫暂停，所有的人被围起来，赶到外面的大坪里。大坪上有的桌子被掀倒了，供品滚了一地。

日本兵和便衣分两拨，有的对外面的人搜身，有的在庙内搜查。十一指怕他们欺负瑶琦，用一只手把她搂在身旁，瑶琦也配合地依偎着他，两人像情侣一样。

住持问领头的汉奸："出什么事了？我们在做功德，你们这样不怕亡魂怪罪？"

汉奸心虚地看一眼大殿，说："龙头路有人刺杀日本将军，凶手往这边跑了。"

住持说："我们这个法事是选了时辰的，从早上7点就开始，人都在这儿，哪来的凶手？"

"好了好了，我也是当差混饭吃。做做样子就走。"

住持把柳枝的水洒在他身上说："神灵保佑，冤魂不扰。你好自为之。"

汉奸赶紧对着大殿的方向拱手作揖，在他想来，这里聚集着等待超度的亡灵，自己打扰了它们的好事，会被怪罪的。他也害怕。

那些人没搜出什么，汉奸赶紧又领着他们往其他地方去搜查。

那些人走后，法事继续进行。十一指和瑶琦还想跟着做，住持却对他们说："二位施主请到后厢喝茶。"到了后殿，住持推开一幅壁画，后面是一扇小门，打开门，里面是一个暗道，从暗道出去，是

123

另一条小巷子，那是峭壁间的石缝，但足够一个人通过。住持让他们从这里出去，沿着小巷往龙头路方向走。住持说："灯下黑，二位从那儿走安全，回家也近。"

十一指牵着瑶琦的手匆匆离去。住持反身回大殿，呼喝一声："归命太上尊，能消一切罪。"众人合着唱："天堂享大福，地狱无苦声。"鼓钹齐鸣，然后大家就转到外面的大埕上烧纸钱、放鞭炮和分发供品。多数人在此时散去。

突然，那些日军和汉奸又转回来，看到乱哄哄的大埕，只好扫兴而去。住持把一沓"银纸"在空中转了三个圆圈，然后丢进火炉里，嘴里念道："众生脱苦海，万世开太平！"他估计十一指和瑶琦已平安回家了，面露微笑。

十一指和瑶琦在小巷里一阵小跑。因为巷子太窄，他们要牵着手并行很困难，十一指只好松开手，自己大步走在前面。瑶琦盯着他的后脑勺紧跟着，她很想问：你为什么会来种德宫呀？你跟住持早就认识了吗？你交给住持的黄布包是什么东西？你听到龙头路的枪声了吗？从在大殿里见到十一指时，她就感到这里大有玄机，觉得这一切跟那些来搜查的人都有关联。她心里很紧张也很激动，想跟十一指问个明白。但她又知道，有些事是不能问的，既是礼貌，也是为了保密和安全，她希望十一指能信任自己，主动解释一下。此时她已经忘了十一指不来约自己去踩点的事，只想得到他的信任。

可走在前面的十一指几次回头，除了要她小心，并无说话的意思。她忍不住问："你有听到龙头路的枪声吗？"

这时他们已经走出小巷子，前面不远就是一个菜市场，人多，地方也开阔。十一指停下脚步，等瑶琦上来，挽着她的手，两人并排放慢脚步走，他才说："我听到了。"

瑶琦赶紧问："出什么事了？"

"听说日本海军舰队司令西岗要在日军登陆厦门一周年的时候，

亲自上鼓浪屿，给鼓浪屿租界的西方势力和藏在鼓浪屿的抗日组织一个威慑。"

瑶琦一听就冒火："他们太嚣张了！鼓浪屿还没沦陷呢！"

十一指也咬着牙说："是啊！所以要给他们一点颜色看看！"

"那枪声……就是？"

"对！就不知有没有打死。"

这回轮到瑶琦主动拉着十一指往龙头路方向走，"我们快去看看"。她又跟十一指说，早上她经过龙头路时，看到那些汉奸商店张灯结彩、打横幅庆祝，原来是做给日军头子看的。

十一指却说那些人是下作，自己讨好日军。西岗来鼓浪屿是秘密的，外人并不知道，要不然他死一百次都不够。

"可还是有人知道了呀，才会有人开枪！"

"那当然！神秘的人物可多了！"十一指不无得意地把路边一个小石子踢出很远。

他想到自己前天在日日升俱乐部时，听到许林一雄在布置厨师长买生蚝和洞花蟹，交代要11日当天早上抓的。还让调酒师准备调鸡尾酒，要用母鸡刚下的生鸡蛋冲轩尼诗和威士忌。他隐约记得，一次闲聊时，许林一雄说日本头子井龟太郎和西岗都好这一口。他就想到这天也许有情况，如果井龟太郎或西岗要来鼓浪屿，自己就可以抓住机会干掉他们，这要比血魂团有意思多了！

想到这儿，他感到热血偾张，手心的汗都出来了，这么大的事自己一人干难免感到紧张和害怕。他突然有孤独无助的感觉，这时才遗憾地发现，自己竟没有一个可以两肋插刀的朋友。他想到姐夫说的一个词——"同志"，要是自己有个"同志"多好啊！

他决定去找姐夫，希望姐夫理解和支持自己，成为自己的"同志"，一起完成刺杀鬼子头子的壮举。他也想借此机会试探一下姐夫的身份。

姐夫一听这个消息整个人兴奋起来，他不太相信地问："你确信?"

十一指就把自己所知的再重复一遍。姐夫确信这是个难得的机会,此时他的表现已经不像个医生了,虽然他还穿着白大褂,脖子上挂着听诊器。因为事情紧急,十一指是直接到医院找姐夫的,只不过姐夫不让他进肺科,而是在病房外的花圃里见他。

姐夫在花圃里踱来踱去,好像在自言自语:日军近来对鼓浪屿动作频频,一再宣扬对鼓浪屿的控制权,他们可能想借登陆厦门一周年之际,到鼓浪屿试探和恐吓一下。

十一指赶紧说:"我来找你,就是想干掉他们,让他们知道中国人的厉害!"

"你?"姐夫盯着十一指看,"你行吗?"他看起来更像是在问自己。

十一指生气了:"怎么不行?你不知道我会武功吗?我也练过枪法。"

"哦,对!"姐夫脸上放着光,他正担心时间太紧,等跟上级汇报再派人过来,恐怕来不及了。而十一指不仅习过武,练过枪,还熟悉鼓浪屿,事成后容易逃逸。加上有许林一雄的关系,日本人一般不会怀疑到他。重要的是许林一雄在日日升俱乐部内挂着井龟太郎和西岗的巨幅照片,如果是这两人来,十一指一眼能认出来。看来十一指是执行这个任务的最佳人选了。

但他又不敢让十一指做这件事,首先十一指不是党内的人,怕有意外。另外,十一指是他太太的心头肉,万一有个三长两短,怎么跟太太交代?

十一指见姐夫犹豫不决,又说:"我着急来找你,不是来让你说行和不行的,行不行我都要干,我只是让你帮我出出主意,怎么干比较好。"

姐夫也觉得机会难得,不能轻易放弃,与其让十一指自己盲目去干,不如动用组织,设计一个周全的方案。于是,他说:"我们到种德宫去求签，听听大道公的意见如何？"

十一指不屑地说："你不是不信神吗？大道公帮不上忙的。"

"不一定，我们去试试！"拉了十一指就往种德宫走。

其实，种德宫的住持了凡师父是在鼓浪屿与姐夫配合的党内同志，种德宫也是共产党在鼓浪屿的一个联络点。姐夫闲时会与夫人和十一指到种德宫去烧香拜拜、捐点善款，看上去像慈济信徒。他们在这里保持着一定的露脸率，所以，突然出现不会让人怀疑。

住持见郎舅俩在这种时候来，知道不寻常，便迎上来说："花博士怎么有空来小庙？"

姐夫答曰："在下有事求大道公指点迷津。"

住持就双手合十说："恭敬恭敬！"把他们迎进庙内。

这是傍晚时分，庙里没人，其他执事都在庙后的菜地劳作。姐夫规规矩矩地上香、跪拜、抽签，然后坐到签书桌旁。十一指不信这个，姐夫就让他到外面转转，他听住持解签。等剩下他和住持时，他说了眼下的情况。

住持也认为应该抓住机会干一票大的，但要做好接应工作。他可以在这天举办一个大型超度法事，聚集一大批人在种德宫，让十一指动手后就逃到种德宫，混入人群，这样敌人搜查时不容易发现。他还给姐夫一个做法事常用的黄布包，那是很多信众都有的。到时让十一指把手枪装进黄布包里，交给他收藏，不易引人注意。

听了住持的建议，姐夫大大松了一口气，有住持的帮助，十一指逃脱追捕的可能性极大，他可以稍稍放心一点。

从种德宫出来后，姐夫把黄布包交给十一指，说抽签的结果是大道公也支持这次行动，住持受大道公喻示，愿助一臂之力，并讲了住持的掩护方案。

十一指大喜过望："哈！原来种德宫有这样的神人！"他对姐夫眨眨眼，姐夫装不懂。

瑶琦看到的十一指交给住持的黄布包，里面正是刚刚连发了三颗子弹的勃朗宁手枪。

上午9点多，从厦门过来一艘汽艇，下来了一群人，前呼后拥往龙头路走。

十一指天没亮就躲到龙头路口的"美飞飞影楼"顶层的气窗内，从这里可以看到码头出来的人，可以判断他们往哪个方向走。如果是从龙头路走，那么在影楼就可以直接射击。如果走其他方向，他也可以从小巷子穿插过去，提前埋伏。

十一指一看到人群中央一个剃小平头、留着仁丹胡子的高个子，就认出是西岗。大鱼来了！他暗暗盼望他们能从龙头路走。

果不其然，龙头路欢迎的人声和锣鼓让那些人很开心，被吸引着往龙头路走。十一指心中暗喜，他站到了合适的位置，把枪举起来。可他没想到的是，有个汉奸一直紧挨着西岗的左侧，一路巴结讨好，指指点点地说着什么。

十一指不知这人是谁，如果射击西岗，子弹很可能会被他先挡住。但要避开他是不可能的，眼看着他们就要走出自己的射程，他没办法再等了，就朝他们连开了数枪。就在他开枪后，听到从另一个方向也传出枪声。他顾不上外面的情况，立即从影楼的窗户跳进隔壁金店二楼的大露台，从大露台的栏杆滑到相邻的康康药店的后花园，从花园的后门出去就是鼓浪屿隐秘的小巷子。然后一路到种德宫。不熟悉的人，很难从影楼的正面找到这边。这是他早就选好的线路，他上影楼时，这几家店都还没开张，没人看到他。

西岗的护卫队立即包围了附近街区，可鼓浪屿的巷道四通八达，他们根本堵不住路口，找不到刺客。等他们扩散开来，十一指已经到了种德宫。

十一指没想到的是，在种德宫遇到了瑶琦。他与瑶琦装成情侣的模样，也躲过了搜查者的怀疑。现在，瑶琦又陪着自己回到了龙头路。

十一指想到自己就是个神秘人物，一会儿工夫又回到了这里，他不由得笑了。

来到龙头路，早上还热热闹闹的街面此时是另一番景象，很多店铺又关门大吉，但街上的人还不少，大家三三两两地凑在一起，小声议论着什么。靠近"大和银行"的地方，路中央有一摊水，附近的店家还在往路上泼水。原来，西岗的一个参谋和陪同他们的伪厦门商会会长、"厦门和平维持委员会"成员——汉奸洪立勋，就倒在那儿，两人都中了枪，血流一地。店家认为门前见红不吉利，赶紧用水把血冲掉。

瑶琦问："他们都死了吗？"

"死了就好了！"一个店员把一盆水泼过去，"都送到日本医院抢救去了。"

瑶琦听到十一指发出一声轻微的叹息，挽她的手使劲握紧了拳头。

瑶琦又问："什么人打的枪啊？怎么不打死啊！"

店员就说了："女孩子别乱讲哦，日本人正到处抓人呢！"

十一指拉了瑶琦说："我们走吧，他们中了枪，不一定活得了。"

他想去日日升俱乐部，也许许林一雄已经知道消息了，他们是死是活就清楚了，他最大的遗憾是西岗平安无事。他现在才知道那个挡了西岗的汉奸是谁，这些人活该当替死鬼！

还没到日日升，就看到俱乐部门前一片繁忙，很多人进进出出的。十一指刚靠近，一个侍者就迎上来，对他说："少爷，今天俱乐部歇业了。"

"为什么？"

"出事了！"侍者小心看一眼瑶琦，欲言又止。

十一指说："是我女朋友，不要紧。"

侍者才小声说："为庆祝日军登陆厦门一周年，日本舰队总司令西岗特地在今天到鼓浪屿巡视。但遭人袭击了。"

十一指迫不及待地问："西岗死了吗？"

"没有！只受点皮肉伤。陪同巡视的商会会长洪立勋挡了枪，死了！日军海军司令部的一个参谋中弹受重伤。西岗却躲过一劫。"

十一指失望地吸一口气，却突然打了个喷嚏，他赶紧用手捂住嘴巴，正好掩饰了自己的心情。他揉着鼻子问："俱乐部怎么这么乱？"

"日本人怀疑我们走漏风声，来了很多人。"

"我们怎么知道西岗要来鼓浪屿？再说他们在街上招摇过市，就不怕走漏风声？"

侍者让他小声点，劝他："你还是别进去了，省得惹麻烦。"

"好吧，我也懒得见他们！"说着，挽着瑶琦走了。

拐到侍者看不见的地方，瑶琦挣开他挽着的手问："谁是你女朋友？"

十一指呵呵笑："谢谢你今天陪伴我，委屈你了。我请你喝咖啡好不好？"

瑶琦却说："我等着你救馨蕊呢！你不是说要去踩点吗？"

十一指说："最近日本人有动作，加强了警戒，等过了这阵子再去。"

瑶琦又问："那你今天为什么到种德宫去了？"她又想到了那个黄布包。

十一指涎着脸说："你不是也去了？你能去，我不能去啊？"

瑶琦真是拿他没办法，赌气说："我是去求大道公救馨蕊，你又不救她！"

十一指急了，喊道："我怎么不救她？我每天都在想她！"

此话一出，两人感到哪里不对，突然都住了口，不自在地互相瞪着。十一指见有人在注意他们，而路上的人都行色匆匆，有如暴风雨来临之前的恐慌。他想到危险还没过去，就换了缓和的口气说："我送你回家吧，你这几天都不要出来，种德宫不能去了。等安全了，我来找你。"

"好。"瑶琦有种要哭的感觉，他们之间因馨蕊联系在一起，又因馨蕊中间横亘着一座山。可馨蕊现在却生死未卜。

十一指似乎也有同感，两人默默走到瑶琦家，一路无话。

很快，厦门伪商会会长遇刺身亡和日本海军司令部参谋受伤的消息传遍了厦门周边地区，连香港的报纸电台都有消息播报，民心为之振奋。但井龟太郎和西岗却十分恼火，特别是西岗，想到自己差点就成为鼓浪屿的鬼，气得他一阵乱叫。

洪立勋的死他们并不在乎，但这成了他们登陆鼓浪屿的借口。洪立勋为了讨好日本人，捞取更多的好处，已经加入日本国籍，是他们所谓的"侨民"。他们借"保侨"为由，当天晚上，派二百多个日本海军陆战队队员不由分说登陆鼓浪屿，都不用跟工部局打个招呼，西岗发誓要把刺客抓到。他龇着暴牙喊："想杀我？统统死了死了的！"

登陆的日军封锁了鼓浪屿的各个出入口，切断鼓浪屿与内地的所有交通。想离开鼓浪屿的人，只有泅水一条路。而一旦有人下水，被日军的岗哨或巡逻队发现，在海里照样被射杀。即使躲过射杀，日军的海上巡逻艇也会追上。想从鼓浪屿出逃几乎不可能，除非你变成一条鱼。

当天晚上，鼓浪屿的居民不时听得有枪声响起，一夜无眠。第二天一早想出去看个究竟，却发现全岛已经戒严了，这个戒严令不是工部局发出的，而是日本人发出的。一夜之间，鼓浪屿好像成了日本人的天下，老百姓不得随意出门。日军和汉奸开始挨家挨户搜查嫌疑分子，一些无辜的青壮男子被抓走，其中包括一名英籍人士。

嘉许花园也被搜查了，但日本人对他们还比较客气，领路的汉奸也十分势利，他们对难民、穷人都横眉竖眼，对富人、洋人却点头哈腰。因为有许林一雄的关系，他们到嘉许花园基本上就是例行公事。

此时十一指还在床上睡懒觉，管家带着搜查的人到他房间门口时，小声说："这是少爷许继中的卧室。"门推开了一条缝，十一指伸在床沿的右手，赫然多出一个小指头。

汉奸对许家十一指的传说早有耳闻，今天亲眼看到神奇的小指头，顿感三生有幸。他对日本兵竖起大拇指说："神人，大大地好！"

日本兵不明就里，他们根本不知道十一指是什么人，但那个多出来的小指头还是让他们注意到了。但汉奸说没问题，他们就走了。

十一指之所以能放心在家睡大觉，是已经跟姐夫商量过对策。

昨天中午他送瑶琦回家后，本想拐到救世医院去找姐夫，跟他汇报今天的情况。但看到街上行人稀少，家家户户门窗紧闭。路上的人不是行色匆匆，就是像猎狗一样嗅着蛛丝马迹的日本浪人。十一指感觉到不正常，不敢在外逗留，赶紧回家去了，中午姐夫也是会回家的。

回到家里，听到掌门的阿兄正在对家里的小字辈训话：你们都听好了，今天有高人出手，刺杀了汉奸和倭贼，大快人心！倭寇一定不会甘心的，鼓浪屿这几天会有事，你们都不要出门了。若遇有生人来家里躲藏，大家能帮就帮。

十一指差点要笑，但忍住了。他想溜进自己的房间，阿兄看到他，叫住问："你跑哪去了，半天都不见人影。"

十一指说，早上到种德宫去看热闹，那里在做超度法事，但被日本兵搅了场。听说龙头路有人刺杀日本海军司令，又跑去看，没看到人，只看到冲洗过的地板和被子弹打碎的墙砖。日日升俱乐部来了好多日本人，说是要严查。

阿兄觉得十一指提供的消息很重要，印证了自己的判断。他要十一指也别再乱跑，都在家待着！

这时姐夫正好回来了。阿兄问："博士，你有什么消息吗？"

姐夫一头雾水，说："我早上抢救一个病人，忙到现在。有什么事吗？"

阿兄又把事情讲一遍，把十一指说的也加进去了。他讲这些的时候，胸有成竹，好像自己就是枪手，讲得眉飞色舞，十分开心。姐夫和十一指都装着很佩服和吃惊的样子听着。最后姐夫说："谢谢阿兄提醒，我们都会小心的。"

阿兄又拍胸膛说："你们也别怕，有事我担待着。"

在场的人发出一阵赞美声。姐夫与十一指一起回他们住的楼。他们家的四座楼以每一房的人丁来分配，十一指因身份特殊，他与姐姐姐夫独享了一座楼。

关上了房门，姐夫才说，根据反馈回来的消息，这次袭击西岗的不只我们，还有别人。但能事先得到情报且实施枪击的，应该不是民间人士，有可能是军统方面的。

"谁会是军统？"十一指感到好玩。

姐夫却觉得危险，如果这样，事情就复杂了，今后他们要面对的不仅是日寇，还有国民党。他们的行动有可能因第三方的存在而受影响，所谓"螳螂捕蝉，黄雀在后"。但他不便跟十一指说这些，只叫他要十分小心，做任何事都要先跟自己说。

十一指看姐夫的样子，也感到事情不简单。他说，自己开枪后就听到另一个方向也传来的枪声，也许是自己开枪后迫使对方开枪。但反过来，如果对方先开枪，自己再开枪就很容易暴露了。可气的是两个地方开枪都没把西岗打死。

姐夫安慰他，他已经干得很漂亮了，虽然西岗没死，但震慑日寇的目的达到了，产生的效果也是好的。接下来鼓浪屿可能会被鬼子翻个底朝天，他叫十一指这几天就在家里睡大觉好了。

所以，十一指就放心在家睡大觉。

果然，到了14日，日军已抓捕一百多名青壮年押往厦门，这些人后来均生死不明。工部局对日军的暴行也无能为力，他们那几个巡捕根本不敢对付全副武装的日本海军陆战队。鼓浪屿陷入恐怖状态，中国人担心鼓浪屿从此沦陷，外籍人士亦感到安全没保障，凶神恶煞的日本兵看起来就像是战争机器，没有一点人性。很多鼓浪屿妇孺被日本兵打得头破血流，男人就更不用讲了，稍有反抗，就被带走。外国侨民都惊恐不安。

鼓浪屿万国租界的地位已经名存实亡，眼看着成了日占区，住在鼓浪屿的外国侨民纷纷向本国的领事馆要求保护。

此事引起了英、美、法朝野的震动，他们觉得日本敢在鼓浪屿采取军事行动，就是不把自己放在眼里。这是帝国主义所不能容忍的。他们立即采取了强硬措施，派军舰火速开赴鼓浪屿。

占领鼓浪屿是日军消除闽南抗日力量的主要目的，因为各界的抗日力量都潜伏在鼓浪屿，利用租界的特殊地位，经常到厦门袭击日军后逃回鼓浪屿，日军早想解决鼓浪屿的隐患。井龟太郎让许林一雄在鼓浪屿设立情报机构，就是为了掌握这些抗日力量的动向。但这次他没有发现刺客的线索，还让西岗招摇过市，差点酿成大祸。

本来日军登陆一周年，在厦门搞个活动就可以了。可许林一雄建议井龟太郎把目标放在鼓浪屿，因为厦门已经站稳，搞活动意义不大。如果让一个军方重要人物上鼓浪屿，可以宣示日军登陆鼓浪屿的决心，也可以试探英、美、法等国的反应，有利于下一步对鼓浪屿采取行动。

"安全有保证吗？"

许林一雄认为没问题，首先，对这次登陆保密，没人知道有重要上物上岛。其次，鼓浪屿上有日本领事馆，还有很多浪人、密探、特务、汉奸，事先可以安排他们制造气氛，掩护大人物的行动。事成之后，宣传出去，效果就很好。

井龟太郎觉得有道理，就采纳了许林一雄的建议。跟西岗一说，西岗表示要亲自上岛。他根本不把鼓浪屿放在眼里，带个参谋、几个护卫队就可以了。他早想登上鼓浪屿了，去看看这个美丽的圆洲岛，将来拿下鼓浪屿，才有纪念意义。

而许林一雄的建议就是为了引蛇出洞,给嚣张的日军一个迎头痛击。他已把情报传给军统,军统早已派枪手潜入鼓浪屿。

可结果是半路杀出程咬金,不知何方神仙先开枪,打乱了枪手的计划,他匆忙开枪后就直接从许泰日安航运公司的交通船回到了内地。

事情发生后,井龟太郎自己不敢再上鼓浪屿,就把许林一雄叫到厦门大骂一通。许林一雄承认自己没有保护好西岗将军,但他认为有人走漏了风声,才会有刺杀行动。他反倒怀疑洪立勋为了出风头,把西岗要巡视鼓浪屿的消息透露出去了。他说鼓浪屿的抗日力量太复杂了,除了国民党方面的,还有共产党的、民间人士的、外国反日的,如果日方在鼓浪屿没有控制权,今后还很难说会出现什么情况。

这也是井龟太郎所担心的,所以日方对工部局的抗议置之不理,却在5月15日提出了改组工部局的要求,要求工部局取缔鼓浪屿上的反日抗日活动,改由日本人担任工部局局长兼巡捕长、秘书长,其他职员也尽量由日本人担任等等。这种无理要求触犯了英美的利益,工部局历来就是英美势力在控制,岂容日人夺权!他们拒绝了日本人的要求。面对着磨刀霍霍的日军,英、美在5月17日派出了与日军同等兵力的海军陆战队登陆鼓浪屿,法国不甘示弱,也接着派出二十名陆战队员。英、美、法三国总计有十几艘军舰停在鼓浪屿海面。

日军见状,19日也增派两艘巡洋舰来厦。双方剑拔弩张,形成对峙局面。

其实,鼓浪屿的局面,只是国际形势的缩影。

鼓浪屿作为公共租界,与上海、天津等公共租界有同等地位。鼓浪屿的状况引起了上海、天津的注意,他们认为日方是一种试探性的行动。日军已经占领了中国沿海的大部分地区,如果在鼓浪屿可以这样,将来在中国其他外国人享有特权的地方也可以这样。英、美、法等在公共租界的霸主地位将被取代。日方是在试探英、美、法等国的决心，所以他们不能放任日军在鼓浪屿横行霸道。

果然，继武装干涉鼓浪屿公共租界行政权后，日方又提出了修改《上海土地章程》的要求，这是要动英、美、法在上海公共租界的蛋糕。美国政府于18日对日方的要求予以严词拒绝，并要求日本把他们占领的苏州河以北区域交还上海工部局；英国也声明不容日本更改租界制度，同时督促日本遵守英、美、法三国建议，撤出在鼓浪屿的日军。

日本看到英、美、法等国都采取军事行动，态度强硬，他们也不敢得罪三国，便改变策略，转入谈判。日本外相表示，各国海军一律撤退，友好解决鼓浪屿问题。

5月22日，英、美、法、日四国海军的谈判在英巡洋舰"伯明翰"号上举行。但四国海军巨头三次会议都"无何决定"，探讨撤兵方案失败，谈判陷入僵局。

这个后来被史学界称为"鼓浪屿事件"的列强之争，引起了全世界的关注，与动荡不安的欧洲局势遥相呼应。

谈判不成，日军利用已经占领厦门、金门等周边地区的优势，加强了对鼓浪屿的控制，以此逼迫三国让步。5月25日，日方发出布告：自当日下午5时以后，严禁鼓浪屿与国民党统治区之间的海上交通。这等于封锁了鼓浪屿，使其成为死岛。

果然，封锁不到一个月，鼓浪屿扛不住了，英、美、法三国领事于6月23日，就日方封锁交通，导致鼓浪屿粮食奇缺向日本总领事内田提出抗议。却遭到内田拒绝。这正是他们想要的，为了加剧鼓浪屿的困难，他们还指使浪人、汉奸到鼓浪屿制造混乱，扰乱民心。

7月1日，日军蓄谋已久的傀儡政权——厦门特别市成立，这是为即将成立的南京汪精卫伪政府做的铺垫。1939年7月1日在厦门成立的伪厦门市政府，就是小号的伪"中华民国国民政府"。李思贤由原来的维持会长"荣升"为伪市长,辖区包括厦门岛、金门岛与浯屿。日军还在中山路建了一座纪念碑,觉得对长期占领厦门十拿九稳。

> **小贴士:**
>
> 　　1938年12月18日,汉奸汪精卫、曾仲鸣、周佛海等人甘当日本人的走狗,他们先从重庆逃到越南河内,在河内发表了降敌"艳电",提出三点卖国求生的意见。1939年4月,日本特务秘密护送汪精卫等人潜回上海,着手组织伪中央政府。到了1940年3月30日,他们在南京举行了所谓"国民政府"还都仪式,正式成立傀儡政权——伪"中华民国国民政府",沿用青天白日满地红的旗帜为"国旗",另加三角布片,上书"和平反共建国"字样。

伪厦门市政府成立后,日方更是直接切断了鼓浪屿的供水,使鼓浪屿大面积"饮水困难"。日方之所以敢在鼓浪屿跟英、美、法过不去,正是因为欧洲战局出现了新情况。至9月,欧战爆发,英、法内忧外患,难以顾及在华利益,态度由强硬变为软弱。9月1日,英、法陆战队退出鼓浪屿。美国孤掌难鸣,鼓浪屿租界当局最后只能接受日方的方案。经过谈判,双方终于在10月17日签订了《鼓浪屿租界协定》,英、美、法对日方作出全面让步。

工部局已在日寇控制中,逮捕抗日分子也有《协定》做依据,自19日起,日本领事馆的警察便开始到各教会、学校、书店、居民住宅搜查抓人,把他们认为的嫌疑分子抓走。鼓浪屿已经失去公共租界的保护屏障。

这样的结果,连井龟太郎和西岗都没想到,他们洋洋得意,日本政府内阁还嘉奖了他们。也就是说,这次刺杀行动的结果:死了一个他们并不在乎的汉奸,一个海军参谋受伤但很快痊愈,西岗安然无恙。以这样的代价换来他们对鼓浪屿的控制权，简直赚到了大便宜，这是他们用军事手段都达不到的。现在倒过来看，井龟太郎认为当初许林一雄的建议是正确的，应该记一功，对他更是赞赏和信任。

许林一雄却说是嘱托大人施政有方，才取得如此辉煌战果，自己只是尽忠而已。说得井龟太郎心花怒放，他希望许林一雄等手头的事务忙过，再想想办法解决灵宝丹的问题。他现在认定，馨蕊的工作许林一雄能解决。

这段时间因忙于"鼓浪屿事件"，他无暇顾及馨蕊和灵宝丹。但他相信，只要日本控制着中国，只要馨蕊好好活着，他就不怕灵宝丹拿不到手。他有时会到关押馨蕊的别墅去看看，问馨蕊想通了没有，什么时候要做灵宝丹。馨蕊都装聋作哑，只问什么时候让她回家，她要回家！

井龟太郎答应："只要你肯做灵宝丹，就让你回家。"

馨蕊的回答是："我不会做！"

井龟太郎有时真想扇她一巴掌，但还是忍住了。他怕把她脑子打坏了，想不起灵宝丹的秘方，现在就看许林一雄的了。

最感到沮丧的是十一指，他没想到刺杀西岗的结果会是这样的。西岗没死，鼓浪屿却被抓走了一百多人，至今下落不明，他内心不安，觉得是自己害了他们。他要将功补过，去杀更多的日本人，为被抓的同胞报仇。

姐夫叫他不要冲动行事，越是不利的时候越要冷静。现在日军登陆鼓浪屿，鼓浪屿的情况很严峻了，一不小心就会暴露，一定不能蛮干。姐夫感到不安的是，至今搞不清楚另一个开枪的是什么人，这个人的存在对我们是有利还是不利。这是个隐患。他让十一指仍到日日升俱乐部去，与许林一雄多接触，也许突破口就在许林一雄身上。

以前许林一雄说到解救馨蕊时，曾说要有人接应，必须把馨蕊转移到安全的地方。也许他已经有人，也有这样的地方。姐夫感到，许林一雄的想法跟自己不谋而合，都想把馨蕊转移到一个安全的、可以生产灵宝丹的地方。那么，还有什么人想要掌握灵宝丹？

姐夫认为许林一雄来厦门不会只是为了赚钱那么简单，许家在台湾就能赚很多钱的。他应该有更复杂的原因。这次刺杀西岗事件，他进一步感到许林一雄的诡异，也许另一个开枪的人就是他传递的情报。如果是，会是什么来路？种种迹象表明，许林一雄很可能跟军统有关。这样的话，自己和十一指身边就有一颗定时炸弹。但这颗炸弹用得好的话，威力也是不小的。

经姐夫这么一分析，十一指恍然大悟。他又担心，如果军统也要抢灵宝丹，那么许林一雄救了馨蕊，就会把她弄到军统那边去。决定自己救馨蕊，不要许林一雄参加。

但姐夫说："许林一雄是救馨蕊的最佳人选，没有他，我们很难接近馨蕊。利用他，救馨蕊的成功率才高。只要他不知道我方的意图，以为你是为了爱情，等把人救出来了，再转移到我们的地方就容易多了。"

十一指明白了，但被姐夫说他是"为了爱情"，有点不好意思，又有英雄气短的感觉。就申辩道："也不全是为了爱情。你不是说，抗日的共产党这边缺医少药吗？灵宝丹可以为抗日将士解决伤病问题。我是想让馨蕊为抗日作贡献！"

姐夫笑了，说："没错！第一为抗日，第二为爱情。都要！"

十一指也笑了。他又信心十足地到日日升俱乐部去，等待井龟太郎的招见，等待救馨蕊的机会。

8

节外生枝

等不及要救馨蕊的还有一个人,那就是瑶琦。

馨蕊被抓走时,她最后一次喊自己的声音和惊恐的面容一直留在瑶琦的脑海里。瑶琦无数次从梦中惊醒,忧心如焚。

她一方面为馨蕊的安危担心,为她家遭受的不幸悲愤;另一方面,馨蕊是在自己的眼皮底下被掳走的,她喊"琦琦,救我!"的声音让瑶琦心碎,她恨自己穿高跟鞋跑不动,恨自己没有一身武功,不能把挡在前面的浪人打倒,冲上前去救馨蕊。她发誓要尽一切努力救出馨蕊。

瑶琦特别咽不下那口气的是:馨蕊的家仆福气居然敢抓自己的主人——救了他的命、抚养他成人的王家的女儿!如果不是他,馨蕊也不会轻易跟人走的。这样的叛徒,不严惩不能平瑶琦的愤恨!

十一指说,正合药号已经由这个恶奴重新开张了。

"啊?他怎么敢?"依瑶琦的想法,这个忘恩负义的东西应该像老鼠一样躲到阴沟里去才是,他居然敢开正合药号?

十一指说,他陷害馨蕊恐怕就是为了霸占正合药号,王家只剩馨蕊一个了,如果馨蕊没了,正合药号就没有主人了。他和阿凤可以名正言顺地占有。

"太可恶了！我们应该把他除掉！替馨蕊报仇！"

十一指学着许林一雄的口吻说："现在不能打草惊蛇。福气已经投靠了日本人，井龟太郎让他重新开正合药号也是有目的的。如果馨蕊回心转意，就可以在正合药号继续制作和售卖灵宝丹。用的是正合药号的招牌，实际上是日本人控制，留着福气还有用。我们如果动了福气，必然引起井龟太郎的警惕，救馨蕊就难了。"

"好吧，暂且留他一条狗命！等馨蕊救出来了，他就活不成了。"瑶琦说得好像是个女杀手。她已经决心要参加抗日组织，真刀真枪跟日本人干！

那天在种德宫见到十一指后，她就知道十一指背后还有人，至少种德宫的住持也算一个，他们都是反抗日本人的，也都是有心要救馨蕊的。她不敢肯定十一指就是刺杀西岗的人，但他应该跟这件事有关系。她对十一指的敬佩和好感又增加一些，那天装扮成他的女朋友时，她感到又酸又甜。酸的是，她明知馨蕊对十一指的心意，听到十一指喊"我每天都在想她！"时，知道他们两个已是情投意合，而此时自己却在扮演他的"女朋友"，一股酸酸的感觉漫过心头。甜的是，与十一指在一起就有一种仗剑走天涯的感觉，可以跟他一起去赴汤蹈火、去开天辟地。她觉得，人生要是有一个这样的知己足矣！但不管怎么样，他们的当务之急就是齐心协力把馨蕊救出来，她很怕馨蕊被关久了，与外面失去联系，不知日本人又是怎么虐待她的，怕她扛不住发生意外。

但是，"鼓浪屿事件"使厦、鼓都陷入血雨腥风之中，人们上街都有危险，何况其他！营救馨蕊的计划不得不暂时搁置。瑶琦还替十一指担忧，明摆着他与刺杀西岗有关联，日本人到处在找刺客，不知他能否躲过搜查。

有一次听爸爸说，谁谁又被抓走了时，她忍不住问："有没有许家的十一指？"

爸爸问："来过我们家的那个？你怎么会认识他？"

"是馨蕊认识他的。"瑶琦赶紧声明，又讲了十一指与馨蕊的故事。特别强调，十一指也想救馨蕊。

"你为什么认为日本人会抓他？"爸爸觉得瑶琦近来有些反常，怀疑她是不是参加了什么秘密组织。这次刺杀西岗的肯定是秘密的抗日组织。

瑶琦不敢说在种德宫所见，只说那天跟同学去海边祭奠死难同胞时，听到了龙头路的枪声，回来的路上碰到十一指，在日日升俱乐部还被盘问了一番，最后是十一指送自己回家的。现在鼓浪屿抓了那么多的人，有点替他担心。

爸爸点点头说："看来许家还有好人。"

"你说他是坏人？"瑶琦替十一指抱不平。

爸爸说："他们家跟日本人是一伙的！日本人不会抓他的。"爸爸说日日升的老板就是他们许家的，还得喊十一指"叔"，日日升的后台是日本人，全厦门都知道的。

"可十一指是恨日本人的！"

"谁知道啊，他们许家人是鼓浪屿最古怪的。"

古怪不古怪瑶琦无所谓，但她为十一指没有危险感到高兴，随口哼了一声："天涯呀海角……"

父亲就说她，以后少跟十一指来往，也不要到处跑，世道太乱了。父亲最近心灰意冷的，公司都不常去了。他仰身躺到摇椅里说："现在连鼓浪屿都不安全了，我们也得想想对策。"

"什么对策？"瑶琦急了，父亲曾想离开鼓浪屿，而她现在最不想离开鼓浪屿。父亲在摇椅里一摇一晃的，让她觉得父亲的对策很靠不住。

父亲也说不出个什么来，只是感到自己的身边充满危险。公司经理陈清泉他们最近很热闹，他不敢参与，也不敢制止，但感觉公司就像一个地雷，不知哪天会被踩响。

"鼓浪屿事件"过后,有两个情况引起井龟太郎重视。一个是鼓浪屿或是厦门的间谍组织活跃且专业,超乎他的想象,他感到敌方间谍组织已经渗透到日方内部,西岗到鼓浪屿巡视的消息才会走漏并有刺杀行动。这个临时起意的且故意让奸商制造欢庆气氛以掩饰西岗之行的周密计划,居然泄露,差点酿成大祸!至今都抓不到要犯,难道他长翅膀飞了?或遁到地底下溜了?这里面一定有内应,他们到底来自何方?他感觉国、共双方都有,才会有两个枪手。那是什么人能各方通吃?他佯装不知,想留一个饵,下一次就要把大鱼钓上。好歹这件事已经暴露了内奸的存在。

另一个是灵宝丹的作用再次让他惊喜。他去看望受伤的海军参谋时,为表示特别慰问,把许林一雄给他的灵宝丹送了一粒给他。那人吃后疼痛明显减轻,伤口很快愈合,还想找井龟太郎再要。井龟太郎说:"没有了!没人做灵宝丹了!"那人急得哇哇叫,让井龟太郎赶紧找人去做。

这让井龟太郎又想起了馨蕊。要是馨蕊肯合作,大量生产灵宝丹,就可以给重要的日军将领送上,不啻救命神丹!日军马上要发动更大规模的战争了,医药保障是重要的一环。他还想为大日本再立一功!

可小妮子至今不屈服,他把解决馨蕊问题的希望寄托在许林一雄身上。许林一雄第一次见馨蕊就相谈甚欢,他觉得让中国人跟中国人说话比较容易成功。但这事因西岗遇刺而耽搁了,现在可以重新开始。

他想起许林一雄说的有一个族亲认识馨蕊,可以让他来劝劝她。这个人可以先叫来见见。

于是,十一指接到了周六下午见井龟太郎的通知,井龟太郎让许林一雄带十一指到厦门他的办公室见。

机会终于来了！见井龟太郎决定了能否进一步见到馨蕊。只要能见到馨蕊，向她传递出大家正在想办法救她的信息，就能给她希望，使她坚持下去。所以，这次见面很重要。

首先要让井龟太郎对十一指有好感、能信任。姐夫认为，井龟太郎肯定要问十一指是怎么跟馨蕊认识的，如果实话实说，可能会让井龟太郎产生对立情绪，毕竟是日本人犯下的滔天罪行才让两个年轻人认识的。他们怎么能反过来为日本人效力呢？这样讲，效果肯定不好。

"那该怎么说呢？"十一指没想这么多。

"想想，什么情况下你能与毓德女中的学生打交道？"

"足球啊！"十一指想都没想就脱口而出。

一说到足球，十一指就热血沸腾。

每次他所在的英华中学足球队与应邀而来的外地足球队在番仔球埔比赛时，都是鼓浪屿各学校学生和市民狂欢的日子，也是他最出彩的时候，他曾是英华中学足球队的队长。可惜刚当上不久厦门就沦陷了，何时才能重返绿茵球场不得而知。

> **小贴士：**
>
> 英华书院，又称中西学堂，是1898年2月英国伦敦会宣教士山雅各与英国长老会在鼓浪屿创办的学校。山雅各在书院创立之初就组建了足球队，以后发展为每个班级都有班级足球队，还成立了虎、豹、狮、象4支校足球队。每逢球队训练，或是与外国水手们过招时，学校的沙地球场边上，常常挤满了前来观战的人。在20世纪初，鼓浪屿的孩子已经踢球成风了。可以说，厦门鼓浪屿是中国近代足球运动的先行者，或者说是中国现代足球的发祥地。
>
> 上世纪20年代，英华书院的教育权被国民政府收回，改名为英华中学。但他们对足球的热爱没有改，1927年，

> 英华中学组建了"中华足球队",经常和一些外国球队过招,曾以4:3的战绩击败过英格兰队,球队连续9年获得江南8所大学足球联赛冠军。

就在三年前,英华中学的学长,足球名将陈镇和还代表中国队出征在德国柏林举办的第11届奥运会,这是中国足球队首次参加奥运比赛。也是这位学长,在"七七"事变后,毅然参加中国空军,为保卫祖国而战!陈镇和不管是踢足球还是保家卫国,都成了十一指的榜样。

英华中学足球队与应邀而来的外地足球队比赛的时候,鼓浪屿的市民特别是鼓浪屿各校的学生都会来观战当啦啦队!这里有毓德女中的学生,应该也有馨蕊。

这就对了,姐夫觉得以足球为媒很好,剧情则以他们在海边发生的故事套用:十一指踢球时受伤,馨蕊以灵宝丹相救,两人因此认识。

说得十一指都笑了,说:"应该是灵宝丹为媒,这样井龟太郎更喜欢。"

姐夫也笑,但他又提醒十一指,如果井龟太郎对"十一指"的情况不是很清楚,他最好把自己的小指头隐藏起来,因为他这个特征很容易成为标识,被人认出来。

实际上,十一指已经养成习惯,在陌生人面前,他会下意识地把右手的大拇指握到手掌心里,这样,小指头就看不见了。他还是不愿意暴露自己跟人不一样的地方。而对于一个从事隐蔽工作的人,身上越没有特征越好。他欣然接受姐夫的提醒。

周六下午,十一指穿戴整齐,与许林一雄一起前往井龟太郎的办公室。

许林一雄对十一指见井龟太郎不是特别在意,他相信,有自己的关系，加上十一指有在台湾上学的经历，井龟太郎应该会信任十一指。而井龟太郎现在急着找到能打动馨蕊的人，十一指就是这样的人，应该是他比十一指更迫切。

他开玩笑地对十一指说："族叔不要在老井面前表现太喜欢王小姐哦！小心他怀疑你要夺他所爱。"

十一指也开玩笑说："我和他所爱不同呀。"姐夫提醒他，不管在井龟太郎面前还是在许林一雄面前，都要表现出他关心的只是馨蕊这个人，对灵宝丹不感兴趣。

许林一雄哈哈大笑："是啊是啊，但你们的所爱都在同一个人身上。"

十一指坚持："我只要馨蕊！其他我不在乎。"

"行，有你这话我就放心了！"许林一雄本来有点担心，十一指会不会对灵宝丹也有想法，现在知道他只是爱屋及乌。这样的话，如果顺利救出馨蕊，就可以让十一指跟她一起到军统安排的地方，灵宝丹才不会旁落他手。

井龟太郎为了试探十一指，特地穿着和服，在他的茶室里接待他们。茶室是一间五六叠大的日式房间，挂着竹卷帘的窗户使房间光线幽暗，靠窗的榻榻米上摆着煮茶的铜炉、陶壶、茶釜、茶碗、茶匙等器具，窗台上有一盘菊荷插花，墙上挂一幅写着"云起"二字的书法。气氛显得宁静而优雅。

十一指心里暗忖：这家伙不愧是中国通，怪不得要抢灵宝丹！

许林一雄介绍后，十一指以日本礼颔首、鞠躬，然后坐到榻榻米上的蒲团上。他自然盘腿落座，手放腿上，腰背挺直。如果按身份，他应坐在许林一雄侧后。但依辈分，他又应在许林一雄前面，最后折中，两人在井龟太郎对面并排而坐。

十一指的举止都是中规中矩的日式，井龟太郎看在眼里，心中释然。他让茶师上茶，十一指也能娴熟地享用日本茶道，以日语表达对茶的赞美。井龟太郎仿佛回到了在日本或台湾的生活，顿时对十一指亲近了许多。

果不出所料，井龟太郎问了十一指是如何认识馨蕊的。十一指就眉飞色舞地讲了踢足球的故事。

没想到井龟太郎也是个足球爱好者，他由衷地说："换着我，我也会喜欢的。"

许林一雄附和道："才子佳人嘛。"

井龟太郎却话锋一转，突然问："我们把她抓起来了，你不恨吗？"

十一指一愣，反问道："我正想问，你们为什么抓她？"

井龟太郎沉吟一下，说："雄没跟你说吗？我们要她做丹。她给你疗伤的灵宝丹。"他看一眼许林一雄。

许林一雄点点头，表示赞同。

十一指装不懂，问："做丹不是要在药号吗？在你们这里她怎么做？"

"不不不！"井龟太郎摆着手，"你不明白的。"他想着怎么掩盖自己要抢灵宝丹的目的，又说："王家就剩小姐一人了，回药号不安全，我们这是在保护她。"

十一指却表示反对："我想，你们这样的保护她不会喜欢的。"

"那你说，要怎么做她才会喜欢？"

"当然是回她家了。"

"不行！回她家不能保证她的安全。"

十一指忍不住说："你们来之前，她和她的家人都是安全的，现在回家怎么就不安全了？"

井龟太郎立即警觉地看着他，反问："嗯？你是说，我们让她不安全了？"

"还用说吗！"十一指翻一下白眼，终于没说出口，人都被你们抓了，还有什么安全可言？但井龟太郎说翻脸就翻脸了，他不敢说出口。

许林一雄看他们两个针锋相对的样子，赶紧出来打圆场，说："族叔与王小姐分别太久了，思念心切，可以理解。年轻人不知轻重，嘱托大人勿怪。"他又建议，放馨蕊回正合药号不可取，但不让她回去看看，她也不会回心转意。不如满足一下她的愿望，让她回去看一眼。有我们的人陪同，安全是没有问题的。

井龟太郎觉得这是可以考虑的。但看过正合药号，触景生情，她会不会更恨日本人？

"这个，谁也说不准。"许林一雄说，现在王小姐一个亲人都没有了，她会很没有安全感的，对谁都不会信任。十一指跟她有某种情愫，也许是她现在最可亲近和信赖的人了，可以让十一指多跟她接触，解除她的疑虑，放心制作灵宝丹。

井龟太郎目光像刀子一样锐利地盯着十一指看，问："你愿意为我们工作吗？"他是一语双关。一方面是让十一指以男朋友的身份做馨蕊的工作；另一方面，作为间谍头子，他想试探一下十一指对当间谍有没有职业反应，他会不会是什么人派来的。

十一指却摸不着头脑，讷讷地说："我只想见馨蕊，我愿意跟她在一起，也可以劝劝她。但她做不做灵宝丹，我真的管不了。"他求助地看着许林一雄，问："你没叫我为谁工作吧？"

许林一雄哈哈大笑，说："我哪敢叫族叔为谁工作啊！族叔是不需要为谁工作的。"他这话是说给井龟太郎听的，他没把十一指发展为亚兴院的特务。

井龟太郎明白了，这样他更放心，十一指只是个富家子弟，没有政治意图，也没有赚钱欲望。他已经消除了对十一指的疑虑，说："好吧，等我们安排好，你就可以见王小姐。"

十一指和许林一雄大大地松一口气。十一指故意说："能快点吗？我都等不及了。"

井龟太郎哈哈笑。

许林一雄强调："现在市场上已经买不到灵宝丹了，如果王小姐再不制作，灵宝丹真的要绝迹了！可惜啊！"

井龟太郎自信地说："不！灵宝丹一定会有的！"见了十一指后，他觉得已经有办法对付馨蕊了。他想到用美男计，让十一指在馨蕊孤独无助的时候，来到她身边，给她温暖和安慰，捕获她的心。她就会心甘情愿为他制作灵宝丹。只要她肯做丹，他就能知道秘方和制作程序。

想到这里，他不由自主地大笑起来，把许林一雄和十一指搞得莫名其妙。井龟又威胁道："要不是念及她的祖先救过我的祖上，我才没耐心对她这么好呢！她再不识抬举，就别怪我不客气了！"

馨蕊被关在祥云别墅已经几个月了。她从刚开始的愤怒、悲伤到后来慢慢冷静下来，终于明白了，家里人一定都遭遇不幸了，包括早已逃出厦门的哥哥，否则井龟太郎不会对自己那么客气，他知道会做灵宝丹的人只剩自己了。

她曾伤心痛苦得想一死了之，自己一个亲人都没有了，活在这个世界已经没有意义。井龟太郎想要灵宝丹，自己一死，他就什么也得不到了！她以消灭自己作为让日本人得不到灵宝丹的报复手段，几次要跳楼、撞墙，都被看守她的人像抓小鸡一样提起来，扔到床上或沙发上。她以绝食抗争，井龟太郎就叫来日本医生给她输液。所有的人都告诉她：你死不了！

有个看守对她说："死是愚蠢的。"

她瞪他一眼，心里反驳：你才愚蠢呢！可突然，这话像一道闪电划过她的心头：我死了，谁来替家里人报仇？我死了，谁来把灵宝丹传承下去？父亲为什么要紧急教会自己制丹，就是想到有一天能活下去的可能是自己！可自己却想死！真的是愚蠢！她认真地看这人一眼。

这个叫吉田的看守见她心有所动，又说："活着，才有希望。"

馨蕊从来不跟这些日本人说话，但她现在却接过话茬："希望？

我能有什么希望?"

吉田像一块木头一样,不动也不应她。

她又像对一块木头说:"你知道我家里人是怎么死的吗?你能告诉我吗?"

家里人的死,成了馨蕊心中最大的疑团,爸爸和奶奶在最后时刻与正合药号同归于尽,她可以理解。可哥哥呢?已经离开厦门那么久了,又不在日占区,为什么还会死?福气为什么会离开哥哥,成为日本人的帮凶?哥哥是福气害死的吗?他为什么要这样做?她多希望有人能告诉自己啊!

吉田不回答她的问题,只说:"你不要死。"

馨蕊知道人家不会告诉她的,但他提醒了自己,不能死!这些疑团搞清楚之前,自己替亲人报仇之前,不能死。

"福气呢?"她像问吉田,又像自言自语。

没想到吉田却说:"他该死!"

馨蕊一个激灵:"他在哪里?"

吉田又不做声了。吉田曾目睹王良用和老太太自焚、馨蕊的哥哥吞丹自尽,又跟福气在鼓浪屿找了馨蕊很久,亲眼看到馨蕊跳海的瞬间。他对这个女孩、对她家人的气节有种由衷的敬佩。他对灵宝丹不了解,但觉得这家掌握着灵宝丹秘笈的人,都有一种特殊的精神气质,那就是刚正不阿、大义凛然。他不知道这是因为研制灵宝丹塑造了他们的性格,还是传承灵宝丹的人都必须具备这种气质。井龟太郎想要把灵宝丹占为己有,但他并不具备这种气质。吉田作为崇尚武士精神的日本人,觉得王家人的精神更符合自己的追求,他有维护这种精神的责任。

至于福气,他根本就不屑一顾。就是这样的下等人,才会贪生怕死,出卖主人,连奴才的起码道德都没有!这是吉田所憎恶的,虽然福气为井龟太郎立了一功,但吉田认为有一天这人会是自己的刀下鬼,他要用代表正义的武士刀劈了这个陷害主人的恶奴。

但他也不能跟馨蕊说这些,他只希望馨蕊活着,把灵宝丹,包括象征灵宝丹品质的精神传承下去。他仰着头,看着窗外的蓝天,一字一顿说:"你等着,有一天你会看到正义!"

馨蕊没想到他会说这样的话。她看着这个日本人,不知他说的是真是假,是不是井龟太郎设的圈套来骗自己。但她还是感谢他的,是他的话让她打消了死的念头。她甚至想到了,要假装配合井龟太郎,然后找机会逃走,也许这个人会帮自己。她从他的话和他的眼神中看到了希望。

此时福气与阿凤已经成家。福气如愿以偿娶到了阿凤,又有井龟太郎做后盾支持他重开正合药号,他简直是一步登天,乌鸡变凤凰。他心里明白,王家只剩馨蕊一个了,馨蕊又控制在井龟太郎手中,即使她愿意配合制作灵宝丹,等井龟太郎掌握了灵宝丹的秘方和制作程序后,馨蕊就会被他灭掉,正合药号迟早就是自己的了。井龟太郎要的是灵宝丹,他不在乎这个药铺子。而自己有了正合药号,就是大同路上的小老板了!可以像王家人那样,在这里生儿育女、繁衍生息。这是他做梦都不敢想的。

所以,他想热热闹闹地举办个婚礼,把阿凤正儿八经地迎为妻室,同时庆贺自己改变命运,从一个孤儿变成了正合药号的主人。

可阿凤不愿意。福气的罪恶勾当她不知道,她还等着主人回来。她认为自己是卖给王家的丫鬟,丫鬟是无权自己嫁人的,只有主人才有权把她许配给谁。虽然她知道主人会乐意成全福气和自己,但她还是想等主人回来后再堂堂正正地举行仪式。她对福气说:"我已经是你的人了,肚子里的孩子就是我们成为夫妻的最好证明。婚礼等有主人的祝福再办吧。"

福气不敢告诉她真相,想到她肚子里的孩子,就遂了她的意。但药号开张却是要图个吉利的,要红红火火地把店开起来。他在井龟太郎的支持下,花钱把烧坏的门板、药柜、柜台修好,把被烟火熏黑的墙面重新粉刷一遍，金丝楠木的"正合药号"牌匾基本完好无损，阿凤用抹布一擦就又闪闪发亮。福气特地请街角的代书先生写了一副对联"人财两旺福禄寿，宝地祥光富贵春"贴在门面上。门前挂上喜气的红灯笼。

街坊都知道了王仁医与老太太殉道的事，都为王家和灵宝丹吁嘘不已。现在正合药号重新开张了，虽然主人还没回来，家丁能把药号开起来也是有情有义。大家都来捧场祝贺，也热闹了一阵。

福气和阿凤在平时的耳濡目染中学得一点皮毛，经营起中药店来并不难。灵宝丹是做不来的，也不敢做，如果有人要买，就说主人避难去了，暂时不生产灵宝丹。福气想，等小姐回心转意了，生产的灵宝丹还得在正合药号卖，到时自己仍财源滚滚。

但是，阿凤总是问福气："少爷呢？你为什么不去接少爷回来？"在她想来，现在没打仗了，药店重新开张了，少爷回来当老板、做灵宝丹，自己和福气可以像以前那样服侍他，药店毕竟是王家的。

福气拗不过阿凤，就假装出门，泡在厦港的小酒店里混了一天。晚上回来对阿凤说：找不到少爷落脚的张家了，现在兵荒马乱的，是不是少爷跟张家人一起往内地跑了。

"夭寿！"阿凤叹一声，"他怎么不知道回家呢？"

福气安慰她："等局势好转了，他就会回来的。我们先把药号经营好，少爷回来就什么都有了。"

"好！"阿凤也很有信心，但她又要福气到鼓浪屿去找太太和小姐，"她们也该回来呀？很多跑到鼓浪屿的人都回来了呀！"

福气顺水推舟说："是啊，鼓浪屿这么近，轮渡也早通了，她们可以自己回来的，我很难找的。"

阿凤想到瑶琦，说："小姐不是到同学家吗？你去找永和家的就可以了。"

"好好。"福气嘴里应付着，心里却想，我去永和家找死啊！但他现在对付阿凤是绰绰有余，看着她像鼓一样的肚子，知道等孩子一生，她就顾不上那么多了。他对自己的未来踌躇满志，他都没想到，厦门沦陷竟是自己人生时来运转的机会。

一天，吉田带人来祥云别墅安装窃听器，几个人在一楼的客厅里叽叽呱呱地说着什么。

馨蕊问吉田："你们在做什么？"

吉田板着脸不说话。他想，馨蕊不知道装了窃听器，会不会说不该说的话？井龟太郎要带来见她的是什么人？为什么要装窃听器？说明井龟太郎对这人也是不信任的。但他又不能跟馨蕊说装了窃听器，这等于出卖自己的老板，有违他的武士精神。他唯一希望的是，井龟太郎带人来时，馨蕊不在，窃听器就派不上用场了。

可馨蕊怎么才能不在呢？一个大胆的想法让吉田自己都大吃一惊：逃！带着馨蕊远走高飞。

吉田并不是对馨蕊有什么想法，虽然他对她很有好感，但武士是不讲儿女情长的，他们守的是"道"。他把救出馨蕊，保护灵宝丹作为自己行武的"道"。这个想法一出现，就像钉子一样打在他的脑子里，拂都拂不掉。所以，他突然没头没脑地问："离开这里，你能去哪里？"

馨蕊一时没反应过来，她没想到自己能离开这里。如果能离开，她最想去的地方当然是自己的家。

吉田摇摇头。

馨蕊明白了，所谓"离开"，就是逃走！只能逃到一个井龟太郎抓不到自己的地方。她又想到了鼓浪屿。

吉田说，鼓浪屿现在已经不是万国租界了，言外之意是鼓浪屿也保护不了她。她却想到了瑶琦，焦急地问："住在鼓浪屿上的人也不安全吗？"

吉田又摇摇头："已经抓了很多人。"

馨蕊替瑶琦担心，以瑶琦我行我素的性格，日军如果占领鼓浪屿，她一定会起来反抗的，她不会把日本人放在眼里的。馨蕊回忆自己被抓的恐怖场面，如果瑶琦也碰上了，后果不堪设想！她的头脑不经意间还闪过了十一指，她也替十一指担心，十一指一定也会反抗日本人的。现在十一指的样子已经模糊了，他在她心中只成了一个概念：那是一个救过自己的与日人有仇的青年。她一直惦记和感谢他。

但现在，馨蕊自身难保，连一个躲藏的地方都没有。在她十几年的人生中，主要就是在家和鼓浪屿度过的，现在居然没有一个可容身的地方。她急得流出了眼泪，说："要是我出家去当尼姑就好了。"小时候信佛的奶奶对她说："出家有时候是一个人最好的自救之路。"奶奶说的是看破红尘，可这时候，她无处可逃，就想到放弃一切，皈依佛门。但她想出家都不可能了。

吉田却说："寺庙是个好地方。"

这话提醒了馨蕊，她想起奶奶曾带自己去同安内厝的准提寺，那是一个尼众住持的寺庙。以前去准提寺像过节一样，是馨蕊期盼的。每次去都要用一整天的时间，要提前一天沐浴净身素食，不高声喧哗，不急躁怒色。天刚蒙蒙亮，就踩着清脆的脚步声出门。奶奶挎一个专用的竹篮，里面是供奉的时令瓜果、鲜花。一路乘车、过海、上山，来到一个远离尘嚣的清静所在。那里除了寺庙、僧尼、茶园、菜地，没有日军、浪人、汉奸、叛徒。真是令人向往的地方。

馨蕊印象最深的是漫山遍野的女贞花香和像香气一样氤氲在空气中的诵经声，感觉那经文和花香从脑里肺里渗入身体，至今仍在血液中奔涌。而奶奶温暖、微胖的身体是馨蕊最深的依恋，她失声叫道："奶奶！"泪水已夺眶而出。

吉田摸不着头脑，不知馨蕊到底在想什么，她有地方可去吗？

馨蕊回过神来，坚定而清晰地对吉田说："去准提寺！"

同安的准提寺是一座千年古寺，供奉的是准提佛母。准提密法的修持早年仅在宫廷中流传，后被唐宣宗李忱带出宫廷，传至闽南，深受信众敬仰。在信众心中，准提佛母是一位感应力强大、对崇敬者至为关怀的大菩萨，他的福德智慧无量，能无微不至地守护众生。馨蕊把自己度过劫难的希望寄托于大慈大悲的佛母菩萨，也希望奶奶的在天之灵能保佑自己。

奶奶有一善友在准提寺出家，馨蕊见过这个慈眉善目的阿嬷。她想，如果自己去投奔准提寺，这位阿嬷一定会收留自己的。如果将来找不到家里人了，自己就在准提寺出家当尼姑好了。

吉田听了馨蕊介绍的准提寺的情况后，也觉得是个好去处。那里日军管辖不到，山高林密，易于隐藏。如果馨蕊能顺利到达准提寺，就可能躲过井龟太郎的追捕。

但是，吉田为什么要救自己呢？他不是日本人吗？馨蕊与吉田说了半天后，突然产生这样的疑问。

吉田对馨蕊的怀疑既不生气也不委屈，他仍面无表情，武士没必要解释自己的行为。他漠然地说："你要是相信我，就跟我走。不相信就继续留在这里。"

馨蕊选择相信他。因为留在这里她只有死路一条，不如跟他走，也许真有希望。吉田不易察觉地微微笑了。

这段时间，井龟太郎放松了看管馨蕊的警惕性，他已经把看守人员从两组四人减为两人一组，外加一个女仆。另一个看守和女仆对看守馨蕊也麻痹了，他们认为馨蕊只因会做灵宝丹被抓，并不是什么危险人物。只要锁住大门，馨蕊插翅难飞。而她一个纤弱的女孩，根本没有能力也没有力气对付他们，光那个女仆馨蕊都打不过的。所以他们大部分时间是在一楼各自的房间里做自己的事情，馨蕊一般都在二楼看书、起居。

吉田决定豁出去了，把馨蕊送走后，他就要去浪迹天涯不再回来了。他不怕井龟太郎知道这事是自己干的，他想好了，可以趁女仆和另一个看守不备，把他们分别搞定，再带馨蕊离开。等井龟太郎发现情况不对时，他们可能已经在准提寺了。

而且事不宜迟，吉田知道井龟太郎正在安排什么人来与馨蕊见面，还特地安装了窃听器。他认为不会是好事，应赶在这人与馨蕊见面之前行动。

他给馨蕊买了一套男孩子穿的衣裤，还有一顶礼帽。到时他们将以兄弟的模样出逃。他已经探好了出逃的路线，最好的方式是乘船。他在沙坡尾租了一条小船，两人躲在船舱里，外人看不到。从沙坡尾到钟宅，再从钟宅换乘渔船到对岸同安的刘五店，从刘五店再往内厝。

他有一辆"菊花"牌脚踏车。可以用脚踏车载着"小弟"从祥云别墅到沙坡尾，连人带车一起上船。到了刘五店，脚踏车又可以派上用场，直接骑到内厝鸿山准提寺，把馨蕊交给尼姑阿嬷就万事大吉了。可惜他不能带武士刀，只能带手枪，否则带着武士刀更像行侠仗义。

两人紧张地等待着出逃的时机。这天井龟太郎对吉田说，他今天有公务，让吉田对馨蕊多关照，才不会有客人来访她不配合。

吉田以为机会来了，井龟太郎去忙公务，他们正好利用这段时间行动，等井龟太郎忙完公务，他们可能已经顺利出逃了。

他匆匆来到祥云别墅，看到另一个看守靠在自己房间的床上闭目养神。女仆买回一天要吃的菜，正在厨房里择菜。他悄悄上楼，馨蕊坐在自己的房间里严阵以待的样子。他做个手势，压低嗓音说："马上走！"让馨蕊换装，等他处理好下面的两个人，就可以走了。然后他下楼，他要先解决看守，趁他闭目养神之际，把他嘴巴捂住，塞上毛巾，捆住手脚，人绑在床上。再去厨房把女仆也如此搞定。只要他们不喊出声，不跑出去就可以了，他不要他们的命。

可他刚走到楼梯口，就听到院子里的门铃在响。有人来了！坏事！至少楼下的看守被吵醒了，他会去开门的。吉田赶紧又倒回去通知馨蕊暂停行动。却看到馨蕊双手捂住嘴巴，呆呆地看着窗外。

从她卧室的窗户可以看到院子里的大门,她看到看守把门打开,井龟太郎、许林一雄和十一指鱼贯而入。井龟太郎还抬头看了一眼馨蕊的房间。幸好她拉着窗帘,她看得到外面,外面的人看不到她。她看到十一指时,吃惊得差点叫起来,所以用双手捂住了自己的嘴巴。

吉田也看到了楼下的人,知道今天的行动泡汤了,井龟太郎的公务居然是带着许林一雄来见馨蕊!这是他早就安排好的。但吉田不认识十一指,十一指正好被许林一雄挡住,他没看到十一指的脸,不知道馨蕊为什么那么紧张。

他没有时间多想,只跟馨蕊说:"行动取消,以后再说。"他让馨蕊把还没换的男装藏起来。然后就一溜烟跑下楼。

他刚走进一楼的客厅,井龟太郎一行正好从门外进来。他赶紧迎上前去打招呼,行礼。

井龟太郎介绍了他们,许林一雄以前见过的,十一指是初次见面,两人眼神对上时,有一种恍惚,好像在哪里见过,有一种似曾相识的东西把他们联系在一起。就像人们经常遇到的一种现象:明明第一次到某个地方,可此情此景却像故地重游,都是记忆中的再现。

两个人的反应,井龟太郎和许林一雄都看在眼里,略略有点奇怪,但他们没有怀疑这两人的理由。井龟太郎急于检验馨蕊与十一指的关系,以此来判断十一指能否解决馨蕊的问题。他让女仆去把馨蕊叫下来。

馨蕊在楼上早已坐立不安,十一指的出现比今天的出逃更令她激动万分。她已经很久没有亲人的音讯了,十一指虽然不是她的亲人,但有救命之恩,她在心里已把他当成了自己人。她又长期被拘禁,与外界失去联系,突然见到自己人不由得欣喜若狂。她不知道十一指为什么会来这里,他是来见自己的吗?看到许林一雄,第一次见他时就想到了十一指,也许他们真的是一家人。而这个许林一雄曾说"改天我来跟你探讨灵宝丹",莫不是他们真的要来讲灵宝丹的事？现在怎么办？十一指是自己人还是跟井龟太郎一伙的？如果他也来劝自己交出灵宝丹的秘方，那他就是敌人！既然他跟井龟太郎混在一起，他们一定是同伙！馨蕊突然从欣喜的高峰掉入悲伤的深谷，自己人变成了敌人，他怎么能这样！

她心里还在七上八下的时候，女仆上来请她下去见客人。这是考验馨蕊和十一指的时刻，他们对两人的认识如何表达，十一指如何向馨蕊传递出真实的信息，都是个难题。

姐夫早预见到，井龟太郎一定会使用间谍手段在暗中观察他与馨蕊的交流，比如安装窃听器，甚至留出他们单独相处的时间，以便套出他们的秘密。而馨蕊不知情，最容易出事的是她。

"那怎么办？"十一指急了。

姐夫说要用好许林一雄的关系。现在所知，许林一雄也是想救馨蕊的，但他救馨蕊的最终目的是什么不清楚，就像他不清楚十一指救馨蕊的最终目的是什么一样。所以，共同对付井龟太郎，救出馨蕊的前期目标是一致的。许林一雄也知道，足球场认识馨蕊的故事是编造的，那就让他把这个编造的故事传递给馨蕊。通过传递这个编造的故事，让馨蕊明白他们是来救她的。

十一指把这个意思跟许林一雄说了。许林一雄哈哈笑，说："当然！族叔叫我怎么做我就怎么做。"

现在，馨蕊从楼梯下来，她走得很慢，楼下所有人的目光都对准了她。

9
无名英雄

馨蕊在踏上楼梯口的瞬间,头脑突然灵光一闪:在搞不清楚十一指的身份之前,对他保持警惕。她冷冷地下楼,把眼前的人都视为敌人,毕竟自己是被他们拘禁的。她的身后还跟着女仆。

十一指看到馨蕊时,有点失态地站起来,其他人仍坐着。他已经不认得馨蕊了,第一次见她时是在狼狈的状态,全身湿透,披头散发,惊恐万状。现在她却穿戴得整整齐齐,优雅地下楼,一副高傲的模样。他都怕她不认自己。果然,馨蕊一副不认识他的样子,他也不敢上前打招呼。

还是许林一雄老到,笑呵呵地说:"王小姐,还记得鄙人吧?"

馨蕊点头,微微一笑,气氛有所好转。她来到客厅,在指定的位置坐下。十一指这时也坐下了。

许林一雄又指着十一指说:"这是我的族叔许继中,你们认识的,你不记得了吗?"

馨蕊摇摇头。十一指急了,抢着说:"在番仔球埔,我踢球时受伤了,你给我敷的药。"他指了指自己受伤的胸口,那是馨蕊在海边给他敷药的部位。

馨蕊明白了,受伤的部位是对的,但地点和受伤原因不对,什么番仔球埔,什么踢足球,他没对井龟太郎说实话。她心里对他的怀疑慢慢化解,装作想起来的样子说:"好像有这事。"

十一指赶紧又说:"我是英华的,你是毓德的,经常跟你在一起的是永和的瑶琦小姐。"他故意提到瑶琦,而且说出名字,让馨蕊明白,自己跟瑶琦已经联系上了。

听到瑶琦,馨蕊心里一暖,却想到自己身陷囹圄,就幽幽地说:"可是,我被他们抓起来了。"她看一眼井龟太郎。

井龟太郎却说:"不是抓你,是保护你。你看,这么多人在侍候你。"

馨蕊冷笑一声,不说话。

许林一雄打圆场说:"你是灵宝丹传人,我说要来跟你探讨灵宝丹,族叔也要来感谢你,因为你用灵宝丹救治过他。"

馨蕊瞪十一指一眼,说:"我不是灵宝丹的传人,没什么好讨论的。"

许林一雄故意说:"王小姐谦虚了,你是会制丹的高人。"他故意当着井龟太郎的面这样说,馨蕊一定会否认的,这样她就不会轻易在十一指面前暴露自己会制丹。

馨蕊果然厉声说:"我说过了,我不会!"

这不是井龟太郎愿意听到的,他怕再说下去自己的计划落空,就对许林一雄说:"这样吧,令叔跟王小姐是老朋友,今天难得一见,让他们叙叙旧吧,我们不打扰了。"他请许林一雄到他的办公室探讨茶道,让吉田等人都撤到园子里,从园子里仍可以看到客厅里的人。客厅只留十一指和馨蕊,他说:"你们好好聊。"

十一指心想:姐夫的判断真准啊!他是想让我们说出秘密,房子里肯定安装了窃听器。他现在就怕馨蕊不知情,露出破绽。

等那些人都走了之后,他刚想对馨蕊有个表示,馨蕊突然转过身,脸对着脸,结结实实地给他一个璀璨的笑。这一笑,让十一指对馨蕊的担心全部打消了，他心花怒放，知道馨蕊是明白的，她这是在对自己表明态度。真是心有灵犀啊！这么冰雪聪慧的女孩，他真想一把抱住，告诉她，自己就是来救她的。但想到房间可能有眼睛和耳朵，他也只能回馨蕊一个灿烂的笑脸，不动声色地暗示外面和空气中的威胁，然后一本正经地问："你都好吧？"

馨蕊双手交叉放在胸口上，对他微笑，表达见到他的喜悦心情。嘴里却说："我被关了快一年，怎么会好呢？"

"嗯嗯。"十一指用手指在茶几上写着"救你"的字样，却问："他们为什么抓你？"

馨蕊虽然不太确定他写的是什么字，但意思是明白的，他有话不能说，怕隔墙有耳，十一指来的目的跟表面上看到的不一样。这就让她放心了。她装作委屈地说："他们要我做灵宝丹。"

十一指怕她说出不该说的话，赶紧把话堵上："你不是说你不会做吗？"

馨蕊心领神会，顺着说："我就是不会嘛！他们却听信我家伙计的谎言，说我会。"

"那应该把你家伙计抓起来。"

"可他现在投靠了日本人。"馨蕊犹豫了一下又问，"你也在帮日本人做事吗？"她不好意思说投靠，但意思是一样的。

十一跳起来说："没有没有！是我的骨肉亲从台湾回来，他跟井先生是朋友。我听说你在这里，就跟过来看你。"

馨蕊可怜兮兮地说："谢谢你来看我。"

他们就这样有一搭没一搭地闲扯。

井龟太郎和许林一雄在他的办公室从窃听器里听到这些话，大失所望。他对许林一雄说："八嘎！她要是真的不会做灵宝丹，留着还有什么用？"他露出凶相。

许林一雄也替馨蕊捏一把汗，要是井龟太郎失去耐心，她的小命就难保了。以日本人的凶残，他们得不到的，别人也休想得到，他会把馨蕊连同灵宝丹一起消灭的。那样的话，损失就太大了。他赶紧替馨蕊说话："她可能不信任族叔，毕竟他们交往不深，族叔又是你带来的人，她认为他是在替你做事，怎么会相信他呢？"

"嗯，这倒也是。"

窃听器里又传来馨蕊的声音："你不是认识井龟太郎吗？你跟他说说，放我走吧。"

十一指的声音："他哪会听我的话呀！"

"你们不是一起的吗？还有你那位骨肉亲，井龟太郎会听他的吧？求你了，帮帮我！"

十一指无奈地说："好吧，我去试试。"

井龟太郎和许林一雄听了都笑起来，馨蕊真是异想天开！居然想让井龟太郎放人。

突然，许林一雄一拍脑袋说："我们可以将计就计啊！"

井龟太郎不解地看着他。

他继续说："现在王小姐会不会做灵宝丹谁也说不准。从逻辑上讲，她应该会，却故意装不会。听她跟族叔说话的口气就很假，福气说的更可信。但不管怎么说，王家就剩她一个了，灵宝丹能否传承下去就靠她了。为了灵宝丹，就当她会吧。那么，如何让她消除疑虑，心甘情愿地制作灵宝丹，就要有策略，靠关押和威逼是没用的。族叔虽然还没取得她的信任，但跟她还谈得来。她现在已经没有亲人了，遇到故人都会如救命稻草一样抓住不放的，从她开口求族叔救她就可见一斑。如果族叔能帮助她，给她温暖，跟她在一起，她会感激他、信任他，两人会越走越近。"他笑着补充道："族叔是真的喜欢她，跟她结为夫妻也是求之不得的。等时机成熟了，让她做灵宝丹就顺理成章，毕竟她也是要做丹的。难道她会让灵宝丹断送在自己手里吗？以前的王家人都要定期做灵宝丹，检验检验、练练手的。"

这不就是井龟太郎想的美男计吗？如果能实施的话。井龟太郎表示赞同，但要怎么将计就计呢？

许林一雄说，十一指答应馨蕊要试试，他一定会来开口请求放馨蕊的。就做个人情给他，放馨蕊出去。她现在没地方可去，正合药号被福气占了，我们仍支持福气占有正合药号，估计她不愿意跟福气同在一个屋檐下。如果不回正合药号，她不得不依靠十一指。也许她会到同学家，但我们也可以让她去不了。许林一雄做一个砍杀的手势，说他已经掌握了情报，永和食品公司有抗日组织在活动，可以找机会清除掉，馨蕊就去不了同学家了。

许林一雄的狠毒让井龟太郎大为欣赏，为了不让馨蕊去同学家，可以把永和食品灭掉，这是大间谍才干得出来的。而许林一雄正是想借刀杀人，据他所知，永和食品可能是军统的其他派系的人在搞，甚至可能有共产党渗透，与他这边的头目格格不入，互相内斗。上司曾要求他想办法处理。清除永和组的人，既可以获得井龟太郎的信任，又满足上司的要求，一箭双雕。果然井龟太郎很满意。

许林一雄继续说，馨蕊没地方可去，十一指就可以邀请她去许家。他笑说："就在我的眼皮底下。不管去哪里，我们都派人跟踪，鼓浪屿现在在我们的掌控中，她跑不掉的。到了一定的时候，她就会做灵宝丹，从报恩的角度，她也应该做。"他开玩笑说："到时我来包销，你要多少做多少。"

两人哈哈大笑，好像灵宝丹已经到手了。井龟太郎说："这是把鱼放到水池里，养肥了再杀。"

"对对对，放进水池的鱼才有活力。"许林一雄又提醒，此事不宜操之过急，十一指的要求也不能太容易满足，以防他们生疑，要慢慢磨，让他们急。其实，许林一雄对十一指也留了一手，想再观察一下，他救馨蕊的背后还有什么目的。

"好的，用中国话说，叫'欲速则不达'！"井龟太郎现在对许林一雄是言听计从。

这次见面真叫皆大欢喜，各方面的人都觉得有收获，只有吉田闷闷不乐。他本以为今天就要大功告成了，他行侠仗义的武士梦就要实现了，没想到半路杀出个程咬金，来了许家人，把他的计划搅黄了。而且那个少爷跟王小姐好像很熟，他们还单独交谈了好一阵子。见过这个人后，馨蕊像被施了魔法，脸上一直挂着傻笑。

吉田心里很不是滋味，觉得是这个人坏了自己的好事。小姐还愿不愿意出逃都成了问题。他小心地问馨蕊："准提寺，你还想去吗？"

馨蕊好像忘了还有准提寺这回事，被吉田问了才想起来，居然漫不经心地说："等我自由了，我会去的。"

而她原本是要逃到准提寺寻找自由的！吉田感到失落，问："你会自由吗？"

馨蕊天真地说："我的朋友许先生要帮我，他会请求井龟太郎放我出去。"

吉田想笑，但武士不习惯笑。他仍板着脸说："那你就耐心等待吧。"

馨蕊听不出话里的讥讽，仍开心地说："好！"

吉田跟她要回男装，馨蕊以为吉田不管自己了，有点难过，这才觉得对不起他，对他说："你不带我去准提寺了吗？你不跟我做兄弟了吗？"

问得吉田也感到不舍，就说："我先收起来吧，要是被女佣发现就不好解释了。"

"嗯嗯。"馨蕊把衣服交给他，又认真地说，"我还可以认你做哥哥吗？"

吉田这回笑了，他晃晃手里的男装说："等你穿上，我会保护你的。"

馨蕊看着他下楼的身影，做梦也想不到，一个日本人会保护自己，自己要认日本人做哥哥！她安慰自己：也许日本人里也有好人。

她觉得这一天整个就是在做梦，先是准备要出逃，然后十一指从天而降。井龟太郎和许林一雄有意留给自己和十一指独处的时间，这是为什么？她知道，井龟太郎想尽一切办法就是要自己制作灵宝丹，他懂得灵宝丹的价值，曾厚颜无耻地对馨蕊说，你们王家能拥有灵宝丹，还得感谢我们井龟家，是我的祖先帮助王家先人到厦门定居的，灵宝丹才能传承下来。

馨蕊顶撞道："要是没有我的祖先，你的先人早就死了！"

井龟也不否认，说："所以，我们两家是有渊源的，要继续合作。把灵宝丹再做起来。"

馨蕊知道又落入了他的圈套，归根结底，他就是要馨蕊制作灵宝丹。十一指就是他派来说服自己的。但他不知道十一指跟自己是如何相识的，十一指才会编造出足球场的故事。从这个细节，就可以判断十一指跟他们不是一伙的。

十一指的出现，让她重新燃起了生的希望。被关了一年多，本来已经心如死灰，连吉田这样的日本人她都愿意相信。跟着吉田出逃，是没有办法的选择，就像在悬崖上闭着眼睛往下跳，等待着自己的是万丈深渊还是一线生机，只能听天由命。而十一指就不一样了，他是救过自己的人，他们家与日本人有着千丝万缕的关系，他有心也有条件救自己。他今天的到来，就明明白白传递出救自己的意思，至于是向井龟太郎求情，还是另有办法，馨蕊不得而知。但她相信十一指一定能救自己，跟着十一指走，哪怕赴汤蹈火，她也在所不惜。反正自己的命也是他救的，她这样安慰自己。

见过馨蕊后，十一指对救她的信心大增。或者说，救她，成了他唯一的信念。而且他相信馨蕊是会做灵宝丹的，当她说"我就是不会嘛！"时，脸上露出的是得意的笑容。这个笑容暴露了她内心的自豪，没有一个人在说自己不会看家本领时，不是遗憾而是露出得意的笑容。

但十一指不敢告诉许林一雄自己的感觉。两人在回鼓浪屿的路上，许林一雄问他对馨蕊的感觉如何。他含糊地说:"她被关得太久了，对谁都不信任。"

"可以理解。"许林一雄也暗示他，"但愿她会做灵宝丹，不然井龟太郎对她就不会客气了。"

"啊?"这是十一指没想到的，但也可以理解，如果她坚持说不会做灵宝丹，井龟太郎留她何用?他觉得应该把这个信息传递给馨蕊，不要让井龟太郎对她失去耐心。他问许林一雄，井龟太郎对今天自己与馨蕊见面有什么态度。

许林一雄也含糊地说:"王小姐的价值就是灵宝丹，井龟太郎要的也是灵宝丹。他对人不感兴趣。"

十一指却说:"我在乎的是王小姐，灵宝丹我不感兴趣。"

这正是许林一雄想要的，他说:"这就好，你要人，我要灵宝丹。我们一起努力救出王小姐，你会得到人，你的任务是动员她制作灵宝丹，我要灵宝丹。"看到十一指疑惑地看自己，他又说:"我不像井龟太郎，要抢走灵宝丹的秘方。我是中国人，灵宝丹的秘密还是由王家人掌握的好，她把灵宝丹做出来就可以了。"

"你要那么多灵宝丹干吗?"

"在商言商嘛!好东西谁都爱，再说现在都买不到灵宝丹了。"许林一雄呵呵笑。

十一指明知他不是真的为了赚钱，但也顺水推舟说:"好，一言为定!"

但是，十一指不知道怎么才能救出馨蕊，看许林一雄一副胸有成竹的样子，忍不住问:"你有救王小姐的办法了吗?"

许林一雄嘿嘿笑着，他并不跟十一指说他与井龟太郎的"放鱼入池"的计划，而是问:"王小姐是怎么想的?"

十一指都不好意思说，馨蕊希望他向井龟太郎求情，放她出去。他知道这是馨蕊的幻想，井龟太郎怎么可能因他说情就放人呢?他尴尬地说:"她想出去，让我帮她。"

许林一雄说:"你要帮她呀,俘得美人心。"

"我帮不上嘛,这事还得仰仗骨肉亲呢!"

许林一雄拍着胸脯说:"没事!我们本来就是要救她的。你让她承认会做灵宝丹,愿意做,我就有办法救她。"

十一指没把握馨蕊会听自己的,犹豫地说:"我试试吧。"

许林一雄说不用试,就教她这么说,她会不会,做不做,都这么说,这才有出来的希望。他笑嘻嘻说:"这只是说说而已嘛。要她做灵宝丹,总得找个地方吧?"

"正合药号!"十一指叫起来。他以为要馨蕊制丹,就要回正合药号,而他们早就想利用馨蕊回正合药号之机,把她抢走。他明白了,这话是说给井龟太郎听的,这样他才会放人。等人出来了,会不会,做不做,他就管不着了,只要把馨蕊送到一个安全的地方就好。他豁然开朗,对许林一雄刮目相看,一件看似复杂艰难的事情,在他这里却这么简单。

姐夫也觉得这是个可行的办法。现在就是稳步推进,等到井龟太郎愿意放馨蕊出来时,再中途劫人,把馨蕊送到安全的地方。

姐夫乘兴说:"走!到种德宫去许个愿,抽个签。"

十一指知道,姐夫又是去跟种德宫的住持接头,把救馨蕊的计划报告上级。那次袭击西岗时,就是姐夫让他事成后躲到种德宫,把枪交给住持,住持会掩护他。

十一指想到瑶琦,那次在种德宫脱险,幸亏有瑶琦帮忙。而且自己承诺约她到正合药号附近看看,一直还没兑现呢。姐夫也想见见这个送信的女孩,他获悉最近永和食品公司的抗日组织很活跃,他想了解一下情况。

于是,十一指把瑶琦请来,姐夫把姐姐叫也上,四个人像一家子一样高高兴兴去种德宫。

十一指没跟瑶琦说他见过馨蕊的事,这事是不能声张的。瑶琦关心的是什么时候去踩点,什么时候救馨蕊。十一指想等抽签后,看住持怎么说，再决定什么时候去踩点。

抽签时，瑶琦并不参与，她是基督徒。她站在远处看十一指的姐姐、姐夫上香、跪拜，然后拿起一个装满竹签的竹筒摇啊摇，直到竹筒弹出一根竹签。再博爻，确认这根竹签就是他们所求的。

十一指陪着瑶琦。瑶琦问："你姐夫求什么呢？"

十一指知道，姐夫应该是把救馨蕊的计划通过住持报告给上级。但他说："求子吧。他们结婚多年都没生孩子，姐姐急了。"

"哦，那倒是。"

其实，十一指知道姐姐姐夫是没准备要孩子的，他们决心把自己的生命献给他们追求的事业，怕有了孩子，万一自己牺牲了，就苦了孩子。他们把十一指当自己的孩子。

抽了签，姐姐和姐夫拿着竹签到住持那儿解签。瑶琦和十一指也过去凑热闹。住持看了签号，随口吟诵道："鱼困深潭未化龙，豪光上照有时荣。青云有路终须到，暮日峥嵘向九重。"

听这签文，不用解也知道是上上签。姐姐和姐夫脸上立即灿若桃花，特别是十一指，似乎看到困在深潭的馨蕊就要化龙了，一条青云路就在眼前。而自己将是这条青云之路的铺设者。他兴奋地对瑶琦说："我们明天就到正合药号转转，如何？"

这有点风马牛不相及，瑶琦还在想姐姐和姐夫会不会得个贵子，十一指却扯到了正合药号，她都没反应过来。

奇怪的是住持也对正合药号感兴趣，他扭头看着十一指问："你们要去正合药号吗？"

十一指觉得自己太鲁莽，把不该说的都说了。他看一眼姐夫，不敢吭声。姐夫却像不知道有个正合药号似的，一脸懵懂。

住持又对瑶琦说："小姐还记得我说的正合药号有贵人相助、会逢凶化吉吧？"

"记得记得！"瑶琦兴奋地叫起来。

十一指也叫起来："啊，你们早就认识了？"

瑶琦不知怎么跟十一指解释，住持先说："我们都认识正合药号家的人。"

瑶琦赶紧补充："师父也想救馨蕊！"

住持却说："王小姐是有福之人，灵宝丹是国药珍品，理应相助。"

有住持这话，姐夫和十一指就知道救馨蕊的计划已经得到上级支持了。姐夫站起来说："师父就是王小姐的贵人吧？"

"不敢不敢！"住持摆摆手，"救王小姐时会有更大的贵人相助。需要我时说一声就可以了。"他对姐夫使使眼色，姐夫心领神会。

他们谢过住持就离开了种德宫。瑶琦才想起十一指说的去正合药号看看，就问："明天去看正合药号吗？"

"去！"十一指春风满面。

第二天，1939年9月12日上午7时45分，厦门发生了一件震惊中外的事件，日本陆军机关长丰田泽福在厦门国民路旭瀛书院门前遇刺身亡。

9月的厦门，天气还十分炎热。一场台风刚过，吹翻了海上的渔船，刮倒了房屋和树木。鹭江道、白石海滩等海面上铺满了从九龙江上游冲下来的漂浮物，有树木、杂草、房梁、家具、死去的牲畜和人的尸体等，海面仿佛新生了一块陆地。

海边人见多了台风天，若有人不幸在台风中丧生，家人也自认命苦，接受现实，活着的人仍要在台风中讨生活。海边的渔家或农人、会水的闲杂市民，有的划着小船，有的站在岸边，大胆的游到附近礁石上，拿着带钩的竹竿、绳索，在漂浮物中拨弄寻觅，总能从中找到有用的东西，比如一截杉木，一块窗棂，一扇木门，甚至上等楠木寿板。上游富贵的老人有给自己备"大厝"的习俗，常常就在台风天屋倒人亡，一切随风而去。若运气好，捡到一箱细软、布匹也是有的，拿回去洗洗晒晒，都能换到不少的钱。这成为许多人台风天的梦想。当然，也有人为了捡海里的东西把自己的命给搭上了，但这不影响人们继续干这营生。

这天照样有早起的人拿着竹竿绳索往海边走，想再去海里碰碰运气。路上行人不多，在国民路往公园方向，一条窄窄的瓮王巷子口站着一个穿黑衣的汉子。这种装束在码头附近很常见，人们不以为意。突然，汉子手一扬，从衣袋里抽出一条白手巾，挥了挥。不多时，远处响起像爆豆子的声音。接着有惊叫声，有人倒下了，这个黑衣汉子也不见了。

路人并没有把黑衣汉子和远处的惊叫声联系在一起，只是黑衣汉子的举动让人印象深刻。直到日本兵包围了附近街区，路人都被抓起来搜查询问，才让人把黑衣人和远处发生的事联系在一起，原来是日本陆军机关长丰田泽福遇刺，死了！

这时，十一指和瑶琦还在各自家中，他们约好8点半在轮渡会合，然后一起到厦门。丰田泽福遇刺，整个厦门的空气都凝固了，全岛立即戒严，交通封锁，岛内的人出不来，外面的人也不敢进了。

他们是按约定的时间到轮渡时，才得知厦门那边有情况，是不敢过渡的人聚在码头附近传递的小道消息。只知道又有日军大官被刺杀了，具体情况不详。

从鼓浪屿这边，可以听到对面的厦门有日本军车拉着警报呼啸而过，还可以看到荷枪的日本兵拦着路人检查，不时还有枪声响起。那边的情况看起来很紧张，但这边议论的人却一副喜形于色的样子，毕竟日本军官被杀是鼓舞人心的事。

他们听到这个消息也很高兴，但又为不能去厦门感到遗憾。十一指甚至想到，这件事会不会影响到救馨蕊？上次西岗遇刺，就折腾了几个月才消停，至少短时间内不敢有行动了。他让瑶琦先回家等待，最近厦门不能去了。自己要到日日升俱乐部去，想到那儿打听消息。

一向乐呵呵的许林一雄此时也一副紧张的样子。他都不知道被刺的是什么人，情况如何，一直守在电话机旁在等手下报告消息。看到十一指时，跟他说，井龟太郎可能要改变主意了。

很快，消息传来，是日本陆军机关长丰田泽福遇刺，死了！他没有西岗的好运气。

这个丰田泽福，官至少佐，与井龟太郎是日军在厦门的两座山头。跟井龟太郎一样，他干的也是特务工作。此人在福建、广东、香港等地活动，收罗各地民军和土匪，熟悉当地情况，绰号"福建通"。厦门沦陷后，日军为了吸收汉奸、土匪做特务工作，在厦门成立了陆军特务机关部，丰田泽福为机关长。

陆军特务机关总部与井龟太郎掌管的特务组织"亚兴院"分庭抗礼，丰田泽福与井龟太郎本人也互不买账，他是陆军少佐，井龟太郎是海军总部嘱托，丰田代表陆军，井龟太郎代表海军。而日本海军与陆军历来不和，双方隐藏了许多矛盾和旧账。为了避嫌，井龟太郎还特地交代许林一雄不要惹陆军。现在出了这个事，谁干的？

陆军机关总部的人，一度到《全闽新日报》社搜查。明知是来找茬的，井龟太郎也只能让自己的手下忍着。陆军那边怀疑是海军干的，因为厦门戒备森严，进出厦门必须有海上交通，一般人很难进来或出去。而凶手能在光天化日之下刺杀，并像空气一样消失，没有海军帮忙是很难做到的。海军司令部也感到压力很大，在凶手找到之前，他们有口难辩。井龟太郎要求许林一雄尽快查明是谁干的。

到了 10 月 2 日深夜，在离浮屿不远的典宝路西侧的天主教堂，像栅栏一样的边门无声打开，走出一个瘦高的年轻人，门又无声关上。青年一身黑衣，行动敏捷，从教堂出来后贴着街边迅速往浮屿方向疾走，脚下却悄无声息，如一只野猫。

到了浮屿海边，他并不往码头走，而是在离码头还有半条街的地方，从一处断墙的豁口进去，豁口底下是一人多高的岸崖。此时正是满潮，他跳下去后直接沉入水底，等他从水里冒出来，已经在离岸几十米远的地方，日军岗哨的探照灯照过去，他只要浮游不动，敌人也看不到黑色的人影。等探照灯扫过，他继续向嵩屿方向游去。

这人叫周田水，漳州天宝人。天宝是个富庶的地方，盛产闻名于世的"天宝香蕉"。这里依山傍水，土地肥沃，百姓丰衣足食，生活与世无争。但是，1934年4月间，湘赣边界的中国工农红军东征时，与驻守漳州的国民党四十九师在这里发生了一场激战。因为天宝是红军从龙岩进入漳州的必经之路，而周田水所在的村庄更是咽喉地带。

红军在这里打掉了四十九师三个团的兵力，并神奇地用机枪打下了一架国军的交通机，胜利进军漳州古城，在中国革命史上留下了佳话。

这场战斗也改变了周田水的人生，使他大开眼界。那时他只是个十三四岁的少年，是家里唯一的男丁。红军进漳时，许多年轻人欢呼雀跃，跟着红军闹革命去了。他的父亲和奶奶怕周家绝后，把他看得紧紧的，睡觉时，他父亲还用一条铁链圈住他的一只脚锁上，他可以走动，但走不快，跑不了。

结果他只能眼睁睁地看着村里的其他后生跟着红军走了。他心里留下了遗憾，也播下了火种，总想着自己哪一天也要干一番事业。

天宝镇在九龙江畔，周田水从小在九龙江里泡大，有好水性。自红军进漳后，他就拜师学艺，练得一身武功和一手好枪法。

周田水曾随父亲到厦门贩卖香蕉，对厦门的时髦和洋气十分向往。本想到厦门经商做生意，不料日本鬼子占领了厦门。日军虽然没打进漳州，但日本飞机隔三岔五到漳州轰炸，他家的老宅被炸毁，最疼他的奶奶被炸死。周田水对日本的仇恨达到了无以复加的地步。

这时，他要好的同学说，有人在招募去厦门杀日本军官的刺客，问他敢不敢参加。

"怎么不敢？"血气方刚的青年，一身好功夫却无用武之地，当即与同学去见招募的人。也不知对方什么来头，什么目的，只要是杀日本人就行。

对方问了他几个问题，检验了他的枪法和武功，告诉他，好水性是他逃离厦门的重要条件。他说他可以潜在水里五分钟。对方觉得可以，这个就不用再试了。

对方当即选中了他，告诉他，这次行动要刺杀的对象是日本陆军机关长丰田泽福。此人花巨资在闽南一带收买了很多汉奸、土匪、民军，对闽南的抗战造成很大威胁，不除掉危害极大。

周田水一听，摩拳擦掌，他要的就是这种"大只"的，要为奶奶报仇，也要灭灭日本鬼子的威风。

对方告诉他，行动所需的武器、资金已在厦门联络点，他只需找到联系人，就有人配合他行动。回来时，在国统区，碰到任何情况，只需跟国军说要找"香炉"，就会有人保护他。

这样，周田水以香蕉贩子的身份来到厦门，住到老乡曾火成的家里。曾火成是个修鞋匠，每天挑着修鞋担子在城里转悠，周田水跟着他，利用修鞋补伞做掩护，熟悉行动地点附近的路径。浮屿路口的断墙就是他看好的出逃地点。

但是，丰田泽福是个大特务，行踪诡秘，任何人不得轻易接近他。他的住所民国路37号又戒备森严，外人根本进不去。丰田长什么样子，生活有什么规律都秘而不宣，要对他行刺难度极大。也恰恰是这样，让丰田感到高枕无忧，产生了麻痹思想。

负责与周田水接头的两人是曾玉辉和郑穆生，他们为获得丰田的信息，想出一个好办法：冒充内地投靠日本的民军，拿着假造的民军信件，通过日籍台湾朋友介绍，欲代表民军与丰田面谈归附条件。丰田收罗队伍心切，欣然答应。

他们来到日本陆军特务机关办公地点——公园西路钟楼附近的

一座红砖洋楼里。这里平时铁门紧闭,看上去空无一人,其实里面有很多特务在日夜工作,一派热火朝天的样子,丰田就在这里坐镇指挥。

他们终于见到了这个祸害一方的特务头子。没想到丰田看起来像个儒雅温和的谦谦君子,说话慢条斯理。他中等身材,剪平头,五官俊朗,特点是有一双剑眉,鼻梁高挺。两人认清了丰田的相貌、身材,就容易侦察到他的行踪。他每天早上8点左右,骑脚踏车从他的住所民国路到公园西路的红砖洋楼来工作。如果不认识他,会以为他是厦门当地的有闲人士。

两人与潜伏多日的周田水接上关系后,告知丰田的相貌特征,并根据丰田的生活规律,商定行刺时间定在丰田早上去陆军特务总部工作的时候。这时路上行人不多,干扰较少。地点定在民国路离丰田住宅处不远的瓮王巷子附近。这里与公园西路还有一段距离,那边的特务没那么快过来。瓮王巷子两头有出口,易于躲藏和逃离。行动时,由郑穆生配合周田水,郑穆生躲在瓮王巷子望风,看到丰田过来时以挥白手巾为暗号。躲在前方十几米远的番客巷子里的周田水即开始行动。

整个计划中最难的是事成之后,周田水躲在哪里,怎么离开厦门。可想而知,丰田遇刺后,日本人掘地三尺也要找出杀手的,他们必然封锁海上交通,让杀手插翅难飞。这种情况下,周田水在岛内就如瓮中之鳖。

周田水义无反顾,慨然道:"我自愿参加这个行动,就准备好了以命相许,如果能干掉丰田,死了都不悔!后面的事,努力而为,但不要连累了你们才好。"

两人听了很感动。不管怎样,得先想好周田水的藏身之地。郑穆生想到有个同乡在典宝路的天主教堂当杂役,这人对抗日工作非常热情,多次表示要尽力,可以请他帮忙。天主教堂除了教会活动,人员往来不多,离海口又近,以后要逃也方便一点。可否去看看?

周田水觉得很好。他们来到教堂，四周开阔静寂，教堂大门敞开，却没什么人进出。郑穆生进去找那位叫胡文路的老乡，胡文路热情地把周田水等迎进去。里面没看到人，教职人员都在各自的房间里做自己的功课。

周田水与胡文路一见如故，两人是同龄人，志同道合。他们当即跟胡文路说了要求，得到胡文路的热烈响应。他为自己能参与到这项行动中感到自豪，愿以自己的生命保证周田水的安全。他说教堂不大，只有他一人负责杂役和看管，教职人员都是中国人，平时不住教堂。他可以在他的寝室地板下挖一个能容身的地窖，敌人来搜查时，作为藏身之处。平时周田水就躲在他的寝室里，教堂的私人空间外人一般不进，他在这里可以长时间躲藏。

大家都觉得这个方案可行，定下了周田水行刺后直接到教堂躲藏。胡文路很快在他的床铺下挖了一个地窖，挖出来的土分批铺撒到教堂后面的花坛里，看不出痕迹。搞卫生、做园艺都是他平时的工作。

一切准备就绪。正好一场突如其来的台风又为他们的行动提供了方便。台风天里，附近的居民家中，几乎家家门窗紧闭，他们的出现没有引起人们的注意。

9月12日7点40分，丰田如往常那样从他的住所出来，骑着脚踏车不紧不慢地往公园西路走，脑子里似乎在想什么事，有点心不在焉的样子。躲在瓮王巷子里的郑穆生看到丰田出来了，心中暗喜。他等丰田经过瓮王巷子后，才走到巷子口，从衣袋里抽出白手巾，在丰田的背后对着十几米远的周田水挥挥。

周田水从番客巷子里走出来，与丰田迎面而去。此时离丰田不到五米远，丰田对突然出现的汉子感到诧异，未等他反应，已来到他面前的周田水突然举起掖在一把黑色腰巾里的驳壳枪，对准丰田的胸前连开三枪。丰田仿佛还不明白怎么回事，倒下去之前还愣愣地看着周田水，然后连人带车倒下去。周田水怕没击中要害，又对着他的后脑勺再补一枪，然后飞奔往瓮王巷子，消失在巷子里。

他从瓮王巷子的另一个口出来，经海岸街转入浮屿，再到厦禾路西段，拐入典宝路天主教堂。教堂的门虚掩着，胡文路早等在门后，他一到门就开了，他进来，门即关上。路上行人不多，没人注意到他。

不一会儿，警车呼啸，全市戒严，敌人挨家挨户搜查。这天是礼拜二，天主教堂没有活动，敌兵进来匆匆扫过一遍就往他处去。没多久，又来一遍，由胡文路带领，仔细检查。经过胡文路的寝室时，他说："这是我睡觉的地方，请进。"敌军看到房间里的瓶瓶罐罐，还有一股难闻的中药味，正要进去，突然床铺底下"哧"的一声，蹿出一物，直奔门口而来。敌军下意识地开枪，却看到一只黑猫从自己脚边蹿出去了。

在场的人都吓出一身冷汗，看清是猫后才定下神来。胡文路余惊未消地说："是教堂里的猫。"

受到惊吓的敌军不再进屋搜查，用枪把放在门边的瓶瓶罐罐一扫，打烂，气哼哼地走了。

躺在床铺底下地窖里的周田水使劲咬住嘴唇才没让自己发出声来，敌人打出的子弹射穿了他的大腿，他感到剧痛难忍，黑暗中用手去摸，有黏糊糊的血流出，他赶紧用力按住，等待胡文路来救援。

胡文路陪着敌军搜查完毕，又恭恭敬敬送出门。关了门后赶紧往寝室跑，不知那一枪打中了周田水没有？

等他搬开杂物，掀开盖住地窖的麻袋、木板，看到周田水脸色苍白地躺着，没有像以往演练时那样一骨碌爬出来。他小声问："你受伤了？"

周田水点点头，说："大腿。"他动不了。他让胡文路找一条布带，把受伤的地方扎起来，防止继续出血。然后在胡文路的帮助下挪出地窖。这才看清子弹穿透了他右大腿的内侧，留下一个杯口大的贯穿伤口。幸亏盖在地窖上的木板减缓了子弹的杀伤力，要不，伤口可能更大。现在血是止住了，但伤口血肉模糊，还好没有打断动脉或骨头，他还能动。

胡文路略懂中医，教堂后院的花圃和墙头上就有他种的青草药，平时上火或头痛脑热的，拔点青草药熬水喝，多能解决问题。现在周田水这么大的伤口，不敢到医院去处理，只能用青草药先对付一下。他让周田水躺到床铺底下，盖好被子，伪装好，才到后院摘了遍地锦、鸡骨癀，洗净捣烂，敷到伤口处，再用旧毛巾包起来。他边操作边说："要是有灵宝丹就好了，内服外用，保证不发癀，你这个伤就怕发癀。""癀"就是炎症、感染。

周田水也听说过灵宝丹，就说："哪里有灵宝丹啊？赶紧去买呀！"他现在就担心伤口好不了，他没办法潜回漳州。

胡文路说现在买不到了，做灵宝丹的正合药号沦陷时就废了，王家人也不知到哪去了，至今没恢复。两人沉默不语，只希望周田水运气好，伤口不要感染，能挺过去。

到了第三天，周田水开始发烧，伤口流脓、发臭，他们知道伤口发癀了！这几天虽然每天换药，还喝了清热解毒的青草药水，终究扛不住那么大的枪伤。如果不及时消炎，恐怕周田水命都保不住，还会连累到胡文路。

胡文路倒不怕被连累，但他相信要是能找到灵宝丹，就能治好周田水。他一开始就让郑穆生去找灵宝丹，厦门的有钱人家里都会囤一些灵宝丹，作为应急良药。可郑穆生至今没找到灵宝丹，真是急死人了！

这边郑穆生也心急如焚，他问了身边几个熟悉的人，家里有没有灵宝丹，先借两粒用用。大家都没有，人家却反问：那么急要灵宝丹干吗？弄得他支支吾吾的，只说老父亲要的。

从老父亲，他想到了种德宫的住持了凡师父，他父亲跟了凡师父有交情。师父也会中医中药，与正合药号走得很近，也许他会有灵宝丹。即使没有灵宝丹,也会有治疗枪伤的药吧?戒严三天后,轮渡已经开放,他第一时间上了鼓浪屿,来到种德宫。

了凡师父听了郑穆生说的情况,因郑穆生没有隐瞒周田水刺杀丰田的事,了凡师父觉得自己理所当然要帮助。他没有灵宝丹,但他知道瑶琦有馨蕊存放的灵宝丹,就让童子到吕家园去找瑶琦,说有要事商量。

等瑶琦知道有抗日义士受伤,不敢上医院治疗,急需灵宝丹救治时,当即回家拿了4粒给童子。了凡法师又告诉郑穆生怎么外用怎么内服,4粒灵宝丹应该能药到病除。

郑穆生拿了灵宝丹急急离开,恨不得马上把药用到周田水身上。

二十多天后,周田水已经伤愈,养足了精神和体力,敌人的搜查也渐渐松懈了,他才在10月2日深夜,乘着月色幽暗,独自到海边,跳入汹涌的潮水中。

他先泅水避过日本哨所的探照灯和日军的巡逻艇,过了日控区后,才奋力游往鼓浪屿对岸的嵩屿,嵩屿是国军的前哨。经过三个多小时的顽强拼搏,他到嵩屿海滩时已筋疲力尽,上岸时无力行走,扑倒在沙滩上。他向岸上的哨兵发出求救的呼声。哨兵发现这个从海里爬上来的人,赶紧把他带到队部去。队部的长官连夜提审,周田水只说自己在厦门工作,想回天宝老家,但日军封锁海上交通,他只好游水过来。他对自己的任务和姓名只字不提。嵩屿的边防从他身上找不到任何可疑的东西,只得把他送回漳州交给师部处理。

到了七十五师师部,再次被提审时,他才说请"香炉"来认领自己。结果,他立即被释放,"香炉"并没有出现。走出七十五师师部时,外面也没人来接他。他回头看一眼师部,却被门口的哨兵赶走。

周田水身无分文,又冷又饿,身上仍穿着那身沾满泥沙的湿衣服。但想到自己还活着,站在熟悉的土地上,感觉像做梦一样。他不觉一笑,自言自语道:"香炉。"至今不知"香炉"是谁,但自己杀死了日本陆军头子丰田泽福。这就够了！他快步朝漳州西边天宝的方向走去。

多年以后，周田水已成家生子，完成了奶奶要他传宗接代的使命。每次奶奶的忌日，他都会悄悄对奶奶说："奶奶，我杀死了日军大官，为你报仇了！"除此之外，他从不对人说起此事。但他常常会想念共事的曾玉辉、郑穆生、胡文路，还有救他一命的灵宝丹。当然他不知道后面还有了凡师父、瑶琦和馨蕊。由于世道混乱，他与他们都失去了联系，但他们和灵宝丹一直留在他心中。

周田水仍以贩卖香蕉为生，不过他不再去厦门卖香蕉了。在厦门的那段经历太惊悚，他再也不愿面对。除了卖香蕉，他最热衷的事情是教儿孙游泳，特别是泅水。家里的孩子小小的就被他赶到九龙江里泡着，泅水不到五分钟不让出来。家人感到不解时，他却说："这是活着的重要本领。"直到他去世，没人知道他刺杀日军特务机关长的事，他像许多抗战老兵一样湮没于历史中，但他是真实存在的，我们的民族是由许多这样的无名英雄守护的。

10 永和劫难

许林一雄也没从军统那边得到任何消息。那么谁干的,共产党吗?坊间又有"苍鹭"的传说,都说苍鹭是共产党的人。十一指想从姐夫那儿探探口风,但姐夫讳莫如深。后来从瑶琦那儿得知有抗日志士受伤了,急需灵宝丹,结果怎样也不清楚。但他从自己受伤治愈的情况,相信抗日志士一定痊愈了,救馨蕊的心情就更加迫切。

日军把厦门岛筛了几遍,都没抓到可疑的人。时间久了,戒严和搜查就松了下来,厦门又恢复了原来的生活,只是人们心中燃起了小火苗,时不时地盼望着哪天突然一阵爆豆声,又有日本鬼子的重要人物倒下了!大家都为那些孤胆英雄叫好。十一指也暗暗佩服,心想哪天自己再像刺杀西岗那样,来个漂亮的,一枪命中。据说这个刺客近距离对准丰田泽福连开三枪,怕他不死,再补一枪后才逃走。三枪打在肺上,一枪打在脑袋上。这得多沉着、多勇敢啊!

丰田的死,吓到了井龟太郎等人,大半个月过去了,井龟太郎没有任何音讯。许林一雄说他被丰田遇刺的事搞得焦头烂额,自己也担惊受怕的,轻易不敢独自出门,生怕哪天就会轮到他。灵宝丹的事就无心再说,救馨蕊也无从谈起。十一指只能耐心再等。

十一指并没有耐心等待。救不了馨蕊,他觉得是自己无能的表现,心中憋闷,很想干点什么来发泄发泄。他现在对姐夫和许林一雄很失望,他们太小心谨慎了,这样能干什么事呢?他决心撇开他们自己单干。让他们瞧瞧许家奇人的厉害!他盯着自己的小指头,小声问:"喂,老伙计,你觉得怎样?"渐渐感到小指头在发红发热,便下定了决心。

他的目标是井龟太郎,要杀就杀比丰田大的。首先井龟是日本在厦门的大头目。第二,他是抓馨蕊和害死王家人的罪魁祸首,杀了他,替王家报仇,以后没人再惦记着灵宝丹了,馨蕊就自由了。既为民除害,又为王家报仇。

可井龟哪有那么好杀呀!关键是怎么接近他,十一指绞尽脑汁也想不出接近井龟的办法。只好再去找许林一雄,想从他那儿探听井龟的行踪。

就在他心事重重地前往日日升俱乐部时,突然从小巷子的半腰里蹿出一个人来,对他喊:"嘿!"

他正满脑子"手起刀落""一枪命中"……想象着刺杀井龟的画面,这突如其来的威胁使他如临其境,下意识一个侧身扫腿,那人整个地飞起来,朝他这边倒下。定睛一看,是瑶琦!连忙伸手接住,结果瑶琦就躺在他怀里。他像捧着烫手的山芋一样不知如何是好。

瑶琦好一会儿才回过神来,见十一指抱着自己,便很舒服似的扭扭身子问:"你干吗?"把头贴紧十一指的胸口。

十一指小心地把她放下来,扶她站好,说:"你这样很危险的。"

瑶琦却说:"哪有危险?我觉得挺好!"然后火辣辣地盯着十一指看。

十一指避开她的目光问:"你怎么会在这里?"

瑶琦才想到正事:"我在这里等你好久了!"

"有事吗?"

瑶琦拉着他往僻静处走,问:"你不是要救馨蕊吗?有人可以帮你。"

"真的？"十一指大喜过望，真是来得全不费工夫！"是什么人啊？"

瑶琦压低嗓音说："永和的人。"

"啊？"十一指大失所望，他早就听说永和的人在搞什么诗社，他觉得只有陈清泉那种书生才会靠诗社来抗日，根本动不了鬼子一根毫毛的，比血魂团还不如！他们要靠写诗来救馨蕊吗？

瑶琦看出十一指的不屑，故意卖关子，问："你知道丰田是谁杀的吗？"

"不会是他们吧？"

"呵呵，这是不能说的，你就走着瞧吧！"

说得十一指都怀疑起来，也许他们写诗只是表面文章，暗地里却有高手，很多大侠都是让人看不出来厉害的，就说："好吧，你说他们怎么救馨蕊？"

瑶琦一副胸有成竹的样子说："他们是有组织的，可以像当年共产党劫狱一样把馨蕊从祥云别墅抢出来。"

对啊！怎么没想到呢？守卫祥云别墅的特务没几个，比劫狱容易多了。可这样做的风险也是很大的，他们愿意为馨蕊冒这个险吗？毕竟劫狱是共产党在救自己的同志，不怕流血牺牲。馨蕊只是个女学生，他们愿意吗？

"愿意的，我跟他们说过了，给钱就行。"

十一指觉得奇怪，给钱就愿意冒险，这算哪门子生意啊？他小心地问："他们是共产党吗？"十一指觉得这样的事只有共产党才能做得成。如果丰田是他们杀的，那一定是共产党了！许林一雄都怀疑是共产党干的。可共产党哪会为了钱去冒险？

"不知道，这是不能说的，但他们肯定是有组织的。我爸爸见过他们在搞秘密活动，他很害怕。"

"你怕不怕？"

"不怕！我早想参加抗日组织了。"

"好！"十一指现在对瑶琦也有点刮目相看了，这位看起来娇贵蛮横的小姐却有一股侠胆义肝之气，很对十一指的胃口。但话题一转，十一指就忘了问永和的人为什么会为了钱去冒险。

瑶琦说，她认识永和诗社一个叫张进财的人，这人说丰田就是他们干掉的，把馨蕊劫出来不是什么事。但救人要组织人、准备武器，事成后要潜逃，都需要经费。

如果这样，要钱就说得过去了，要多少呢？瑶琦也不知道，十一指决定先见了这人再说。

瑶琦把张进财约到鼓浪屿，在港仔后的"国姓井"附近见面。此人高大魁梧，戴着礼帽和墨镜，穿纺绸汉装、黑布鞋，拿折扇，一幅典型的江湖侠客打扮。说话是同安口音。

十一指想到同安马巷的彪悍家族，世代习武，行侠仗义，当年共产党劫狱时就有他们的身影，便问："好汉是哪里的？"

张进财沉吟不语，大有英雄不问出处的味道。他始终没有摘下礼帽和墨镜，十一指一直没看清他的面容。问他救人要多少钱。他伸出一只手，五个指头。

"五万？"

张进财点点头。这比十一指预想的要少一些，他立即想到对方并不是图财而来的。那他有什么好办法劫出馨蕊呢？

张进财说："我自有办法，等拿到钱，物色到帮手，再告诉你具体措施，现在不宜泄露。"

十一指觉得有道理，此人没有天花乱坠，让他产生好感，加深了信任。他已经带来了银票，当即开了五万元，说："救王小姐以保护她的安全为要，实在救不了，宁可放弃也不要伤到她。"

张进财一怔，拱手作揖说："少爷大方！是个明白人。"

瑶琦听得百感交集，十一指这么在乎馨蕊，她既为好朋友高兴，又为自己难过，下定决心要斩断对十一指的情丝。

那人把银票折好塞进腰间的裤缝里说:"你们就等着接人吧!"然后像一阵风一样不见了。

十一指和瑶琦看得目瞪口呆,心想找对人了,真是个武林高手!两人都觉得馨蕊这下有救了!

可他们不知道,许林一雄已经织起一张撒向永和公司的大网,张进财正好给了他契机。

丰田遇刺,井龟太郎绷紧了神经。他感到厦门到处布满了枪口,谍影重重。他又把许林一雄叫去训斥,但两人都知道,这是没办法的。日本作为侵略者,来到别人的土地上,又杀又抢,人民反抗是必然的。而且,反抗就像漫山遍野的小草,是杀不尽斩不绝的。他们只能加大反间力度,尽量把厦门的抗日组织找出来。

这样,许林一雄就开始了他的一箭双雕的计谋。

在丰田泽福遇刺后,厦门坊间都在盛传下一个该死的是谁,伪厦门市长李思贤成了众望所归的目标。日本侵略者该杀,卖国求荣的汉奸更该杀。刺杀李思贤成了一个公开的秘密,但搞不清楚谁要杀李思贤。就像袭击西岗和丰田一样,刺杀者的背景不详。似乎人人都在喊:是我!是我!搞得敌伪草木皆兵、惶惶不安。

此时欧战已经开打。厦门是中国内地的东南门户,与台湾、香港及东南亚关系密切,潜藏在厦门的各种势力暗流涌动,很多人摸不透对方的情况。美国中央情报局还在离厦门不远的山区小县华安开办了间谍培训机构,叫"中美合作培训班",培养出来的特工直接到厦门实战,或派到东南亚。仅国民党军统系在厦门的间谍组织就有好几个,许林一雄是军统闽南站台湾挺进组的,主要是负责厦台之间的谍报工作;还有一个间谍奇才张圣才负责的是军统闽南站厦鼓特别组兼上海区闽省特别组;永和公司的是军统闽南站厦漳情报组。中共方面有中共厦门工委、中共闽南特委等,都是收集情报加开展行动的组织。日本陆军、海军也各有自己的间谍组织,欧美各国都有间谍组织。

可见当时厦门的谍报实力，厦门社会的鱼龙混杂。

收拾李思贤的传闻早已路人皆知，街上的小朋友还唱起了锄奸的儿歌，弄得这些汉奸胆战心惊，白天黑夜都不敢出门，日本人也十分光火。

按照许林一雄的逻辑，只要听到风声，不管是真是假，就根据自己的需要来出手，叫作"情报为我所用"，有时甚至是"为我所需找情报"。他让手下去找替死鬼。

有一天，他的手下在妓院里碰到一个熟人。这个平时猥猥琐琐的男人，这天却财大气粗，挥金如土，喝酒耍女人吹牛皮好像那钱是捡来的。特务故意问他："老兄在哪里发财了？这么阔气。"

这人趁着酒兴说，自己确实发了一笔财，赶紧来舒服舒服。

特务说："这年头兵荒马乱的，赚钱不容易啊！"

"容易容易！"男人一手搂着妓女，一手举着酒杯说，"厦门的有钱人多了去了，自从厦门沦陷后，你只要说是抗日的，就有人愿意给你钱。"

"有这等好事？可抗日是会被杀头的，杀头生意你也敢做？"

"说说而已嘛，吹牛又不收税。"

特务卑鄙地说："吹牛是不收税，可吹牛也吹不出钱来。"

嫖客笑嘻嘻地说："你看！"他捏捏妓女的胸脯，又灌下一杯酒，"这都是人家给我的'活动费'。"

"什么活动啊？"

男人神秘地说："你知道公园西路的祥云别墅吧？里面关着一个重要人物。"

"什么人物啊？"

"一个会做中药灵宝丹的小女孩。"

"那算什么重要人物嘛！"特务嘴巴上装作不知道，心中却暗喜，他知道井龟对馨蕊的重视。

"反正有人认为她重要，要我把她劫出来。"

特务故意问："你行吗？"

男人说："我吃了豹子胆啊！那是井龟太郎的地方，我哪会去送死。"

连特务都傻眼了："可你收了人家的钱了。"

"反正我要跑路了，他们也拿我没办法！"

这是哪门子货色啊，有这样做特工的吗？特务都觉得自己白干了！

男人见特务犯傻，又自作聪明地解释："他们是有钱人，不差这一点钱的。"

"什么人啊？这么有钱！"

虽然喝多了，男人还是知道不能随便暴露的，就打马虎眼说："厦门这种人多了去了，以后有机会我也带你发财。"

特务就高兴地敬他酒，称兄道弟的。男人呵呵笑，他还没有这样受人恭维呢！继续吹牛说，等他以后发迹了回来，叫兄弟们一起来享福。他又塞给妓女一把票子，准备再快活一下。

可他还没销魂，日本警察就踹门而入，把他带到宪兵总部去了，身上只穿着一条裤衩。

不用说，穿裤衩的男人就是拿了十一指钱的张进财。他还没被动刑就主动交代了一切。他原本是个小店员，厦门还没沦陷时，老板就关店逃往内地，他成了无业游民。从这一点上说，他痛恨日本人是真的，但他也没有什么信仰追求，参加抗日组织是想寻求刺激，同时能蹭吃蹭喝、附庸风雅。他跟随朋友到永和食品公司参加诗社活动，都有咖啡茶点，有时还有人做东请吃饭。平时说一些慷慨激昂的话，觉得也热血沸腾。所以，他很热衷永和诗社的活动。

这样就跟永和家的大小姐认识了。在女孩子面前吹牛让他忘记了自己的卑微，可吹着吹着，就昏了头，把刺杀丰田的功劳戴到自己头上。没想到瑶琦信以为真，立即求他救馨蕊。牛已经吹出去了，索性一不做二不休,开口要钱,大不了拿了钱走人。瑶琦果然上当,还叫来了一个长着十一个指头的少年。为此他特地把自己伪装了一番,好像就是个侠客。少年慷慨地给了五万元,以为他真能救馨蕊。张进财从来没有得到过这么多的钱,第一件事就是想到窑子里快活快活。然后就碰到了许林一雄的手下,就出现了上面的结果。他除了供出瑶琦和十一指,还把永和诗社的活动也都说了。

许林一雄听到十一指和瑶琦花钱请人救馨蕊的事,忍不住笑起来,年轻人毕竟天真呀,救馨蕊哪有那么容易的。但他不愿意井龟太郎知道此事,就让手下封锁消息,却抓住军统厦漳情报组的活动大做文章。永和诗社有二十多人被抓,只有少数几个得知消息的逃走或隐藏起来,躲过一劫。总经理、诗社的发起人陈清泉也被抓了。

他是在家里被抓的,日本兵进来抓人时,他还想据理力争,说他没犯法,凭什么抓人。日本兵直接一个大嘴巴扇过去,他的鼻子和嘴角就流出血来了。他老婆吓得大哭。他仍气宇轩昂地对老婆说:"擦干你的眼泪,不要在敌人面前哭泣。我很快会回来的,胜利永远属于我们!"

他跟其他被抓的人一起被扔进一辆大卡车,在街上巡游一番,然后送往虎头山日本海军司令部。在那里,无一例外地,每人都遭受了严刑拷打,并不是他们不招供而受到拷打。他们并没什么好招供的,很多人是问什么答什么,日本人就是想打他们。陈清泉在日本人的利诱和亲人的劝说下,曾向日寇"自新"过,仍没躲过酷刑,最后惨死在狱中。诗社被抓的二十多人,无一幸免,全部惨死。

日本人,或可说是许林一雄,在永和间谍案中玩的是猫捉老鼠的游戏,明明要你死,却不让你死个痛快,而是慢慢地折磨你、惊吓你。他们很清楚,这些人只不过是军统情报界很外围的"草鸡",是些有闲有钱的人,不甘日军统治,自发组织的抗日团体,他们主动投靠军统,愿意为军统提供情报。军统乐得有人愿意效劳,但并没有把他们当依靠对象,像他们这么公开、这么书生意气的情报组织,有点像沦陷早期的血魂团,重在精神,而不是实效。

日本人故意拿永和间谍案大肆渲染,其实也是许林一雄的计谋。他们故意夸大永和间谍案的危险,把这些人折磨得心惊肉跳,就是要让厦门市民看到,反抗日本了就是这样的下场,属于杀鸡儆猴。

他们借永和间谍案,到处抓人,进行恐怖清洗。更有浪人、汉奸趁机私事公办,看上了谁家的钱财或美女,便以查"永和党"为名上门搜查,公开抢劫、奸淫、干尽坏事。

永和间谍案延续了一年多,随便什么人被抓了,都会说是永和的,使得厦门人一听永和就犯怵,"永和"成了含冤受害的代名词。而永和食品公司早就在开始搜查时,作为"匪窝"被洗劫一空,厂房、仓房先是被日军关闭封锁,后来交由不知来历的人经营,名字也改为大和食品,永和食品从此消失。

这一切,都是许林一雄幕后操纵的结果。他借日本人的手,清除了"永和组"的间谍组织,完成了军统上司交给的任务。抓捕杀害了众多的抗日分子,他于日本是立了一功,井龟太郎可以给日本陆军一个交代,算是为丰田泽福报了仇。所谓一箭双雕也!但他还有一个不可告人的目的,就是挤走瑶琦一家,并不单单是为了不让馨蕊投靠瑶琦。

出卖了诗社的张进财,很快就被许林一雄解决了,他怕张进财把十一指和瑶琦说出去,虽然他们不是永和组的人,但十一指想救馨蕊,要是惹恼了井龟太郎,许林一雄就两边为难了。永和间谍案告一段落后,他约了十一指到日日升俱乐部喝酒,说:"族叔真是个情种啊!"

"此话怎讲?"十一指有点摸不着头脑。

许林一雄就说了张进财的事。张进财印象深刻,交给他银票的少年大拇指上多一个小指头。

说得十一指脸红耳赤,他承认自己救馨蕊心切,被张进财骗了,但他和瑶琦都没参加永和组的活动。

许林一雄冷笑道:"日本人可不管你有没有参加,你们都被供出来了,而且是太岁头上动土,想劫馨蕊,井龟不整死你才怪!"

"那……"十一指欲言又止,既然自己被供出来了,日本人为什么没来抓?许林一雄还帮瑶琦父女逃走。

许林一雄嘿嘿一笑:"谁叫我们是一家人呢?我不保护你,祖宗都饶不了我!"

十一指这才知道是许林一雄在暗中保护了自己,否则自己可能也死在虎头山的监狱里了。他对许林一雄感激不尽,诚惶诚恐地说:"骨肉亲这份情,振中会永生铭记!"

"这倒不必了,我们是自己人,理应互相关照。但我也不知道哪天井龟知道此事,还能不能保护族叔。"言外之意,十一指的把柄抓在他手上,要清算是随时的。

十一指只好表示:"还望骨肉亲多担待,以后有需要我的地方尽管说。"

"这就好。"许林一雄得意地笑起来。

至于吕家父女,许林一雄并不想要他们的命,留着另有用处。

许林一雄知道永和组的人没什么价值,消灭他们主要是做给军统和日本陆军看的,多一个少一个问题不大。瑶琦的父亲吕同安本人不是永和组的成员,虽然他的公司成了永和组的窝点,他对他们的活动睁一眼闭一眼的,但他自己没有参加活动。许林一雄不想抓他,还要放他走,要让他乖乖地把他的公司拱手让出,还对自己感恩戴德。

吕同安除了永和食品公司外,还是一家令人艳羡的电话电报公司的大股东。许林一雄为了更好地从事间谍工作,掌握现代通信技术,需要控制电话电报公司,他要从吕同安这里拿到股权。

他在日本宪兵开始抓捕永和组的人时,故意让十一指给瑶琦报信,叫吕同安赶紧逃走,顺便给十一指做个人情,增加他对自己的信任。

十一指一听大惊失色,此时是晚上10点多,他不敢耽误,一刻不停地跑到瑶琦家。

瑶琦家的人都已准备休息了,大部分房间没有灯光。睡眼惺忪的佣人开门时对着十一指警惕地问:"这么晚了,先生有什么事啊?"

十一指不想跟他啰嗦,直接说:"我有急事找瑶琦小姐。"

"小姐休息了,你明天再来吧。"

十一指一听火了,一拳扫过去,人就推开门,径直往里走,喊:"赶快去把小姐叫下来!"

佣人摸着肿起来的嘴角,再也不敢多说一句,跑在前面用变调的声音喊:"大小姐大小姐!有人找你!"

楼里许多房间亮起了灯光,窗玻璃上有人影晃动。一会儿,客厅的电灯也亮了,十一指进去时,不仅瑶琦在,她的父母都在,她的弟弟妹妹也躲在楼梯口探头探脑。大部分人穿着睡衣,只有瑶琦披了件外套。

她迎上十一指问:"出什么事了?"

十一指看一眼佣人,说:"你出去!"

瑶琦也给他使眼色,佣人赶紧退出去。

十一指才对瑶琦的父亲说:"叔,你得马上离开厦门,日本人要抓永和的人了。"

"啊!"瑶琦的父母吓得脸都白了。她父亲早有预感,前一段时间他一直惶惶不安,永和的那些人太张扬了,他感到这样会出事。现在果然出事了!他问:"怎么回事?"

"有人被抓,供出来了。我族亲跟日本人有关系,得到消息,让我来告诉你。"

许林一雄与日本人的关系是众所周知的,他的消息应该错不了。吕同安真的慌了,他想走,但不知怎么走,去哪里。他喃喃道:"怎么办啊?哪里有船呢?"自从"鼓浪屿事件"以后,鼓浪屿出海的方向都被日本人控制住了，没有船，根本逃不了！他已经被吓呆了，除了喃喃自语，就是唉声叹气。

还是瑶琦冷静，她问十一指："你有办法吗？你族亲不是在跑交通船吗？能请他帮忙吗？"

这话点醒了十一指，也点醒了吕同安，他们都眼睛一亮。十一指说："我去问他，请他帮忙，帮人帮到底！"他站起来就要走。

吕同安叫他等等，他让太太赶紧去拿两根金条来。

十一指说不要的，自家人，不走生分礼。本来就是他报的信让跑的，应该会帮这个忙。

但瑶琦爸爸和瑶琦都说要的，早就听说了，走交通船出岛，都是要花重金的，等于是偷渡，何况这种时候！十一指也搞不清楚里面有什么奥妙，除了许林一雄，那些管船的、开船的要不要打点，最后就同意了。现在是逃命要紧，破财消灾。

太太站起来要去拿金条时，突然双腿发软，人一下子倒下去。吕同安想去拉，自己也是手脚无力，站不起来。最后是瑶琦和十一指一人一个把他们扶起来，楼梯上躲的几个小的吓得叫喊着跑下来抱住父母。

瑶琦扶着妈妈去拿金条。吕同安老泪纵横，可怜巴巴地看着十一指说："多亏了有许先生，我这老命才能得救！可我走了，他们怎么办啊？"几个孩子都跟着哭起来。

十一指安慰道："叔你先出去避避，这边有什么需要我会帮忙。"

"拜托你了！"吕同安现在是脑子如糨糊，全身都在发抖。

瑶琦拿来金条后，对十一指说："请你族亲高抬贵手，能不能多一个人走？我想陪我爸。"拿金条的时候，妈妈已经哭得不行了，怕吕同安一个人外逃，有什么闪失身边没人，死在外面都没人知道。瑶琦才想到要陪爸爸一起走，妈妈也很支持。

爸爸听到瑶琦要陪自己走，感到很欣慰，赶紧说："这样好，费用多点不要紧。"

191

十一指说，尽量争取。他拿了金条就走了。

瑶琦一家现在如热锅上的蚂蚁。除了几个小的，父母、瑶琦和大弟弟聚在一起商量对策。爸爸已经镇定了许多，他想到的是生计，自己和瑶琦外逃，肯定要带走家里大部分的现金和值钱的东西，出门在外，没钱是寸步难行的。自己走了，一时半会回不来，公司没人管了。日本人到永和抓人，公司也不会好了。今后公司垮了，一家老小靠什么生活？

太太让他先放心走，人活着才是重要的。从以往的情况看，暗杀西岗时，鼓浪屿被抓走了一百多人，基本没有活着出来的，有的连死尸都没有。所以，如果被抓，必死无疑！人没了，还要公司干吗？逃命是最重要的。

吕同安毕竟是生意人。他想好了，趁还没被洗劫，赶紧把公司卖掉，变卖的财产足够老婆孩子用的。如果他还能活着回来，以后再重振家业。

太太说："都这个时候了，哪有时间来变卖公司呢？"她现在很后悔自己从来不管公司的事，什么都不懂。

吕同安说："可以委托啊！"他想到了十一指，十一指现在是他们家的大恩人，他的为人也是可信的，他家交往的都是有钱人。如果委托他代理此事，容易找到买家。吕同安的想法是，只要有人愿意买，不管损失多少都卖。他就怕自己不在，财产会被不法之徒侵吞。

他们还在商量着，十一指已经回来了，带来了好消息。许林一雄愿意帮这个忙，连瑶琦都可以走。交通船明天早上8点才开航，为了预防万一，许林一雄建议吕同安父女今天晚上就躲到交通船上去。也许日军会连夜来抓人，但他们一般不会到交通船上去搜查。他还让十一指带了一封他写的介绍信，凭这封信，"日安1号"的船长就会接待他们。

瑶琦一家对十一指千恩万谢，对未曾谋面的许林一雄也万分感激，一再表示日后一定会报答。

十一指请他们不必客气，现在赶紧准备离开。他愿意陪他们到码头上去。

这时，吕同安又跟他说还有一事相求。他想把永和食品公司和电话电报公司的股份委托十一指代理转让。价格和买方由十一指全权负责。

十一指感到责任重大，这里面的价格和利益存在极大空间，怕自己担待不起。

吕同安请他放心，什么样的结果他都接受。请十一指务必帮这个忙。瑶琦和她妈妈也表达同样的意思，再说，已经没有时间另找他人了。十一指只好临危受命。

吕同安当即写了委托书，按上手印，交给十一指。

在吕同安写委托书时，瑶琦和妈妈回房间收拾了简单物品，关键的是现金和值钱的黄金珠宝等。两人是边收边哭，不知这一去何时才能再相见。为什么自己安分守己做人，却会如丧家之犬一样奔逃。这些都是可恨的日本人造成的！瑶琦想好了，这次出去，安顿好爸爸之后，自己就要去找抗日组织，参加抗日斗争，跟日本鬼子拼生死！

她看到床头柜里馨蕊留下来的灵宝丹，心里又一阵难过：馨蕊啊，我们这辈子可能再也见不到了！她从包里拿出几粒灵宝丹，准备随身带着，出门在外，身体如有恙，灵宝丹可以应急一下。她把剩下的灵宝丹交给妈妈，说要是馨蕊出来了，把这包灵宝丹还给她，并转告她，自己会想念她的，希望有重逢的那一天。说得母女俩又大哭起来。

东西收拾好了，这边十一指也把委托书小心地揣进贴身的口袋里，三人准备出发。瑶琦父女与妈妈和几个孩子一一拥抱告别，免不了又是哭声一片，连十一指也跟着红了眼圈。

最后，三人乘着夜色消失在小巷子里。

这一夜，瑶琦的妈妈把三个小的孩子留在自己的房间里，一起睡在大床上。那个大的儿子睡不着，也来躺在卧榻上。他们为吕同安和瑶琦担心，盼望着天快点亮，船早点开，把他们送到安全的地方去。

可是，惨淡的月牙还在中天踟蹰的时候，一阵剧烈的敲门声就把他们惊醒。未及他们起床穿衣，一伙日本宪兵和浪人就冲进来了，他们到每一个房间翻箱倒柜。

瑶琦的妈妈问："你们要干什么？"

一个小头目模样的人说："你不知道吗？永和出了一窝间谍，你家掌柜的呢？他是间谍头子！"

"我不知道什么间谍！你们把我家先生怎么啦？他怎么没回来？"瑶琦母亲假装向他们讨先生，心里暗自庆幸，吕同安躲到船上去了，否则现在就惨了。对十一指和他的族亲更有说不出的感激。

那些人找不到人就走了，还威胁："跑不掉的，除非你变成一条鱼！"其实，他们都是许林一雄安排来的，就是来吓唬他们的，让吕同安再也不敢回来。

第二天，永和间谍案已经传得满城风雨，人们都噤若寒蝉，路过永和公司或瑶琦家都会绕开走，生怕那看不见的间谍网会把自己牵连进去。

瑶琦的妈妈一夜无眠，天亮后赶紧让大儿子到日光岩上，看到交通船"日安1号"如期驶出后，飞奔回来报告，她才长长地吐一口气，人一下子瘫倒在沙发上。

躲在船上的瑶琦父女并不知道外面的情况，但他们也一夜无眠。担忧和悲愤，加上无休无止的海浪拍打声、蚊子叮咬、机房里难闻的气味，使他们根本无法入睡。船长对他们还挺客气，给了他们两张草席和两大杯水，草席估计是专门给偷渡的人睡的，上面有汗臭味和蚊子血。他们不敢躺在上面，只是折叠起来放在屁股下当坐垫。

水也有一股腥味,他们不敢喝,把杯子放在旁边却不小心都碰倒了。过后才后悔,有十几个小时他们滴水未进,以为就要渴死、饿死了,最后机房的舱盖板才打开,他们被叫起来,上岸。

许林一雄的交通船是开往不同方向的,开往石码、海沧的叫"漳鼓交通船",以此为多;还有开往泉州的,叫"泉鼓交通船"。许林一雄问十一指,吕同安准备逃往哪里,他好安排船。

十一指说:"香港。"

在瑶琦家商量时,吕同安曾说他要去香港,永和公司在香港有代理商,他可以去投靠他们。

"好,那就'日安1号'吧,走漳鼓线。"

从漳州沿陆路到广东再到香港,基本都是国统区,安全。

许林一雄还好心地给了一个人的名字和电话,说如果他们到香港有困难,可以找这人帮忙。就说是许林一雄介绍的。

漳鼓交通船的通行方式是:从鼓浪屿出发,悬挂船东注册的第三国国旗。日军在鼓浪屿港仔后和厦嵩海面上各有一艘检查船。对出海的每一艘交通船都要严格检查,有通行许可证和船上没有搭乘可疑分子才可放行。这边放行后,船开到国统区的九龙江入海口——海门岛附近,此时船改挂青天白日旗。国军也要例行检查,船上没有危险物品和可疑分子方可通行。从漳州返回也一样,只不过挂旗顺序相反而已。

通过日军和国军的两个检查关口时,船长都要对上船检查的人员进行打点。时间长了,一般都是你知我知,财物收了就放行。但偷渡的人必须全程躲在机房里不得出来,即使得了急病也只能死在里面。这两个点的检查过程长短不一,检查人员有事或懈怠,不来检查,或检查时故意刁难,拖延时间,船只能在海上等着。所以,个把小时的航程,等十几个小时是常有的事,能顺利通过已是万幸。

瑶琦父女总算平安踏上了漳州地界,颇有劫后余生之感。他们雇了当地的马车赶往石码县城,在石码美美地吃了一顿午餐。卤面、五香、蚵仔煎、大青蟹、双糕润……吃到肚子撑了为止，好像三辈子没吃过东西了，这些东西比山珍海味还好吃。这十几个小时的海上逃亡，让他们感到活着、能吃是多么幸福！

吃饱喝足了，他们乘车往诏安、汕头方向走，一路走走停停，一路都有好吃好喝的。吕同安平时为人慷慨，乐善好施，沿途都有朋友或客户，大家对厦门逃难而来的朋友，都有同情加友情，招待十分周到。

他们一路都有电报打回家，报平安。到达香港后，两边的人才彻底放下心来。

接下来永和公司发生的情况让瑶琦妈妈感到非常后怕和庆幸，对十一指和许林一雄的感激与日俱增，认为吕同安委托十一指处理永和资产的事，也是万分明智之举。

日军抓了永和的人，搜查了厂房、库房、公司，就封锁了这些地方。工厂里的工人和职员都作鸟兽散，里面的东西有的被抢有的被偷，工厂停产，公司没人，一片凋零。瑶琦的母亲只是听说，不敢去看也不想看，原来跟她亲近、她信得过的人都被日军抓走了，没有人好倚仗了。

幸好吕同安事先委托了十一指代理公司转让事宜，有十一指替他们办理此事。但他问了好多人，人们都不敢接手，不知日本人要怎么处置永和公司，怕惹麻烦。更主要的是觉得晦气，一家被抓了那么多人、死了那么多人的公司，多衰！做生意，总是图个吉利，这种公司，商界感到没有好彩头。

瑶琦妈妈只能拜托十一指多费心，只要有人买，多少钱都不要紧。

拖了两个多月，眼看着没希望了，瑶琦妈妈也开始为接下来的用度发愁时，许林一雄才说，如果没人接手，那就他来买吧，他是不忍心看吕家断了生路。但永和公司已经没有价值了，必须把永和食品和电话电报公司的股份一并打包出售，他才会买。给出的价格是时币一百万元。

"这不跟白送一样吗？"十一指心里叫起来，他没想到许林一雄这么狠。以出事前的价值，仅永和食品公司就应该值一亿元左右。虽然现在破败了，但大片的土地还在，都是厦门的好地段啊！还有电话电报公司的股份，那可是热门生意，现在世道不太平的，书信靠不住，电话、电报成了最重要和快捷的通信手段，每天在公司里等着打电话、发电报的人都排着长队，生意是好得不得了。光电话电报公司的股份都不止一百万元啊！

但许林一雄表示爱莫能助，现在时局混乱，买资产等于买风险，投资随时可能打水漂。如果不想卖，可以找别人。

十一指觉得，如果是一百万，自己都可以买下。但他不好意思自己买，这不是趁人之危吗？他跟姐夫说了自己的苦恼。姐夫也觉得如果是这么低的价格，哪怕再翻一倍，应该也会有人买的。以前人家不想谈，是以原来的估值来考虑，如果便宜得跟白送一样，为什么不要呢？正好他有个老病号，家里有钱，对永和公司的遭遇也多有同情。他说要去问问那个病人。

那个病人听说这么低的价格，又是花医生推荐的，就满口答应。他说："就算把永和食品公司当地皮买来放着，也有增值的一天。而电话电报公司的股份分红，不几年就能回本。"他愿意以两百万元收购。

十一指兴冲冲地带着这个人察看了两家公司，那人甚是满意。就让律师准备法务材料，合同一签，买卖就做成了。

可第二天，这人就找到花医生，说这笔买卖不能做了，他家的公司被日本人搜查了！他认为肯定是跟收购永和公司有关，要么是日本人怀疑他与永和间谍案有牵连，要么是永和的晦气波及他了。反正碰了永和就倒霉，他不干了！

这下，姐夫和十一指都明白了，是许林一雄做的手脚。他想用低价得到这些资产，不许别人染指。任何竞争对手都会被他动用日本关系来吓退。

十一指气得大骂:"贪婪!可耻!"原来还感谢他救了吕家父女,现在看来,都被他坑了。没想到他是这么贪财的混蛋!

联想到那天晚上他去找许林一雄帮忙用交通船送走吕同安时他的表现,真真就是个财迷。

许林一雄好像早料到会有这一出,立即表示:"以前是有人这样做的,但这种事风险太大,中间环节太多,都需要打点的。"言外之意是要钱。

十一指才想到吕同安不愧是江湖中人,知道有钱能使鬼推磨。他赶紧拿出两根金条说:"这是吕先生给的辛苦费。"

许林一雄推都没推辞就收下了,还说:"这应该差不多。"

十一指却觉得他的胃口也太大了。十一指说瑶琦也想陪父亲一起走,两根金条,一人一根。

没想到许林一雄摊着双手说:"这,多一个人啊……偷渡是按人头算的。"

十一指知道他还要钱,两根金条只够一个。只好说:"你先给办吧,过后我给你补上。"

大概有这些金条的作用,许林一雄才热心地建议他们晚上就到船上去,以免夜长梦多。这个建议被证明是无比正确的,日本兵当夜的搜查让吕同安躲过了一劫,看来钱还是很好用的。十一指也很高兴,他过后守信用,拿自己的两根金条补给了许林一雄。他都不好意思跟吕家人说许林一雄多要了两根金条,但瑶琦父女能走还是让他感到花这些金条是值得的。

可现在想来,这一切,是不是也是许林一雄搞的鬼?他要让几个浪人和日本兵到吕家搜查不是很容易的事情吗?

十一指又骂:"许家的败类!我们家没有这么贪财的,他要那么多钱干吗?"

姐夫说:"人各有志,有的爱财有的爱义。他要是不爱财,吕同安还跑不了呢！"

说的也是，他要是不贪财，会安排吕家父女逃走吗？吕同安不走，被抓的可能性极大，那几乎就是死。这样，你还得感谢他贪财呢！

但他们都没想到的是，许林一雄吓跑吕同安，就是为了白捡他家的资产，不仅仅是为了那几根金条。现在，除了许林一雄，真的没人敢来接盘了。

十一指把情况跟瑶琦的妈妈说了，没有人敢买，只有许林一雄愿意买，但压价太低。他不敢说他们怀疑许林一雄动用日本关系来吓跑其他买家。

瑶琦的妈妈现在是每天都如坐针毡，丈夫和大女儿不在身边，公司被查被封，她担心哪天公司和家都会被没收，现在有人买赶紧卖掉。再说许林一雄对瑶琦父女有救命之恩，资产便宜卖他也算是对他的报答。她不嫌便宜，希望赶紧脱手。

这笔买卖就这样定了。

看到许林一雄心满意足的样子，十一指是敢怒不敢言，他明明知道这一切都是许林一雄设下的圈套，但又不敢跟他对抗，自己还有把柄抓在他手上，只能乖乖地按他的意思办，心里憋着一股火。

十一指担心，许林一雄对永和食品都这么狠了，要是灵宝丹呢？他会不会也想占为己有？如果这样，就不能让他染指馨蕊的事。他跟姐夫说了自己的担心。

姐夫觉得，如果许林一雄只是为了赚钱，还不算坏事，毕竟灵宝丹还在馨蕊手里。如果有其他目的，就不好办了。现在这个人越来越看不透，他背后的关系也太复杂了，一定要小心。

十一指说："那我们不跟他玩了！"他不敢跟姐夫说自己惹的祸，只想离许林一雄远点。

姐夫却说，救馨蕊没有他还不行呢！这又回到了老话题，利用他与井龟的关系，先把馨蕊救出来，再想办法脱离他。这期间十一指不能让他看出对他的怀疑，而是要利用收购永和公司的事，跟他加深关系，取得他的信任，直到把馨蕊救出来。

姐夫还有一个目的，想通过这件事，让十一指打入许林一雄内部，以获取更多的情报。他已接到上级的指示：最近军统在厦门的活动频繁，接下来应该有大动作。他们如果是针对日寇的，我们就予以支持和配合，但要预防他们嫁祸于我，借日寇之手清洗我党组织和人员，国民党"围剿"共产党的野心无时不在。

这时中国的抗日形势极为困难，自从1939年9月，纳粹德国向波兰不宣而战，第二次世界大战正式爆发后，入侵中国的日本更加嚣张，在占领武汉后又向中国纵深推进，除了轮番疯狂轰炸重庆外，分别于1939年和1940年发动了扫荡重庆外围的随枣会战和枣宜会战，企图通过两次大战，消灭国军的有生力量，迫使国民政府尽快投降。在这场危及陪都重庆的战役中，国民革命军第三十三集团军司令张自忠将军殉国，这对士气影响极大。

国内的悲观情绪弥漫，机会主义分子汪精卫与国民政府分道扬镳，宣扬"曲线救国"，公开投敌，带领一帮投降派于1940年3月30日在南京成立了效忠日本帝国主义的伪国民政府，和以蒋介石为首的重庆国民政府分庭抗礼，分化和瓦解了中国的抗日力量。蒋介石又处处与共产党为敌，1941年年初制造了震惊中外的皖南事变，使国内的抗日力量四分五裂，统一战线濒临瓦解。

在欧洲，德国军队势如破竹，法国、英国被打得落荒而逃，大半个欧洲被德国侵吞，苏联也岌岌可危。1940年9月27日，意欲控制全球的法西斯头子在柏林签订了《德意日三国同盟条约》，法西斯轴心国形成。日本胃口大开，对东南亚蠢蠢欲动，因为东南亚多为英、法殖民地，现在英、法被德国重击，根本无暇顾及殖民地，日本想趁机从英、法手里抢占东南亚，夺取东南亚的石油、橡胶等战略物资，同时切断中国最重要的国际补给线，使中国完全处在日军的包围之中。

在这种形势下，厦门作为与东南亚关系密切的城市，各种交锋风起云涌，形势十分严峻。

这些情况姐夫不能跟十一指明说。他的共产党员身份十一指虽有所察觉，但大家没有挑破。十一指曾表示过对共产党的向往，出于对十一指的保护，他和太太都尽量不让十一指知道自己的使命，也不让他参与相关的活动，除了那次刺杀西岗，由于时间紧，他又是最佳人选，只好让他上，但他是以民间义士的身份执行任务的。现在形势严峻，不得不利用十一指的身份为我党收集情报，姐夫内心不安，万一十一指有什么危险，他如何跟太太交代？

姐姐明白丈夫的用意，她在欧洲时就跟花世民一起加入了共产党，誓言为党的事业献出一切。虽然很爱自己的弟弟，但现在大敌当前，每个中国人都应贡献自己的力量。以十一指跟许林一雄的关系，他在日日升俱乐部出入还是安全的，从那里可以得到很多有用的情报。

姐姐递给十一指一杯咖啡说："到日日升俱乐部活动的都是厦门的头面人物，弟弟可以学到不少东西。你要多留心，听到什么新情况就跟我们说，咱们共同努力把王小姐救出来。"

十一指觉得姐夫和姐姐说话有点言不由衷，说的好像是要救馨蕊，要的却是其他东西。他也不多问，就说："好吧，等把馨蕊救出来了，我就不跟那个老财迷打交道了。"

说得姐姐和姐夫都笑了。

但是，什么时候才能救出馨蕊呢？人在他们手上，看样子许林一雄和井龟都不着急。姐夫觉得应该想出一个办法促使许林一雄也急着救馨蕊，否则会再拖下去，情况难料。

十一指想出一个好办法：让许林一雄身体不舒服，需要吃灵宝丹。现在灵宝丹已经没地方买了，他就会想到馨蕊。

姐姐笑起来："能有什么病需要灵宝丹啊？"他们学西医的，对灵宝丹并不是那么迷信。"而且，有什么病是你想叫他得他就能得的呢?"

"有啊,那个井龟太郎不是喝醉酒就要吃灵宝丹吗?灵宝丹是保肝的,我们让他肝不舒服。"

姐姐是个基督徒,她觉得这样做有违人道。

姐夫却说:"不一定真的让他得病,但说他有病是可以的。我是医学博士,我来说,他应该会相信。"

十一指心领神会:"哈哈,吓唬吓唬他!"

连姐姐都叫好。于是,他们凑在一起想出了一个计谋。

11 峰回路转

第二天，十一指到日日升俱乐部去，正好许林一雄也在。他跟许林一雄说，骨肉亲保护了自己，又帮忙救了朋友的父亲，他一直想感谢一下。但前段时间厦门太乱了，大家都没有心情。最近总算安静了，什么时候有空大家一起吃个饭，开心开心。祝贺骨肉亲财丁两旺。

前面的话许林一雄听着很舒服，但后面的一句却让他警觉起来。财丁两旺，啥意思？财可以理解，他回厦门真是发了大财，交通船就赚得盆满钵满，这次收购永和资产更是白捡了金元宝。丁呢？难道他知道了什么？

许林一雄有个心病，就是没有子嗣。他在台湾娶的是日本老婆，生了六个女儿，却生不出个儿子。老婆的家族是日本的名门，他不敢得罪，但没有儿子又心有不甘，觉得自己赚那么多钱、脑袋那么好用，如果不生个儿子来继承，这辈子真是白活了！井龟太郎邀他来厦门时，他的第一个想法是：去厦门生个儿子！到了厦门，天高皇帝远，老婆管不着，随便找个年轻貌美的女孩，生他几个孩子，总能生出个把男丁吧？

可叫他郁闷的是，小妾生的还是女儿，他都怀疑是不是自己干了什么缺德事，老天在惩罚，要让自己断子绝孙。

现在十一指说的"丁"就直击他的要害。他并不怕十一指知道他养了小妾，鼓浪屿的有钱人多数是妻妾成群的，十一指的父亲就娶了五房太太，养个小妾没什么。他想知道的是，十一指说的财丁两旺，这个丁怎么旺，他有办法吗？

所以，他问："财丁两旺，族叔此话怎讲？"

十一指说："你财旺就不用说了，现在就缺丁。家姐在救世医院做事，见过骨肉亲的外室。骨肉亲想必是急着生一个男丁的。"

许林一雄长长地叹了一口气，这下子真有一肚子的苦水要倒啊！生不出儿子让人瞧不起，可自己有钱、有本事也使不上劲呀！生生把他给憋闷死了。他问："族姑可有办法？"

十一指说："我也不清楚。但姐夫是爱丁堡大学的医学博士，他们应该懂得一些。咱们聚一聚，请他们一起来，让他们给你把把脉。"

"好啊！"这下许林一雄干劲十足。他说就到日日升俱乐部来吃饭，请博士夫妇指点指点。

姐夫虽然是西医博士，主攻传染病，但对生育和中医中药也颇有见地，当然也是为许林一雄专门准备的。那顿饭，相当于姐夫给许林一雄，包括十一指上了一堂生理医学课。

姐夫说，生不出儿子，不能怪女人，生男生女是由男人决定的。男人和女人身上，各有两条性染色体。男人是 X、Y，女人是 X、X，Y 是决定生物个体性别的染色体，有 Y 染色体的人，就是男人，没有 Y 染色体的就是女人。作为女人，她只有两条一样的染色体，生男生女她别无选择。而男人呢，却有两种可能，如果是带有 Y 染色体的精子进入女人的卵子里，生的就是儿子。否则生的就是女儿。

许林一雄听得脸红耳赤，他只差没骂出来：我那些带 Y 的家伙都死哪去了！他问："怎么才能让 Y 跑进去啊？"

姐夫笑起来："这有偶然性，也要有一定的条件，比如你的身体状况更适合Y染色体的生存和活动，它进入卵子的机会就多。"

这道理听起来很容易理解。那么，什么样的身体状况有利于宝贝Y染色体呢？

姐夫说，这个咱们的老祖宗中医就很有一套。中医讲，肾为先天之本、生命之源。肾是人体生长、发育、生殖的总管，肾气足，精血旺。你把肾气补起来，生男孩的成功率就高了。

许林一雄有点不好意思地说："有的，在台湾也看过中医，吃过金匮肾气丸、六味地黄丸等补肾药，饮食中补肾壮阳的东西也吃了不少，还是不行啊。"

姐夫沉思了片刻，说："中医讲，肝肾同源，肝肾之间有相互滋养、精血相生的关系，在正常生理状态下，肝血依赖肾精的滋养，肾精又依赖肝血的补充，肝血与肾精相互滋生，相互转化。所以你补肾还得养肝，光补肾不养肝还是不够的。"

许林一雄恍然大悟："养肝倒是没有。"

"你不妨试试。"

"什么方子可以养肝？"此时许林一雄已经完全进入状态，把姐夫当送子观音了。

姐夫还没说，十一指先喊起来："灵宝丹啊！我们厦门最有名的灵宝丹！"

许林一雄不太相信地说："灵宝丹是保肝的，没听说可以养肝。"

"保和养还不是一样？你保护了它，就等于让它强壮，不就是养吗？姐夫，你说是不是？"

姐夫点点头："理论上可以这么讲。"

许林一雄一拍大腿说："对啊！怎么没想到，老井爱吃灵宝丹，他到处播种生出来的都是带把的！"

哈哈哈！在场的人都笑起来，许林一雄也大笑。他这是看到了希望，为自己即将生出带把的而笑。

这样，灵宝丹就摆在了他们面前。已经没地方买了，怎样才能得到灵宝丹的供应，确保许林一雄完成传宗接代的大业？只有馨蕊了，让馨蕊出来制作灵宝丹，才能解决这个问题。

十一指说："咱们赶紧把她救出来，你救了她，请她生产灵宝丹，她应该是责无旁贷。"

大家都认为馨蕊是会做灵宝丹的，只不过她不为日本人做，所以说不会。如果脱离了日本人的魔掌，为中国人，也是为王家自己，她应该是会做的。

"好！"许林一雄信心十足，"我们马上来实施营救计划！"

营救方案还是原来的思路：说服井龟太郎，让馨蕊回正合药号看看。在去正合药号的路上，或是从正合药号回祥云别墅的路上，把馨蕊劫走。

"劫到哪儿呢？现在鼓浪屿也不安全了。"这是十一指和姐夫最想知道的，以前许林一雄讳莫如深，现在总可以露点底吧？

果然，经过永和资产收购和解决无嗣的心病，许林一雄与十一指和姐夫的距离拉近了许多。大家救馨蕊的目标是一致的，他也不再保留了，就说："我用交通船直接把她送到嵩屿，从那儿再往漳州，就安全了。"

"太好了！"十一指和姐夫现在知道了，许林一雄救出馨蕊是要把她送往国统区，但这只是为了躲避日本人还是要把馨蕊送给国民党，还难以判断。

姐夫装作不放心的样子问："到了那里，有人接应吗？不要又出什么事了。"

"有的有的。"许林一雄不假思索地说，好像他早就安排好了，馨蕊会到一个她该去的地方。

这正是姐夫所担心的，国民党也在争夺灵宝丹，许林一雄可能会把馨蕊送给军统。他对十一指使了个眼色，又说："那内弟就得再忍耐与王小姐的分别之苦了！"

十一指马上跳起来："不，我要跟她在一起！"他傲横地说："内地没什么地方我不能去的！"许家人的味道又出来了。

许林一雄愣了愣，他可能没把十一指算进去，如果到军统那儿，多个十一指就不方便了。但看十一指的样子，他也不敢拒绝，只好说："可以的，我跟内地的朋友说一下。反正都是自己人。"

十一指又说："我要跟馨蕊在一起，把她交给别人我不放心。没有我，她也不会相信别人。"

"是的是的。"许林一雄明白了，井龟太郎关馨蕊那么久，都不能迫使她做灵宝丹，如果没有她信得过的人，送到内地她照样不会做。所以十一指的作用还是很重要的。他当即表示："族叔愿意跟王小姐在一起，那是再好不过的。还望族叔动员她早日制丹，福惠需要的人。"他不是只说福惠自己，说明对馨蕊有期待的还大有人在。

他们都认为劫走馨蕊最好在去正合药号之前，怕馨蕊见到正合药号或福气后，会有什么意外情况。另外把事情做在前面，万一前面的不行，回去时还有机会。

十一指问："井龟太郎会派人跟着吧？我们几个人能救得了馨蕊吗？"

姐夫明确表示不参加这样的暴力活动："抱歉，我很同情王小姐，但这不是我的所长。"

许林一雄呵呵笑，让他们放心，不用他们出手。他都安排好了，营救人员足够对付井龟太郎的人，每一个环节都有人接应，不会有问题的。

姐夫和十一指做出松一口气的样子，十一指说："多亏了骨肉亲人脉广，江湖上的朋友多。"

过后，他们在种德宫研究解救方案时认为，许林一雄的背后一定是军统。他如果让亚兴院的人来解救，无疑又会让馨蕊回到井龟太郎那边，因为亚兴院的人基本都是井龟太郎的亲信。这样救馨蕊等于从左手放到了右手,是没用的。而他那么自信有足够的人力,能展开系统的营救,应该是有组织的,军统特务的可能性极大。

这样,救馨蕊的第一环节——摆脱井龟太郎并离开厦门的这一步,就交给许林一雄去完成。我方的营救时机是从嵩屿经海沧到角美这段,因为到了漳州后,就是国军一〇四师的势力范围,我方无法施展。而从海沧到角美这一段,可以经长泰往同安或泉州方向,那里有新四军,也有中共领导的抗日组织。

这个方案报告上级后,得到肯定答复。上级指示,馨蕊到达嵩屿后,由中共闽南特委组织人员营救,确保馨蕊和十一指的安全。

此时,姐夫和姐姐对十一指不再隐瞒他们共产党员的身份了。姐夫说,离开了组织,个人的能力是十分有限的。救馨蕊这样的事,没有组织帮助是很难成功的。

十一指对姐姐、姐夫的共产党身份早有感觉,现在明确了他也没太意外,反而有一种庄严的感觉,是共产党来救馨蕊的。他小心地问姐夫:"我也能加入吗?"

姐夫知道他指什么,但他还是希望十一指留在党外多锻炼,时机成熟了再加入,所以说:"只要你一心向往,共产党的大门会为你开的。但你也要拿出行动,接受考验。"

"我一定努力!"

接下来,他们开始了紧张而焦急的等待。许林一雄要说服井龟太郎让馨蕊回正合药号看看,还得费些脑筋。

在馨蕊被关押期间,阿凤生了个儿子,福气是春风得意!正合药号重新开张后,他与阿凤因以前在平时的接触中对中药略知一二,卖一些常用药还是有生意的,居然还有点小盈余。他们边学边做,不知底细的街坊和以前的老主顾,对他们重新撑起了正合药号多是赞扬和光顾的。他们靠勤快和周到,把药号经营得有声有色。现在福气当上了父亲,他做梦都不敢想自己会又当老板又当爹。他也想像王家那样,把正合药号世世代代传下去,所以毫不犹豫地给儿子取名为"王宝贵"。让儿子姓王，他就可以名正言顺地占有正合药号，好像他也是王家的人。

阿凤却很奇怪："为什么要姓王？"

福气厚着脸皮说："我就姓王呀！"

"呸！你没有姓，你的名字还是老爷赐的。有也是姓福，名气！你不姓王！"

福气被阿凤说得脸一阵红一阵白，但仍嘴硬道："谁说我没姓啊？我就是姓王，我知道的！"

福气的来历在王家是众人皆知的，店员和佣人都爱拿这个说事，成了正合药号的传统戏文了。如有招新店员，老店员就会指着福气把他的来历说给新店员听。但从来没人说他姓什么，对于一个下人来说，有个可以喊的名字就够了。哪承想他一下子要姓王，胃口也太大了，"王"是你能姓的吗？你要是姓个"孙"也还马马虎虎。阿凤对福气的不自量力非常生气，觉得他这样会害了儿子。

但福气觉得自己已今非昔比，既然当了爸爸，就得有名有姓，子子孙孙叫下去。

阿凤不知道他干的那些见不得人的事，也不知道他现在的心思，就数落起来："这药店是人家王家几代人经营下来的，是夭寿的日本鬼子让他们一家遭遇不幸了，但儿子、女儿总有一天是会回来的。等他们回来了，我们就得把药店还给人家。你好意思让儿子姓王？等少爷和小姐回来了，还能改姓吗？"

福气气急败坏地喊："我干吗要改？我不改！我就要姓王！"

阿凤生气了："你父母把你丢在正合药号时，一个字也没留下。你病得快死了，又那么小，根本不知道自己姓甚名啥。不像我，我虽然是被卖到正合药号的，但我是以'蔡凤'的名字卖过来的，我还知道我的父母是谁。你根本不知道自己是谁！"

阿凤对福气不去找少爷和小姐很不满，又瞧不起他装出一副老板的样子，在她眼里，福气是比自己还低一等的家丁。她经常对福气冷嘲热讽:"你不要乌龟装大爷好不好?咱要知道自己几斤几两,做家丁的就要认命!"

福气不想反驳她,心想,哼!以后你就会知道,我是什么人!这家药店早晚是我的。对阿凤老是揭自己的短,他非常恼火,要不是看在她给自己生了儿子的分上,他都可以不要她了。以前是跟她相依为命,想到她就感到温暖和亲切,现在不一样了,自己已经改头换面,他要当一个有头有脸的人,阿凤这种甘心当丫鬟的人就配不上他了。但他还不敢轻举妄动,王家人全部清洗之前,他还不敢说正合药号是自己的。

最令他烦恼的是,不时有人要来买灵宝丹,他们没货。人家就会问:为什么不生产?这就涉及王家人的下落。这是福气心头的黑洞,他很怕有人去深究,就会发现他的秘密。少爷的事他觉得还好办,王方明已经死了,张家人也不在现场,不知道是他带来日本人的。除了日本人,没人能证明他是出卖少爷的叛徒。而日本人不屑于跟中国人说这些事,中国人也没人能问日本人这些事。这样他就能混过去。但麻烦的是小姐馨蕊,馨蕊已经知道自己投靠日本人了,要是她出来,自己的事就瞒不住了。

现在他最希望日本人杀了馨蕊。她要是一直不肯制作灵宝丹,让井龟太郎失去耐心,就会杀了她。但他又害怕,他是因透露馨蕊会做灵宝丹才苟活的。要是馨蕊最终没有做出灵宝丹,井龟太郎会不会把自己也杀了?他是左右为难,度日如年,盼着有什么人来把馨蕊带走。这样,馨蕊不会来找自己报仇,正合药号他可以永远占有,井龟太郎又不能拿他出气,他就解脱了。

他没想到,这样的好事居然有人要替他做。

有一天,吉田来告诉他,把正合药号收拾清楚一点,馨蕊小姐要回来了!

"啊?小姐要回来了?"福气被吓得不轻,怎么突然就要回来了?"她要回来做灵宝丹吗?"他下意识地问。

"这你不用管。"吉田本来就瞧不起他,看他这个样子更是厌恶。他知道,馨蕊回来就有福气好看的了。

"好好好。"福气嘴里应着,心里却想着怎样对付。首先要把阿凤支走,否则馨蕊回来,自己的坏事就要败露,阿凤绝对饶不了自己的。馨蕊只知道自己把她引渡给日本人,但不一定知道少爷的死跟自己有关,这样就还可以再骗她一下。他问吉田:"小姐什么时候回来?"

吉田说:"你先把药店收拾好,随时可能回来。"吉田懒得跟福气多说,但他也不知道馨蕊什么时候回正合药号。井龟太郎做事历来诡计多端,他不会轻易把底牌亮给人家的。吉田也在想怎么利用这个机会救馨蕊。

在十一指见过馨蕊以后,馨蕊显得坐立不安,也不再跟吉田提准提寺了。吉田知道一定是那个年轻人给馨蕊什么消息了,她把希望放在那个人身上。他有点失落,但也觉得正常,只要馨蕊能逃脱井龟太郎的魔掌,他仍为她高兴。

但突发的丰田泽福遇刺,接着永和间谍案,把馨蕊的事推到了一边。馨蕊不知外面发生的情况,对十一指迟迟不再来感到很失望。吉田也不能再考虑外逃的事了,出了这些事以后,厦门戒备森严,要逃很困难。他跟馨蕊说了外面的情况,一方面减轻馨蕊对十一指的误会,一方面表明自己暂时不能带她外逃。

通过这些事,两人的关系渐渐拉近,馨蕊对他的信任度也加强了。闲聊的时候,她会说到自己的家。有一次吉田无意中说到见过王方明,馨蕊整个人弹起来,追问怎么见的,在哪里见的。吉田被逼得没办法,只好说出在张大水家所见。正常情况下,他是不会对她说这些的。

馨蕊当场哭晕过去,她没想到哥哥已经死了,而且死得这么惨!这都是福气干的,福气害死了哥哥,也害了自己,她要找福气报仇！可她怎么报仇？自己被井龟太郎关着，福气却开起了正合药号，还娶妻生子。她真是恨得直咬牙，却又无计可施。

吉田给她出主意，井龟太郎留着福气，是为了灵宝丹。她只要答应井龟太郎，杀了福气，自己就愿意做灵宝丹。井龟太郎肯定会答应的，只要有灵宝丹，杀十个福气他都不在乎。

馨蕊警觉地看着吉田，他是不是用这个办法来引诱自己做丹？如果听他的主意，就等于承认自己会做丹，今后就要为日本人做丹。她要为报仇丧失传家宝吗？这样，哥哥和父亲不都白死了吗？她沉默不语。

吉田看出馨蕊的疑心，就说："除非你能逃得出去，以后再找福气算账。但如果长期下去，你不做丹，井龟太郎就会杀你。不如你先杀死福气，却不做丹，再让井龟太郎杀你。"以他的武士精神，觉得这样做还是划算的。

馨蕊却想，哥哥已经不在了，自己再死，灵宝丹就断了，父亲的心愿、王家数百年的传承就彻底完了。她还想再争取一下，十一指不是暗示会来救自己吗？可他怎么还不来呀？

现在，终于来了！

许林一雄说动井龟太郎，先让十一指陪同馨蕊回正合药号看看，看过后再决定怎么处置她。他没说要放馨蕊出去，这样井龟太郎也放心一点。他让吉田多带两个人盯着，四个警卫，开一部车。只有馨蕊和十一指，谅他们也对付不了四个训练有素的武士。万一有什么情况，在厦门岛内，他们是跑不掉的。井龟太郎对许林一雄没有怀疑过。

吉田把这个消息告诉馨蕊时，提醒她，可以趁这次回正合药号报仇。他挺了挺自己腰间的手枪，说可以假装不备，让馨蕊抢了他的手枪，一枪把福气崩了，井龟太郎只能怪自己太不小心。他却可以说，没想到一个弱女子会这么厉害，井龟太郎应该不会怪罪。反正福气死了没人会感到可惜的，馨蕊又免了承诺做灵宝丹的压力。

馨蕊觉得很好，但担心自己不会使枪，心里怕怕的。吉田说这两天可以教教她。

这样，他们就认真地筹备起来。

十一指是最紧张的，他不知道许林一雄将用什么办法救出馨蕊，问过两次，许林一雄都含糊其词，只说："族叔放心，会让你如愿的。"

十一指表示，此去不知何时才能回，要准备点东西吧？

许林一雄说不用准备，他的朋友会为十一指和馨蕊的生活做好一切准备，那天只能空着手去。"再说，咱们有王小姐的灵宝丹，还怕没钱吗？"听起来好像他是为了赚钱，其实是迷惑十一指的。他怕十一指和馨蕊不愿意为军统工作。

他提醒十一指千万别流露出不回来的样子，以免引起井龟太郎怀疑。他告诉十一指，营救的步骤是：井龟太郎、他和十一指一起到祥云别墅，与馨蕊聊一会儿，然后十一指假装替馨蕊求情，让她到正合药号看一看，她在祥云别墅住太久了，需要出去放放风，她很想回家去看一看。这时许林一雄会在旁边推波助澜，说也许王小姐回到正合药号，就想起了灵宝丹是怎么做的。

这样，井龟太郎才做出不情愿的样子说："那就去看一眼吧，尽快回来。"同意让十一指陪馨蕊回正合药号。而他会派警卫在路上跟着，正合药号附近也有重兵把守。

馨蕊和十一指走后，井龟太郎和许林一雄要么继续在祥云别墅等着，要么回到井龟太郎的办公室。自从丰田泽福被杀后，井龟太郎就深居简出，不轻易出门的。他让许林一雄陪自己，等于把他看住了，万一馨蕊有事，许林一雄也跑不掉。

"那我们在什么时候动手？"

许林一雄说，一出祥云别墅就准备动手。这时警卫还没进入状态，祥云别墅在中山公园旁边，营救人员在中山公园里好藏身。

十一指却替他担心："馨蕊跑了，你怎么办？井龟太郎会不会找你问罪?"

许林一雄坦然地说:"这事肯定有风险,我既然决定做了,就不怕后果。我已做好了应对的准备,族叔放心。"十一指关心他的安危,还是让许林一雄感到温暖的。

这样,十一指知道了,营救的人届时是躲在中山公园里的。姐夫通过地下组织去了解,中山公园最近有什么活动。得知清明节那天,闽南人除了祭奠先人,还会为那些无主的游魂野鬼献上祭品,烧些纸钱,以免它们出来打扰百姓生活。一般都在中山公园举行公祭仪式。

许林一雄选的正是这一天,这一天是星期六。

清明时节,是闽南地区的"回南天",细雨沥沥,到处湿漉漉的。街上的行人多数撑着油纸伞或黑布伞,有的戴竹斗笠,多数人穿木屐。坚硬的木屐敲打在石板路上,发出响亮的"嗒嗒"声。木屐与石板好像是天生的对头,加上雨水的"拨弄",石板就经常掀翻木屐,街上不时有人摔个四脚朝天,引来一阵哄笑。

十一指是穿皮鞋的人,为了让馨蕊在逃亡中好跑路,他以送礼为名,给馨蕊带了一双刚刚流行到厦门的女式胶底鞋和两双棉线袜。馨蕊因长期被关押在祥云别墅,没有外出穿的鞋子了。她原来穿的鞋子被抓的那天在码头跳海时就弄丢了,关进祥云别墅,也没人想到要给她鞋子穿。她只是捡了别墅里人家留下的旧拖鞋和木屐穿。

现在有这双时髦的胶鞋,她像所有爱美的少女一样欣喜不已,拿来就穿,还来回走了几步,没想到袜和鞋都那么合脚。她天真地问十一指:"你怎知道我的鞋码?"

十一指笑而不答,许林一雄趁机打趣:"你的一切都印在他心里啊!"

馨蕊红了脸,笑着低下头,瞄了十一指一眼,轻声说:"谢谢你!"模样儿十分招人喜爱。

十一指对井龟太郎说:"嘱托先生,王小姐很想回正合药号看看。今天是清明节,正好可以给她父亲和奶奶烧一炷香,尽点孝心。你能不能成全她的心愿?让她回家一趟,我们都会感激你的!"

井龟太郎板着脸,生硬地说:"可她是个不听话的女孩!"

十一指赶紧说:"她会改变的。"他回头对馨蕊说:"是不是?"避开了井龟太郎的视线,他给馨蕊做眼色,让她配合自己。

馨蕊明白了,说:"你先让我回家看看,今天是清明节,我要给爸爸和奶奶拜拜。以后我会听话的。"

井龟太郎的表情已经松动了。许林一雄接着说:"死者为大,王家人是令人尊敬的。这个特殊的日子,你就成全她吧。"

井龟太郎就同意了,说:"好吧,看在王家的祖先救过我的先辈的分上,回去看一看,烧一炷香就回来。"

"好的好的,我保证。"十一指高兴得坐不住。

井龟太郎叫来吉田,让他到隔壁他的办公室那边,把他的座驾福特730开过来,再多来两个警卫,加上这边的吉田和原来的警卫,四个人陪同前往。他要用汽车送过去,以防路上出意外。而且只用一部车,警卫一个开车,一个坐副驾驶座,一个在后排与馨蕊和十一指坐在一起。一个站在驾驶座后排车外的踏板上,拉住车门。后座,紧挨着站在踏板上的警卫的位子坐着馨蕊,十一指夹在中间。十一指的旁边是另一个警卫。这样,十一指和馨蕊几乎动弹不得,他们别想有什么小动作。上车前,他们都被搜过身,连十一指带来的新胶鞋也叫馨蕊脱下来检查了一遍。

井龟太郎和许林一雄仍留在祥云别墅。他要求吉田一个小时内回来。

从祥云别墅出来,要经过一个很陡的上坡,然后下坡,坡底就有一个丁字路口,拐向厦禾路,厦禾路往前不远就是大同路。正合药号在大同路的中段。如果顺利的话,车开过去不用五分钟。

公园西路是一条窄窄的只能容一辆汽车通过的小路,那个年代汽车不多，很少出现两车交会的情况。

馨蕊被关了一年多，第一次走出祥云别墅，心情激动又复杂。她穿着新胶鞋，牵着十一指的手，想着即将回家了，又想到有家难回，家里人都没有了，自己也前途未卜，一切都靠十一指了。牵十一指的手不由得攥得紧紧的，十一指也回以有力的握手。

他们被安排坐进汽车，吉田自己站在车门外。他是这次行动的总负责，他既为馨蕊的安危担心，又要负起警卫长的责任。凭直觉，他感到今天会出事。中山公园里的锣鼓敲得他心烦，其中有一种鼓点和木槌的打击声："咚——嗒嗒——咚！""咚——嗒嗒——咚！"听起来就像是巫师在招魂，让他感到极不舒服。

汽车发动后，剧烈的引擎声把小街震得颤抖。汽车缓缓驶向陡坡，一切正常，路上没什么人。可车还没到陡坡，从路边两间红砖房子的缝隙里突然推出一辆独轮车，上面载着整捆的甘蔗。推车人看到汽车吓了一跳，把整车的甘蔗打翻了，甘蔗滚落一地。汽车不得不停下。

这是盯梢的人看到馨蕊他们出来了，为了给中山公园里的人争取时间，故意安排了这出戏。

吉田跳下车，跑过去踢了推车人一脚，让他赶紧把甘蔗和推车弄到路边。汽车开过来，他不等车停下就跳上车，车子没停就往坡上走。

汽车开上坡顶，却看到一队跳拍胸舞的人从中山公园西门敲敲打打地出来，迎着汽车走过来。那催命似的鼓槌声正是他们发出来的。除了前面十几个跳拍胸舞的壮汉，后面密密麻麻地跟了上百个做公祭的市民，他们拿着供品、鲜花，一路撒着纸钱，嘴里哼着什么祭文慢慢而行。小路被完全堵住了，汽车下坡不到一半就开不动了。

吉田再次跳下车，跑到前面，挥着手，大声喊，叫这些人让开。

可那些跳拍胸舞的人像中邪一样，只顾不停地拍着跳着。他们额头扎白布带，身上只穿一条宽裤头，腰间扎一条阔腰巾，肚子像青蛙一样鼓起来，打着赤脚，摇头晃脑，随着鼓点和木槌声，有节奏地跳着脚，几进几退，甩着双臂用巴掌拍打肥硕的肩膀、胸脯、屁股和大腿，发出"啪啪"声，身上的那些部位都拍红了。吉田在喊什么他们根本听不见。

以拍胸舞的跳法，队伍行走缓慢，还把路给占了。

车上的人见吉田喊不动，除了驾驶员，另两个也下车去喊。那些人才明白过来，赶紧散开。但像一群野鸭子，散开的队伍涌向汽车，把车子都包围了，吉田等三个警卫也被隔离在远处，人群从车旁涌过。等人群散了，警卫回到车上，却发现，除了驾驶员，馨蕊和十一指都不见了。而驾驶员对他们什么时候出去的都不知道，他只顾盯着前面，等同伴驱散人群就要开车的，没注意后座上的人。

他们回过神来要追人群，却奇怪，人群像蚯蚓钻进地里一样，瞬间都不见了。当然，馨蕊和十一指也不见了。路窄，汽车不好掉头，吉田等人弃车跑到坡顶，什么也看不到。赶紧回祥云别墅报告，请求增派兵力搜查。

井龟太郎似乎也有预感，他骂了声："八嘎！"瞪许林一雄一眼。

许林一雄却心急地大叫起来："族叔！"

井龟太郎不理许林一雄，拿起电话要发命令，却发现，电话线被掐断了。看来这一切都是有预谋的。他要赶紧回到自己的办公室，又怕一出祥云别墅就有枪口对准自己。叫吉田先出去检查一遍，没有可疑情况才敢出来，许林一雄一直跟着，在后面絮絮叨叨地说："一定要保护我族叔的安全啊！"

井龟太郎打电话让海岸警卫队严查各个港口、码头，又让宪兵队搜查公园西门区域，就这十几分钟时间，不信他们就能插翅飞了。

发完指示，他才问许林一雄："你怎么看这事？"

许林一雄一口咬定："这事肯定有人走漏了风声，有人布置了这场劫持。"

井龟太郎冷笑道:"谁走漏的?你?我?"他现在是气坏了。

许林一雄说:"除了你、我,还有谁知道今天小姐要回正合药号?"

"吉田?"井龟太郎不相信会是吉田。但回想这段时间吉田的表现,确实有点可疑。特别是女佣曾报告,发现馨蕊的房间有过一套男生的服装,后来又不见了;馨蕊和吉田最近接触得比较多。馨蕊要回正合药号,井龟太郎只告诉了吉田一人。难道会是他?井龟太郎突然感到非常失败,如果自己最信任的人也背叛自己,到底还有什么人是可以托付的?但现在不是考虑这些的时候,在把馨蕊抓回来之前,井龟太郎不但会怀疑别人,也会怀疑自己。他觉得同意馨蕊回正合药号,包括今天的安排都是愚蠢的。这倒不是得不到灵宝丹的问题,而是对自己的能力和所从事的事业产生怀疑,怎么会是这样的结果?

他问许林一雄:"他们现在会在哪里呢?能逃出厦门岛吗?"他盯着许林一雄看,如果他们想逃出厦门岛,真得有他帮忙才行。他这是在考验许林一雄。

许林一雄很坦然地说,他们逃不出厦门岛的,除非他们有船。他这样说,就把自己撇干净了,他这个有船的人不是他们的人。

井龟太郎也宁愿相信是这样的。如果这位他请来的重要特工也成了别人来对付自己,那自己还有什么脸面存在呢?他把怀疑的重点放在吉田身上。

许林一雄却忧心忡忡地说,他现在最担心的是十一指的安全,要是他有什么三长两短,他无法对许氏家族交代。

井龟太郎让他放心,只要他们逃不出厦门岛,掘地三尺也要把他们找出来。他已经让手下撤走守在正合药号附近的人,让他们到公园西门搜索馨蕊和十一指,正合药号已经不需要了。

而此时,馨蕊和十一指恰恰在正合药号附近。许林一雄认为,井龟太郎最不可能搜的地方就是正合药号。他早就安排好了,劫出馨蕊和十一指后,就撤到正合药号去,几乎是那些警卫前脚走,他们后脚到。

福气等在店面,他早早地就把阿凤支到菜市场去买菜,又给她多派了几个任务,让她到厦港找船工老七,问他订购的青草药来了没有。有的话,就雇个人挑回来。然后顺便买几刀包药用的黄毛纸。可以的话,再去切半斤卤猪头皮,晚上下酒用。希望时间拖久点,馨蕊来的时候阿凤不在家。

他在店堂里坐立不安地等着,不时走到街面去看看,街上如往常一样。只是对面骑楼下一个多出来的卖香烟摊、隔两家店面站着一个读报的人,让他感到是冲馨蕊来的。以他跟着浪人、汉奸找馨蕊的经验,这些都是便衣特务。有了这些人,他就放心许多,他跟他们应该算是一伙的。

他又回到店里去等,竖着耳朵听街上的汽车声,吉田会用汽车送馨蕊过来。但还没听到汽车声,骑楼下却闪进来两个人,他定睛一看,吓得叫出声来:"小姐!"

进来的是馨蕊和十一指,门外还有人望风。

许林一雄让馨蕊回正合药号,一方面是躲避井龟太郎的搜查,另一方面是让她跟福气有个了结,这个仇没报,她的心结难平。替她报了仇,也收买了她的心。而十一指早就想除掉福气了。

馨蕊进到店内,看到熟悉的药柜、牌匾,闻到熟悉的味道,仿佛回到过去的时光,鼻子一酸,失声叫道:"爸爸!"已经泪如雨下,人都站不住了。十一指赶紧把她扶住。

福气在旁边嗫嚅着叫:"小姐。"

"你!"馨蕊盯着福气,气得浑身发抖。

十一指对她低声说:"咱们快点。"他们从拍胸舞的人群里挤出来后,从公园西路一个大户人家直接穿插到厦禾路,那边已有汽车等着,汽车开到大同路口才停下,等到正合药号附近的特务离开了,他们才从骑楼下走过来。利用这个时间十一指已经跟馨蕊说了,先到正合药号找福气算账，告慰父亲和祖先后，再逃出厦门。

在车上，十一指得到了一把手枪，现在他把手枪递给馨蕊。

福气看到手枪了，拔腿就要往外冲，嘴里大叫："救命！"

十一指眼明手快一脚将他绊倒，随手抓了桌上的抹布塞进他的嘴里。然后用脚踩着他的胸膛对馨蕊说："动手吧！"

馨蕊枪口对着福气，却扣不动扳机，她闭上了眼睛。十一指知道她下不了手，时间不等人了。他说："我来替你报仇吧！"他没拿枪，而是把踩在福气胸口的脚使劲一踩，以他习武的脚力，这一脚如重锤落下。福气叫不出声来，脚蹬两下，手乱舞，一声不响就翻着白眼歪了头。

十一指怕他没死，又拿来坐诊用的红木凳，往他头上一砸，福气连哼都没哼。他对馨蕊说："咱们走吧。"

门外已经停了一辆轿车。

馨蕊对着屋梁上的"正合药号"牌匾，双手合十靠在胸前，小声说："爸爸，女儿替你报仇了！我还会回来的！灵宝丹一定会传下去的！你放心！"

十一指也对着牌匾连鞠三躬，然后挽着馨蕊的手走出去，坐进已经开了车门的轿车里。他们一进去，车子马上开走。

车子刚走，隐约听到后面有人喊："小姐！"馨蕊从后窗玻璃看到阿凤抱着一个孩子提着一个菜篮，愣愣地站在路中央。她从吉田那儿已经知道，福气与阿凤成家了，生了一个儿子。她低下头，喃喃道："对不起了，阿凤。"

汽车把他们送到沙坡尾，那里有小汽艇等着。小汽艇把他们送到了鼓浪屿的交通船。

日军和特务搜了半天，没找到馨蕊和十一指的影子，却传来福气被杀的消息。井龟太郎没想到他们会到正合药号杀回马枪，觉得自己被戏弄了，气得暴跳如雷，他把吉田叫来问："你怎么解释？"

吉田弯腰低头，承认今天出的事，都是他的责任，任凭井龟太郎处罚。

但井龟太郎要追问的是吉田是否背叛了自己。他指着女佣找来的男装问："是不是你放跑的？"

吉田知道自己被女佣盯上了，就承认，他曾想放跑馨蕊，但不是今天，今天不是他放跑的。

井龟太郎在气头上，自己派去看管馨蕊的人却想放跑她！他根本听不进去吉田是今天放跑的还是什么时候。又问："福气是不是你杀的？"

"福气该死！"吉田知道一定是馨蕊的人杀的，但福气的死法，不是馨蕊所为。他为馨蕊高兴，此仇不报非君子！福气这种败类他也早想杀了，吉田好像完成了自己的心愿，竟然当着井龟太郎的面笑了。他知道，井龟太郎发现了自己想救馨蕊的秘密，又出了今天的事，自己是难逃一死了。作为武士，背叛主人，也该自杀。他看一眼井龟太郎挂在墙上的武士刀，问："能借我一用？"

井龟太郎别过脸，让他自己解决。

吉田就从墙上取下刀，没多看也没多说，拔出刀，一挥手就捅进自己的肚子，然后再往上一拱，人与刀一起倒在地上。一声都没哼。

井龟太郎一言不发地看他倒在地上，许久，才叫人来把他弄出去，葬在埋日本战死军人的公墓里。

吉田的死，让井龟太郎心灰意冷，他感觉灵宝丹成了他的噩梦。他发出命令：收兵！不再找馨蕊了！

此时，馨蕊已经在嵩屿往角美的路上。

12 风云变幻

交通船靠上了嵩屿码头，码头上有国军岗哨，对每个上岸的人检查。岗哨旁站着两个军官模样的人，待船长陪着十一指和馨蕊上岸，他们就迎了上来，为首的一个挂少校军衔的人笑容可掬地对三人说："欢迎欢迎！"他看着馨蕊和十一指又说："二位就是大名鼎鼎的王家小姐和许家少爷了！"

十一指替馨蕊回答："不敢不敢，小辈许继中和王馨蕊，感谢长官关照。"

长官说："来了就放心了。"他与船长很熟的样子，拍着他的肩膀说："谢谢你给我们送来了宝贝。"

船长也一脸喜色说："我完成任务了，人就交给你们了。"

"好好！"他们在哨卡交接过，就各自掉头走了。船长回船上去，两位国军带着馨蕊和十一指上了路边的一辆美国敞篷吉普。车子开动，一路尘土飞扬。

至此，十一指知道了许林一雄是把馨蕊和自己交给军统的，姐夫的判断没错。岛内的营救计划，应该也是军统一手策划的，可谓足智多谋，技高一筹，人员和执行力都十分精准到位，整个营救过程从容自信，有条不紊，捎带着把福气也解决了，这是十一指最满意的地方。正因为这样，十一指对接下来能否逃脱军统就感到担心，这是不好对付的对手。

土路两旁是山丘和田野，看不到人影。车子越往前走，他越担心，过了角美，恐怕就没机会了。

路上，由少尉排长开车，那位少校长官坐在前排副驾驶的位置，他很轻松，不时回头与坐后排的两人聊天，问厦门的情况。多是十一指作答，馨蕊只是礼节性地点头或微笑。车子在土路上很颠簸，她感到晕车、要吐，中间曾停车一次，让她到路边呕吐。十一指请司机车开慢一点，这样也给自己争取一点时间。

车子快到白礁村时，听到前面有锣鼓声和呐喊声。一队敬香团出现在土路上，绵延数百米。他们举着各色彩旗，有黄的、红的、白的、蓝的、绿的，为首的一个男人敲着一面大锣，两边各有一只花伞护卫。彩旗后面是神轿，四个人抬着刷红漆的木头架子，上面坐着披黄袍的保生大帝——慈济公本尊。慈济公的脸色是黑的，可能是长期的香火熏的。神轿后面是穿着戏服翩翩起舞的女人，女人后面是提着花篮的童子，童子后面还有踩高跷的，再后面看不清楚了，队伍绵延不绝，看不到头。

他们碰上了白礁游神法会了！

十一指心中暗喜，这与中山公园的清明公祭如出一辙，是不是中共闽南特委也用这种方法救人？他碰碰馨蕊的手，示意她准备行动。馨蕊心领神会。

车上的国军看到这种情况也没办法，保生大帝法力无边，他们是不敢得罪的，只能老老实实地把车子靠路边停下，坐在车上，等着队伍走过。抬神的人颠着神轿，迈着花步，几进几退，把坐在轿子上的神像颠得像活的一样。他们兴致勃勃地看起热闹来，竟也看入迷了。

队伍像洪流一样漫过来，彩旗部分围住汽车时，有人突然从两旁把没有防备的两个国军按住，卸了他们的枪。说："我们不为难你们，我们只要车上的人。"他们被绑住手脚，嘴巴都没被塞住，人仍坐在原来的位子上。抬神的队伍没事一样继续往前走，人们对路边停的汽车和车上的两个人视若无睹。队伍走远了，锣声消失了，烈日下只剩那辆车孤零零地停在路上。直到后来又有人路过，他们才喊人来帮自己解绑，然后把车开回漳州报告。

军统知道这是共产党干的，但也没办法，数百号的民众，你去抓谁？只是咽不下这口气，好不容易从日本人手里抢来的肥肉，却被共产党吃了。但这种事也不是一次两次了，张扬出去还丢了自己的脸，干脆就当没事一样。他们通知了许林一雄后此事就算过去了，灵宝丹没落入日本人手里就好了。

倒是许林一雄这次真的为十一指担心了，被共产党劫走，他这个富家子弟，家族与国民党有渊源的人，不会有好果子吃的。他怎么向许家老大交代？

他还没想出怎么解释，花医生就找上门来了，问小舅子到漳州了没有。他只好如实交代。花医生急得团团转，说要是太太知道了，会出大事的。他让许林一雄在得到最后的消息之前，不要声张此事。如果太太有问，就说十一指跟同学到漳州去玩了。

许林一雄安慰他，如果他们是被共产党劫走的，馨蕊应该能救十一指，共产党抢馨蕊肯定是为了灵宝丹，只要馨蕊为十一指求情，十一指就没有危险。而馨蕊肯定会为十一指求情的，他已经看出来，两个年轻人是情投意合。

姐夫也希望如此，祈祷十一指平安。两人忐忑不安地等待内地传来消息。

其实，馨蕊和十一指已经顺利翻过天竺山到达长泰县境内。从长泰往安溪，有新四军的根据地。但考虑到馨蕊的安全和过后有一个方便制作灵宝丹的地方，组织上同意她提出的到同安准提寺暂住的请求。

准提寺附近的内厝乡活跃着一支"锄山抗日民族解放先锋队",是共产党的组织,必要的时候可以保护馨蕊。十一指也可以参加这支抗日队伍的活动,既满足他参加抗日斗争的要求,又能跟馨蕊在一起。

这一路过来,两人已经从互相爱慕到生死相依。离开祥云别墅坐上轿车的瞬间,一种从未有过的感觉掠过馨蕊的心头,她为马上就要回家了而激动,也悲痛,又知此去危险重重,不知能否逃出井龟太郎的魔掌。而十一指就坐在身边,她从来没有与一个男人挨得这么近,十一指身上的气息如此陌生又如此强烈地吸引着她,那是一种令人沉醉的甜蜜,甚至使她忘记了眼前的危险。如果可以,她愿意永远这样跟他依偎在一起。

十一指自然地把她揽入自己的怀中,一手搂着她的腰,一手握住她的手,让她往自己身上靠。他把颈脖抵在她的头顶上,闻着她头发温热的、略带动物皮毛的味道,轻轻摩挲着,传递出他的爱恋。

两人就这样相拥着,面对即将到来的危险,两人的关系已经不言自明。馨蕊感激十一指,每次面临危险的时候,他总是挡在自己前面。这样的男人,她愿意把自己的一切托付给他。

他们进入天竺山,感到安全以后,十一指跟她说了制作灵宝丹的事,他亮明自己的身份,虽然自己还不是共产党员,但他向往共产党,也是依靠共产党才能救出馨蕊。共产党第一要保护灵宝丹,希望灵宝丹能传承下去;第二希望灵宝丹能为在前方的抗日将士提供医疗支持。国民党也在争夺灵宝丹,是国共两党共同努力,才从井龟太郎那儿把她救出来的。现在馨蕊安全了,他希望馨蕊选择一个安全的地方制作灵宝丹。这就涉及接下来他们要往何处去。

十一指是共产党的人,而且是为灵宝丹来救自己,多少让馨蕊感到意外和失望。她幽幽地问:"如果我不会做灵宝丹,你还会救我吗?"

这是个难以回答的问题。但十一指不想说违心的话。他说第一次救她的时候，并不知道她会做灵宝丹，也不是因为爱她，那种情况下他一定会救。但因为这一救，使他们相识，馨蕊用灵宝丹给自己疗伤，使他体验了灵宝丹的神奇功效，也叫灵宝丹姻缘吧，他对馨蕊产生了爱慕和惦念之情。后来才知道馨蕊的身世，日本人为抢灵宝丹抓了她。这时候，他就萌生了救馨蕊的决心。

他盯着馨蕊问："你说，我是为灵宝丹救你，还是为你救灵宝丹？我爱的是你呀！都怪你是个会做灵宝丹的女孩！"

说得馨蕊都笑起来，心头的疑惑也释然了。

十一指又说："你是好样的！留住灵宝丹是为中国人争气！做出更多的宝丹，治好杀敌受伤的抗日战士，就是最好的报仇。"

他双手握住馨蕊的手，脸对脸、目不转睛地看着她，柔声问："亲爱的，你会这样做，对吧？"

两人四目相对，一切尽在不言中。在十一指深情的注视下，那一声"亲爱的"已经把馨蕊的心融化了，她眼含热泪，毫不含糊地回答："是的，我会。"

十一指一把将她抱入怀里，喃喃道："嫁给我吧，我会一生一世保护你的！"

"我愿意！谢谢你！"

两人喜极而泣。在十一指想来，馨蕊明白无误地说的"是的，我会"就是爱的表白，她已经接纳了自己，不再对自己保密了！他们之间的关系也到了瓜熟蒂落的时候了！他向馨蕊求婚，这也是馨蕊期待的，两人都得到了自己想要的，是灵宝丹把他们的命运联结在一起。

馨蕊依偎着十一指，想起爸爸的叮嘱：对什么人都不能说自己会做丹，包括将来自己的夫婿。可现在，她却对十一指承认了自己会做丹，这是为什么呢？难道她违背了爸爸的叮嘱了吗？没有！她相信，爸爸也不会反对的。她觉得十一指已经超越了夫婿的身份，成了自己生命的保护者和灵魂伴侣。而他要求自己制丹也不是为了谋私利,而是为了抗日将士。日本鬼子害得自己家破人亡,自己没有能力拿起枪去杀敌人,但用自己所长帮助抗日将士是应尽的责任。她在心里说:"爸爸,你放心,我会对得起咱们的灵宝丹的。"

现在,她也需要尽快练手,虽然自己在爸爸手把手的指导下做出过几次灵宝丹,但真正独立制作还没有过,又停这么长时间没做了,她得尽快练习和实践才行。但制丹是一个秘密的工艺,不能在别人的眼皮底下做。她不愿意去那些人所说的什么根据地,她想在准提寺安安静静地做丹。希望十一指能在自己身边,为制丹购买所需的材料,这些都不能为外人所知。

组织同意了她的要求,并在他们到达鸿山村的当天晚上为两人举行了一个简单而有趣的婚礼。请村里会跳拍胸舞的人来为他们表演了一番,这是他们脱离虎口的序曲。拍胸舞唤醒了他们一路惊险的记忆,更珍惜眼下的幸福。

以后他们就以夫妻的身份生活在鸿山村。

村民借给他们一间小瓦房,瓦房前面有个红砖埕,后面有个小池塘,两边是菜地。他们学着种菜、养鸡养鸭,过起田园生活。十一指雄心勃勃地想在这里生出一窝娃。馨蕊却告诉他,自己可能生不出孩子。

"为什么?"十一指整个跳起来,他还希望一窝娃里有一个长着十一指的宝贝呢!他以为馨蕊有生育缺陷。

馨蕊告诉他,王家为什么立下灵宝丹"传男不传女"的家规,并不全是因为重男轻女,怕秘方外传。而是制作灵宝丹会影响女性生育,灵宝丹里所含的成分,有的会导致女人流产。

"什么东西那么厉害?"

"麝香!"

"哦。"十一指隐约听说过,麝香是很名贵的药材,孕妇闻了就会流产。灵宝丹里竟然有这东西!但是,他不能不让馨蕊制作灵宝丹，他也不能不要孩子！他愣在那儿不知如何是好。

馨蕊又问："如果我因制丹不能生育，你怎么办？"

二选一的话，他只能不要孩子了。对馨蕊来讲最重要的是制丹。

馨蕊却不同意，替他回答："你再娶别人。"

"不！"他突然想出一个好办法，"你制丹的时候才会接触麝香，等把日本鬼子赶出中国了，你就暂时不做丹，咱们再好好生孩子。以后还要让孩子把灵宝丹传下去呢！"

"好！"馨蕊也觉得这是个办法，生出自己的孩子，把灵宝丹传下去，是她的责任，也是父亲的心愿。

住下后，馨蕊就在十一指的陪同下来到准提寺找阿嬷。

战乱时期，寺庙没有香客，寺里原有的僧尼，有的参加抗日，有的还俗过日子，有的投奔更大的庙，现在只剩阿嬷和一个四十多岁的住持妙慧法师。她们靠在庙后的山地里耕种、养鸡生存，僧人不吃荤，但可以吃鸡蛋，这里的鸡只有会下蛋的母鸡。附近的村民不时有人来供养一些地瓜、芋仔、大米等，她们过得也算宁静安逸。

他们到准提寺里，住持不在。只有阿嬷坐在庙前地石墩上剥豆子。

阿嬷与奶奶年龄相仿，应该是七十多岁的样子，但她长年修行，看上去清癯恬淡，两眼炯炯有神。对突然出现的两个城里人模样的年轻人，阿嬷虽感意外，却也不吃惊，只是温和地问："阿弥陀佛！小施主从哪来的？"

馨蕊知道阿嬷认不出自己了，以前来的时候她还是个十来岁的小姑娘，现在已经是大人了。她想到自己已经结婚了，不由得又甜蜜地看一眼十一指，才对阿嬷说："阿嬷，你不认得我了？我是正合药号家如玉奶奶的孙女。"

"哦！"阿嬷睁大眼睛，非常开心地拉过馨蕊仔细端详，"都长这么大了？成家了？"她转头看十一指。

馨蕊赶紧说："是的，这是我夫君许继中。"

"好好。"阿嬷很高兴，又问："你奶奶呢？她都好吗？"

馨蕊就哭了，然后讲了家里的变故。阿嬷知道日军入侵厦门，知道很多人遭难，但没想到王家这么惨。她也跟着流了泪，但劝馨蕊："王家只剩你一个了，就好好活着。"她很高兴馨蕊住在附近，让他们经常到准提寺来。

这时住持回来了，看到他们也很高兴，问了厦门的情况，住持对外面的世界都很清楚。他们在准提寺吃了一餐素食。

以后馨蕊经常到准提寺参禅修行，在阿嬷的帮助下，准备制丹的工具和材料。十一指做她的助手，四处采购她所需要的药材。

丢失馨蕊后，井龟太郎心态大变。一件在他看来稳操胜券的事情，一个没有背景、无关战事的小妮子，居然在自己铁桶般的防控中溜了！她的背后一定有个庞大的组织，有一队有力的人马，他们是谁？如果不是因为自己偏爱灵宝丹，还会有什么人在乎馨蕊呢？

他现在看着身边的人每一个都是可疑的。吉田的背叛尤其让他有挫败感，他都担心自己哪天会死在身边人的手里。想到这个，他就出了一身冷汗，馨蕊会在他的眼皮底下被劫走，还能回到正合药号把福气给结果了，然后跟人间蒸发了一样不见了。相比起来，对手技高一筹啊！井龟太郎很有被戏弄的感觉，厦门隐藏的地下力量，着实让他胆战心惊。而上峰对他的要求却越来越高，日本海军正在酝酿更大的战局，使他无暇纠结于馨蕊的事情。

此时，日军全面侵华战争已进入第四个年头，并占据着有利地位。在欧洲，希特勒节节取胜，轴心国大有鲸吞全球的野心。1940年，希特勒策划了对英国的"海狮行动"，要求日军与德国同时对英作战。日军当然唯德国马首是瞻，立即驱除了所有在华的英国侨民，夺取了英国的在华利益，公开与英为敌。地球人都知道，英、美连体，触犯英国等于得罪美国，美国收拾日本是迟早的事。

早在日本开始向东南亚扩张的时候，就已经触犯了英、美、法的利益，但英、法被德军打得自顾不暇，远在大洋彼岸的美国处在隔岸观火的状态。为了给日军一点警告并趁机劫财，1940年8月1日，美国宣布对日禁运，并冻结日本在美国银行的存款。美国的禁运，对日本影响最大的是石油，没有石油，日军的战争机器就无法运转，舰艇抛锚，飞机停飞，等于无法继续侵略。已经膨胀得忘乎所以的日本根本不可能停下战争，他们决定冒险一搏。

日本政府决定以抢占东南亚的资源作为对美国禁运的回答。但他们也清楚，美国不会对他们占领东南亚袖手旁观，日本海军想先发制人，提前消灭美国在太平洋的主要军事力量。这样，一个疯狂而危险的军事行动，开始紧锣密鼓地准备。这就是世界军事史上著名的日军偷袭美国珍珠港军事基地事件，成为第二次世界大战太平洋战争爆发的导火索。

小贴士：

　　1941年12月7日，日本海军偷袭美国，轰炸了夏威夷珍珠港的战舰和军事目标。350余架日本飞机对珍珠港海军基地实施了两波攻击，投下穿甲炸弹，并向美国的战列舰和巡洋舰发射鱼雷。美军毫无防备，他们在爆炸的巨响中醒来，仓促进行自卫。整场先发制人的袭击在90分钟内结束，彼时，日本炸沉了4艘战列舰和2艘驱逐舰，炸毁188架飞机，受损的建筑、船只和飞机则更多。攻击中约有2400名美国人丧生，另有1250人受伤，这是对美国一个巨大的震骇。攻击过后，日本正式向美国宣战，次日，美国总统罗斯福发表了著名的"国耻"演讲，他随后签署了对日本的正式宣战声明。几日之内，纳粹德国与意大利向美国宣战，而美国也迅即予以宣战回应。

到1938年10月武汉会战后，中日战争进入相持阶段。为了获取更多的战争物资，日本的对外扩张战略重点逐步由大陆向海洋转变，即由北进改为南进。希望通过夺取缅甸、法属印度支那等地，切断美、英等国援华国际通道，威胁中国正面抗日战场的中心——西南大后方，迫使重庆国民政府屈服，摆脱中国战场困境。同时夺取美、英等国在东南亚的殖民地，利用南洋地区丰厚的自然资源，建立自给自足的战争经济体系，增强同美、英争霸实力，迫使美、英等国让步，进而瓜分世界。

日军把矛头直指缅甸。滇缅公路是中国抗战物资输入的大动脉，一旦日军占领缅甸，中缅交通被切断，中国的抗战将十分困难。

国民政府也意识到日本的战略意图，于1938年年初开始在云南险峻的山区修筑滇缅公路，于1939年年初通车。滇缅公路自云南昆明至缅甸腊戍，全长1146公里，内可连川、康、黔、桂四省，外可通曼德勒、仰光，成为中国与东南亚联系的重要纽带。海外华侨捐赠的军需物品、药物和世界各国支援的军火物资均依赖此路输入。

在中国的全面抗战中，川、滇、黔、桂还是中国与反法西斯同盟国联系并取得援助的陆、空国际通道——滇越铁路、滇缅公路、驼峰航线、中印公路的所在地，是防御日军从中南半岛北犯中国主战场西南大后方的最后战略屏障。

新抢修的滇缅公路，地势险恶，山路崎岖，非熟练的司机难以胜任，而当时国内技术娴熟的司机与修理工匮乏，短期内要训练这类人才很难办到。于是，国民政府军事委员会西南运输处主事人宋子良致电"南侨总会"主席陈嘉庚先生，希望陈主席代招募华侨机工回国服务，以解燃眉之急。陈嘉庚立即于1939年2月7日发表《南侨总会第6号通告》，并在报上刊登广告，号召华侨机工回国服务，共拯祖国危亡。

通告见报后，在南洋，特别是新加坡、马来亚地区的华侨社团中引起强烈反响，从1939年2月起，半年内先后有15批3200余名南洋各地的华侨汽车司机和汽车机修工参加"南侨机工回国服务团"。其中有1000多人在艰苦的工作中，因战火、车祸和疫病为国捐躯。

滇缅公路成了日军的眼中钉，1940年6月，日本就乘英国在欧洲战场处于困境之机，胁迫英国关闭了中国唯一的对外口岸滇缅公路。9月，日军占领法属印度支那等地，切断了中越国际通道。中越、中缅国家通道被切断，进一步增加了中国抗战的困难。

1941年，日本陆相东条英机为了彻底扼杀中国对外运输，纠集了相当于十个师团的兵力，东起浙江宁波，南迄雷州半岛，发动了一连串的海上封锁作战。2月4日切断香港到韶关的运输线；3月3日攻占雷州半岛；3月底占领并破坏汕头、潮州一带港埠；4月中强行登陆福州附近的马尾地区；4月19日占领浙江诸暨，封锁了从宁波到温州最后的缝隙，中国海上通道被完全封锁。

厦门正在这条海上交通的中继线上，厦门与南洋华侨的关系，厦门人——华侨领袖陈嘉庚的抗日斗志，都让日军恨之入骨。如果厦门不能确保日军的情报安全和战略地位，井龟太郎难辞其咎，他的压力和焦虑可想而知。

恰在此时，日方在广州破获了一起间谍案。一个日本女间谍被军统的美男计俘获，加入军统，为中方提供了许多情报。日方发现后将其逮捕并枪决。与这个女特工有联系的若干军统外围人员被捕，首先就是色诱女间谍的军统特工约翰·周。从约翰·周的活动轨迹中，日方发现厦门隐藏着中国方面重要的特工机关。他们通知了井龟太郎，责令其尽快破案。

这个约翰·周，就是许林一雄介绍瑶琦父女到香港有困难可以找的人。

瑶琦和爸爸到香港后并没有太大的困难，他们先住酒店，然后通过爸爸的朋友租了公寓。身上带的钱够用，也不急于找事做。他们把香港转了个遍，把香港的美食吃了个够以后，就开始感到无聊了。后来传来永和公司和电话电报公司的股份被贱卖给许林一雄的消息，爸爸虽然感到心疼和悲伤，却也无奈。跟妈妈一样，他认为让许林一雄得了大便宜，也算是对他帮助的回报。

瑶琦这才想起许林一雄介绍的人。她想考香港大学继续读书，但匆忙离厦，没有带任何毓德女中的推荐信和学籍档案，连报考的资格都没有。她想到许林一雄说的朋友，也许他能帮忙推荐一下。

那人已经得到许林一雄的电函，得知瑶琦父女的情况，接到瑶琦的电话后，热情地邀她前往律所一见。原来他是个开业律师，牛津大学的法学博士，一表人才，风度翩翩。

瑶琦一见，竟忘了自己是来干吗的，只觉得自己来香港就是为了他！她不由自主地坠入情网。

此人英文名约翰，中文名周全，他让瑶琦称他约翰·周。对于瑶琦的神态，他是一目了然，就像一尊神，所有的信徒见了都要顶礼膜拜一样。他见多了情窦初开的少女在自己面前的种种失态。他也恰恰是利用这个优势开展了他的工作。

其实，此人是军统香港站的联络员。许林一雄介绍瑶琦去找他时，就已经给瑶琦挖了个坑。瑶琦很幸福地掉进这个坑里，与约翰·周成为情侣，并被他吸收为军统间谍。约翰·周告诉她，军统是中国军方的间谍组织，效忠于蒋委员长，为中国而战，志在消灭日本侵略者。

这话听得瑶琦热血沸腾，早在日军入侵厦门时，她就想参加抗日组织，只是苦于没有渠道，不知去哪里找，现在就在眼前！有一个报效祖国的途径，有一个心仪的爱人，她还有什么好犹豫的？瑶琦志愿加入军统组织，愿为祖国贡献自己的一切。经过一番培训后，她具备了收集、传递情报和跟踪、暗杀等基本技能。

军统根据她的情况，决定派她回厦门工作。她舍不得离开约翰·周。约翰·周告诉她，日军正在酝酿更大的军事行动，厦门的位置很重要，她先回厦门，他也很快会追她而去，他们将在厦门会合。

瑶琦回到厦门，跟许林一雄联系上了。两人此时变成了同志，倍感亲切。瑶琦感谢许林一雄的救命之恩，自然也问到十一指在哪里。

许林一雄还在为找十一指焦头烂额。十一指久未回家，终于瞒不住，许家的掌门人得知情况后，脸都被气黑了，对许林一雄撂下狠话：要是许家传人有什么三长两短，你也别在鼓浪屿混了！幸好十一指的姐姐、姐夫前不久回安徽老家去，没再来找他要人，否则姐姐经常以泪洗面，三天两头来问"有消息吗？"也够他受的。

瑶琦听说馨蕊已脱离日本人的虎口了，很为她高兴，但又为她落到共产党的手里感到遗憾，她现在已经完全站到国民党一边了。听到馨蕊是在白礁被一队保生大帝进香团劫持的，她一下子想到了种德宫。现在，以军统特务的身份，她完全可以肯定，种德宫的住持是共产党。

她跟许林一雄讲了那次西岗遇刺时，她在种德宫所见。许林一雄恍然大悟：十一指一定是从日日升俱乐部获得西岗要来鼓浪屿的信息，并执行了刺杀行动。所以，除军统外，另一个先开枪的人就是他了。那么，十一指也是共产党无疑！十一指为什么会加入共产党？以他的生活背景、生活轨迹，不应该是共产党啊！一定是受他姐姐和姐夫的影响了，他们从欧洲回来，来鼓浪屿之前的经历没人知道。也许他们就是共产党派来厦门的，瑶琦也证实姐姐和姐夫与种德宫的住持有来往。现在，他们跑了。

这下，许林一雄自己都吓出一身冷汗，共产党人就在自己身边，他还在跟他们商量怎么救馨蕊。整个救馨蕊的过程，就是在共产党的操控下，他是在为共产党救馨蕊！可是，他却不清楚自己费尽心思救出来的馨蕊在哪里。真是又羞又恼。

"种德宫的住持还在吗？要不要把他抓起来？"瑶琦问。

"还在，暂时不惊动他，留着有用。"许林一雄让瑶琦再到种德宫去，问住持馨蕊现在在哪里，等把馨蕊弄到手了，再处理住持不迟。

到了这时候,瑶琦才感到这样做似乎对不起馨蕊和十一指。馨蕊跟自己亲如姐妹,十一指也有恩于自己,可自己干的却是对他们不利的事。这是为什么?自己什么时候走到了他们的对立面?

许林一雄见瑶琦神色有变,问还有什么问题。

瑶琦犹豫了一下,觉得还是要对组织坦诚相见,许林一雄现在是她的直接上司。她就说了自己的矛盾心情。

许林一雄笑笑,他给她倒了一杯威士忌,先跟自己的杯子碰了一下再递给她,说:"我们自愿加入组织,就把自己的个人情感置之度外,一切为了追求的目标。"

瑶琦接过杯子后,两人再碰一下,他把酒一饮而尽,又说:"我跟你一样,继中族叔是我们许家的特殊人物,跟我也关系融洽。我所做的,不是他想要的,我也觉得对不起他,可对不起我也得做。"

他看着瑶琦把酒慢慢喝下,赞许地说:"为了信仰,在所不惜!"他又进一步解释,我们找馨蕊并不是要害她,而是不让灵宝丹落到共产党的手里,馨蕊和灵宝丹在我们手上会得到更好的保护。族叔我们更不会加害于他,让他脱离共产党是为他好,像他这样的人,在共产党那里是不会有好结果的。

瑶琦被他说动了,解除了心理负担,准备全力以赴找馨蕊。

瑶琦出现在种德宫时,住持都有点意外,永和间谍案厦门几乎无人不晓,瑶琦与父亲逃到香港,住持也从十一指那儿知道了一二。现在瑶琦突然出现在自己面前,他吃惊地问:"吕小姐还在厦门?"

瑶琦摇摇头说:"不,我刚从香港回来。"

"哦,住不惯?"

"不,想家了。"

"令尊呢?也回来了吗?"

"他不敢回,井龟太郎还在厦门。"

"嗯嗯。"

两人有一言难尽的感觉,一时无话。才一年多时间,世界好像完全变了样。沉默了片刻,瑶琦问:"许先生呢?我去香港后就没他的音讯了。"

"他还好。"住持发现自己说漏了嘴,又改口道,"还好吧?"

经过特务训练的瑶琦看出住持在防范自己,但她不露痕迹,又天真地问:"我的同学呢?正合药号的小姐,还被死井龟关着吗?"

住持这下犹豫了,想到瑶琦曾那么焦急要救馨蕊,又有掩护十一指躲过日本鬼子搜查的表现,她家还遭受了日本鬼子的清剿,对她的戒心一下子解除了。他欣慰地说:"王小姐已经被解救出来了。"

"啊?太好了!"瑶琦高兴得快跳起来,"她在哪里?她为什么不来我家找我?我家还存着她的灵宝丹呢!"

住持让她小声点,告诉她,馨蕊虽然被救出来了,但不能留在厦门,所以不能去瑶琦家。

"她在哪里?快告诉我!我要去看她,我的馨蕊!"瑶琦激动得眼泪都流出来了。

住持的情绪也被瑶琦带起来了,他沉浸在馨蕊得救的喜悦之中。解救馨蕊的过程就是一场惊险曲折、充满智慧的战斗,自己有幸成为其中策划的一员,他一直为此自豪。但馨蕊到达内厝后,花博士夫妇也离开鼓浪屿了,没人与他一起分享这份快乐。现在瑶琦问起,他的情绪又被调动起来,不假思索就说:"她已经跟许先生成家了……"

瑶琦不等他说完就叫起来:"啊?结婚了?他们俩结婚了?也不跟我说,不请我当伴娘!真不够朋友!"

住持都笑起来:"他们不是在厦门也不是在香港,哪来的伴娘、花童!他们是在同安的小山村里,只有星星和月亮为他们做证。"

"在哪里?快告诉我,我要去看他们。"

到了这里,住持也不好再隐瞒了,就说他们在同安的内厝乡。馨蕊已经有喜了,所以经常到住处附近的准提寺静修,那里有个阿嬷会照顾她。

瑶琦忍不住又叫起来:"啊?怀孕了?我要当姨母了?"一连串的喜讯,她的激动和喜悦也是真实的。她语无伦次地说:"我一定要去看她,我要给她带去小衣服、漂亮的小鞋子、婴儿车……"

住持受到感染,笑呵呵说:"是啊,希望王家薪火相传,后继有人,王仁医的心愿就能实现了。"

瑶琦已经一刻也等不得了,她匆匆告别住持,说要赶紧去准备东西,然后到同安去看馨蕊和许先生。"不,现在应该叫妹夫了!"她故意调皮地说。

住持这时才想到安全问题,提醒她,此事不宜声张,去内厝的路上还有重重难关,要经过日军、国军和新四军的地盘,要是让人知道馨蕊在那儿,日军和国军估计都不会放过的。他又此地无银三百两地解释:因为寺庙之间经常有法事往来,他是从准提寺那儿得知馨蕊的情况的。否则他也不可能知道他们在那里。

瑶琦说"我知道了!",就跑了。她急着把这个消息报告给许林一雄。

在瑶琦身后,种德宫一个童子远远地跟着,直到看到她进入日日升俱乐部,才返回报告住持。

许林一雄虽然判断馨蕊在新四军控制的地方,但没想到就在同安,离厦门这么近。现在馨蕊在谁手里,已经不是灵宝丹的问题了,而是他与共产党一决高下的证明。馨蕊从他手里被共产党劫走,让他有被耍了的感觉,这口气一直堵在心头,不把馨蕊抢回来,这口气就出不来。另外还有十一指,作为许家人,把家族中有十一个指头的特殊人物弄丢了,心里总是愧疚的。现在听说馨蕊怀孕了,说不定肚子里的孩子也是个十一指!如果想办法把馨蕊抢回来,就一举多得，出了恶气，找回王家传人，还捎带着许家的"龙种"，皆大欢喜！

可怎么才能在共产党的控制区内把馨蕊抢回来呢？重兵动武肯定是不行的，出了皖南事变后，舆论哗然，现在大敌当前，国共两党是共同对敌的时候，不能再闹出自相残杀的事情。只能用奇兵突袭的方式，派出一个特别行动组，潜入内厝，悄悄地把馨蕊和十一指抢出来，就像共产党在白礁把他们抢走一样。

但这之前一定要先搞清楚馨蕊的住所和行动轨迹，这就要靠瑶琦了。让瑶琦去看馨蕊，不会引起怀疑，馨蕊和十一指都会信任她的。她要通过日占区、国占区和共占区都没问题。然后她找个理由，把他们诱到特别行动组埋伏的地方，军统的人就可以把他们抢回来。但麻烦的是十一指会武功，不容易制服。馨蕊又有身孕，万一动作太大造成伤害，都是大家不愿看到的。

瑶琦说可以用药，让他们睡着，就避免了那些问题。许林一雄对她刮目相看，经过特务训练的人就是不一样啊！三个年轻人如果到林间散步踏春，瑶琦装着崴脚让十一指来扶她，趁机用浸有乙醚的手巾捂住他的口鼻，片刻他就倒了，剩下馨蕊就好办了。

他们的计划是，瑶琦至少要去两次。第一次先探明馨蕊的住所和周边的环境，为行动组埋伏和麻倒他们选择地方。第二次实施行动。他们把这个计划上报军统，没想到上级让他们暂停计划，同时通知广州的警报，约翰·周出事了，敌人的魔抓伸向了厦门。但约翰·周是在日军的抓捕中被击毙的，许林一雄和瑶琦应该还没有暴露。他们现在的任务是保护自己，停止一切行动，下一步怎么办等待通知。

这个消息对瑶琦是晴天霹雳！她起先是不相信，待许林一雄跟她再说一遍时，就哭晕过去。许林一雄扶着她坐到靠背椅上，她还回不到现实中来，呆呆地看着许林一雄。

许林一雄叹口气，但时间不允许他们耽误。他对瑶琦说："我们必须马上采取行动。"

瑶琦自言自语道："我要替他报仇！"

她本来还热切地等着约翰·周来厦门团聚，当她听到馨蕊与十一指已经结婚时，曾憧憬过约翰·周来厦门后，自己也将披上婚纱，与他一起走进婚姻殿堂。现在，约翰·周"被击毙"，她咬着牙重复念着"被击毙"，脸上是似笑非笑的表情。约翰·周的音容笑貌还历历在目，转眼已经"被击毙"。她的心中升起一团火，那个造成约翰·周"被击毙"的人，那个夺走她爱人的人，要用血来偿还！当然她知道那不是一个人，那是一个组织，是日本侵略者。她也要让日本人"被击毙"！

许林一雄劝她，现在先保存自己，只有人活着，才谈得上报仇。刚得到这个消息时，他也慌了神，第一个念头就是逃！先离开厦门避一避再说。

但他却在差不多的时间里接到井龟太郎的电话，要他立即过渡到厦门，有重要的事情商量。许林一雄担心井龟太郎已经得到了广州方面的消息，这是要抓自己设的圈套。自从馨蕊逃走后，井龟太郎有一段时间对他很冷淡。井龟太郎认为自己听了许林一雄的建议，同意馨蕊回正合药号，才让她逃走的。他也曾怀疑是不是许林一雄设计偷走馨蕊的，但许林一雄却为十一指失踪心急火燎，催着井龟太郎想办法找人，否则许家人不会放过自己。从逻辑上讲，他不会为放跑馨蕊丢失十一指的。而吉田又把馨蕊逃跑的责任全部扛走，井龟太郎就打消了对许林一雄的怀疑。

许林一雄虚惊一场，但他不得不时刻提防着井龟太郎，不知这个电话是否有诈。他对井龟太郎说，自己正在拉肚子，一时走不开，有什么事能在电话里说吗？

井龟太郎就说了，广州特高课抓了一个内奸，发现军统在厦门可能有重要的间谍潜入日方内部。所以让他立即到厦门商量对策，准备顺藤摸瓜，挖出这个内奸，并把军统在厦门的间谍组织一网打尽。

许林一雄听得脚都快软了。井龟太郎这是在干吗？如果自己已经暴露了，井龟太郎要抓自己，似乎不需用这种方式诱自己去厦门，现在鼓浪屿已是日本人控制，要抓许林一雄易如反掌。看起来，真如军统所猜测的，约翰·周被击毙，敌人没能从他口里得知厦门的联系人，只是从女间谍嘴里得知厦门有重要间谍潜入日方内部。现在井龟太郎要挖出这个内奸，却叫许林一雄来商量，岂不是请许林一雄来商量怎么除掉他自己？

许林一雄真是喜忧参半，喜的是井龟太郎找自己破案，还有时间回旋；忧的是，能蒙蔽井龟太郎的时间不多了，他得利用这段时间把该做的事情做了。他现在最想做的事情是找回十一指，对许家有个交代。

他决定一搏。他跟瑶琦说，目前他们还没有危险，瑶琦可先到内地避一避。他呢，要留在厦门探明井龟太郎的底牌后，再决定去留。

瑶琦说，既然许先生不走，她也不走，她要留在厦门，敌人不会注意到她的。许先生有什么任务尽管派给她，她跟许林一雄一样，有一个心结，就是想去见馨蕊。现在她的最大心愿是为约翰·周报仇，任何对日本人不利的事她都要参加。

许林一雄认为这样也很好，瑶琦留在厦门有一个好处，她可以保持与种德宫住持的联系，获取中共方面的情报，至少是馨蕊和十一指的消息。而抢回馨蕊和十一指的行动，没有瑶琦还真不好办。

他让瑶琦先回家休息，等他跟井龟太郎见过之后，摸清了情况，再考虑下一步的行动。

瑶琦却说她还是想去内厝看馨蕊，虽然上级没批准他们的行动，但她可以去看看好朋友吧？万一要行动，就有条件了。她也等于暂时离开厦门，避一避风险。

其实，瑶琦这时候特别想找一个能倾诉的人，她需要把自己心中的悲愤发泄出来，抱住她大哭一场。这个人就是馨蕊！这个时候，最好的朋友还是馨蕊。

许林一雄理解瑶琦的心情，同意了她的要求，他也想找机会救十一指。

两人约定，分头准备，见机行动。

13 恶魔伏法

许林一雄忐忑地来到井龟太郎的办公室,他做好了两手准备,万一情况不好,就要拼个鱼死网破。他让"十八猛"的流氓头子歪头布置了一帮人在中山公园内,万一这边有情况,急速赶到井龟太郎办公楼的下面。他自己带着手枪和一根牛筋绳,干掉二楼的人后,就冲到三楼的天台,从天台上用牛筋绳下滑荡到围墙外的中山公园内。十八猛的人以人做垫接住他的下坠,然后从那儿往外逃。

进入一楼的院子里,没看到异常,各部门的人照样在忙自己的事。一楼客厅的警卫不多不少,他要上楼也没多问或查看。上楼时,他故意把脚重重地踩在红木楼梯上,发出"砰砰"的响声,提醒楼上的人自己来了。

楼上只有井龟太郎一人,他烦躁地踱着步。许林一雄上来他也不看一眼,也不停下来。许林一雄站在楼梯口,弯腰、低头,等着他发落。

等了好一会儿,井龟太郎才没头没脑地问:"你说,他会是谁?"

"他?谁?"许林一雄装傻,愣愣地看着井龟太郎。

"军统在厦门的间谍头子!"井龟太郎瞪他一眼,不耐烦地说。

许林一雄皱着眉头想了一下，说："会不会在永和公司里，我们没有挖出来？"他这是提醒对方，自己破获永和间谍案，为日本人立了一功。同时把焦点转移到永和上面，隐藏了自己。

永和间谍案破获后，井龟太郎以为清除了厦门的间谍组织，放下心来，把注意力放在日军的军事行动上。特别是丰田泽福遇刺后，日本"陆军特务机关部"没有负责人，陷入瘫痪。井龟太郎向东京建议，将日本派驻中国东南沿海一带的陆海军特务系统组成联合体，自荐任总负责人。东京方面批准了他的请示。于是，井龟太郎权利扩大，责任和压力也加大。他直接向日本陆海军部及台湾总督府提供华南各地的军政情报，忙得不亦乐乎。

此时日本海军偷袭珍珠港的军事行动正在紧锣密鼓地进行中。自从美国宣布对日禁运后，日本政府就把占据东南亚的资源作为对美国禁运的回答。他们知道美国不会对他们入侵东南亚袖手旁观，既如此，不如先发制人。这就是日本联合舰队司令山本五十六考虑抢先消灭美国在太平洋的军事力量的原因。袭击珍珠港美军基地的计划是实现这个战略目的中的一个战术步骤。虽然这个军事行动极其疯狂和冒险，军内的反对声不断，但前不久，在一次由日本天皇亲自出席的御前会议上，这个行动正式被批准了！

井龟太郎是日本海军的忠实追随者，他为这个军事行动的获准欣喜若狂。作为日方在中国东南沿海的最高统帅，不论情报还是战况，都使他很清楚战争已经进入了全面开花的状态。厦门是中国与东南亚重要的中继和枢纽，具有举足轻重的战略地位。作为军国主义狂热的信徒、厦门的掌舵人，他要为日本帝国的霸业一展宏图。

现在却出现了心腹之患，厦门如果还有更大的间谍组织存在，对日本的军事行动是非常不利的。但他不太相信这个更大的间谍组织是永和案里没挖出来的，永和案之后才发生刺杀丰田案。刺杀丰田才像间谍干的活，那叫狠、准、稳，至今没找到杀手。不像永和的那些人，什么都没干就吹得满城风雨。他甚至觉得，劫走馨蕊的人都比永和的人强，但劫走馨蕊也不像间谍所为，间谍多为高级目标，轻易不出手，出手也多为单枪匹马，或少数几人的配合，不搞容易走漏风声的大型活动。

说到馨蕊被劫，他不得不又怀疑许林一雄。正是他撺掇自己让馨蕊回正合药号的，整个劫持过程行云流水，好像对情况了如指掌，还捎带着把福气给结果了。可他要馨蕊干吗？还赔上他家的怪胎，长十一个指头的人？现在才有情报称，馨蕊和十一指在安溪山区新四军的手里。难道他为了把馨蕊和十一指送给共产党吗？这是不可能的！如果怀疑许林一雄是军统的人，井龟太郎觉得还有可能，如果说他是共产党的人，他就怎么也不相信了。所以因为馨蕊的事怀疑许林一雄又被推翻了，他还是要依靠许林一雄去找这个隐藏的间谍头子，但对许林一雄他也留了一个心眼。

许林一雄从井龟太郎的神态中，确信他对自己的身份还不清楚，他们暂时没有太大危险。但等坐下来细谈广州传回的情报和井龟太郎的想法时，许林一雄简直乐开了花。女特务确信厦门有重要间谍网，约翰·周跟厦门方面有联系，但她不清楚具体情况。而约翰·周死了，线索断了，厦门的间谍组织只能自己找。井龟太郎把这个重大的任务交给许林一雄，要他尽快挖出内奸、破获厦门的军统间谍。

他忧心忡忡地说："从厦门发生的几起重大刺杀行动和日方军事行动总被提前获悉看，敌人的间谍已潜入我们内部。这是十分危险的信号，要快速破获，消除隐患。"

跟井龟太郎说话的时候，许林一雄的肚子一直在咕咕叫，井龟太郎都听到了，以为许林一雄真的是胃肠不舒服，还关心他吃药了没有。其实许林一雄是脸上忍住不敢笑，肚子里的肠子都笑出声了。

他跟井龟太郎表示一定会竭尽全力，挖出内奸，破获间谍组织。但对方一定是个难以对付的家伙，破案没那么容易，请井龟太郎给他一点时间。

井龟太郎说可以给他配备更多的人员和更大的权力，让他不惜代价破案，但时间不能拖。"我们没太多时间了！"

许林一雄从井龟太郎的话里，又嗅出日军将有更大的军事行动。他把这个情况也报告给了军统。

军统从许林一雄反馈回来的信息分析，井龟太郎的糊涂是暂时的，只要往下查，许林一雄就会暴露。如果让许林一雄一逃了之，军统在厦门的情报来源将受到重大损失，比如这个如山雨欲来的重大军事行动。大家都感觉到会有事，但不知会从哪里爆发，情报就非常重要。

现在抗战进入艰苦阶段，许林一雄所处的地位和情报来源太有价值了，让他撤离非常可惜，不到万不得已就不撤。如果要让许林一雄继续潜伏，就必须在短时间内解决井龟太郎，清除日本人对许林一雄的威胁。军统最高层经过慎重考虑，作出一个重大决定，刺杀井龟太郎！军统在给许林一雄的电文称："此一敌酋若不及早加以制裁，将来羽翼丰满了，不但华南半壁均要沦入敌手，则整个抗战前途受影响至深。"可见厦门的战略地位和井龟太郎、许林一雄作用的重要性。

但是，刺杀井龟并不是一件容易的事，选择合适的杀手是成功的关键。什么人可以承担这个重任呢？从外面派杀手进岛，首先就容易暴露，其次不熟悉环境，再者时间耗不起。如果起用岛内潜伏的人员，能充当杀手的不多，他们的关系错综复杂，对他们的忠诚度没有绝对的把握，弄不好全盘皆输。要是岛内能有一个既熟悉井龟和厦门的情况、对刺杀井龟有强烈愿望，又有武功枪法的人就好了。

"十一指！"瑶琦叫起来。那次西岗事件给她印象深刻，她感到十一指就是个天生的杀手。而许林一雄罗列的条件他都具备，只不过他现在是中共的人。

"国共合作啊！"许林一雄经瑶琦提醒，顿时豁然开朗，十一指真是最佳人选，至于他是不是中共的人还不好说，就算是，抗日也是大家共同的目标。以许林一雄对十一指的了解，刺杀井龟这样的事他一定非常乐意去做。

"再说，除掉井龟，馨蕊就没有威胁了，这是他早想做的事。"瑶琦说了她与十一指找张进财的事，没想到惹来了永和惨案。

"对对！"许林一雄心里暗笑，永和惨案的事瑶琦还不知情，现在她却成了自己的追随者，真叫被卖了还在替人数钱。

这样，找十一指商量刺杀井龟的任务就落到了瑶琦身上。瑶琦正急着去见馨蕊呢！

第二天，瑶琦带着一大堆婴幼儿用品和营养品，还有馨蕊放在她家的灵宝丹，踏上了去同安的路。母亲怕她一个女孩子到山区有危险，让大弟弟陪同前往。两人像去探亲访友一样出发了。

瑶琦走的是吉田曾经想走的路径，从海上到刘五店，再到内厝，路途并不遥远。他们在码头上雇了一辆人力车，车夫把他们拉到一座山脚下，车走不了了。车夫告诉他们，沿着石板山路往上走，不要走岔道，到了半山腰，看见有一棵高大的桂花树，从桂花树下右侧的小路拐进去，就可以找到准提寺。

瑶琦决定先到准提寺再找鸿山村。她出发前先到种德宫，跟住持说要去找馨蕊，问他有什么要交代的。住持对她决心去看馨蕊感到意外，但也感动于她对友情的执着。住持说他没什么特别交代的，他会每日诵经，祈祷馨蕊和十一指平安，喜得贵子。他提醒瑶琦，最好先到准提寺，从准提寺那儿了解馨蕊的住所，否则很难找到鸿山村。一时找不到馨蕊的话，也可以在准提寺暂住几天。他还写了一封信，让瑶琦交给准提寺的住持妙慧法师，有这封信，她会接纳瑶琦的。所以，瑶琦的第一站是准提寺。

种德宫的住持从那天瑶琦急切探听馨蕊下落的神情中，已经感觉到一丝异常。确定她离开种德宫就直接跑到日日升俱乐部时，明白了她与许林一雄的关系。他曾听十一指说许林一雄救了瑶琦父女，并介绍他们去找他在香港的朋友。他担心瑶琦在香港已经被吸收进军统了，自己不小心说出馨蕊的下落，怕引起后患。现在瑶琦要去找馨蕊，他让瑶琦先去准提寺，在写给准提寺住持的信里，他用密文说明了情况，请她对瑶琦多加防范，同时提醒馨蕊夫妇。但瑶琦毕竟是馨蕊的好朋友，在她对馨蕊造成危害之前，应以朋友相待。目前国共合作，共同对敌，日本人才是中国人的敌人。

　　瑶琦姐弟来到馨蕊藏身的山上，这种地方是他们难以想象的。时令虽是夏末，但山上树木参天，凉风习习，让人感到神清气爽，又有一丝阴郁。山路上空无一人，他们的脚步声在山间回荡，仿佛山上隐藏着千军万马。两人不敢大声说话，脚步也尽可能放轻，心提着，只想早点看到那棵桂花树。

　　走了大约一个时辰，来到半山腰，山路在前面不远处拐了一个弯，当他们走到拐弯处时，突然眼前一亮，晶亮的石板山路笔直向上，到顶点处的右侧矗立着一棵高大的桂花树，如伞的树冠开满了金黄的小花朵，像无数快乐的小精灵在忙着吹气。把一股沁人心脾的桂花香送向四方。树后衬着如洗的蓝天，几簇白云好像被香气迷住了，正俯身低头闻着香气袭人的桂花树。两人吸一口气，"啊！"地大叫一声，不约而同地朝桂花树跑去。

　　可是，他们刚跑到树下，却从小路旁的岩石后冒出三个男孩子，最大的就十二三岁，小的顶多八九岁的模样，拿着木棍和红缨枪对准他们，喊："站住！举起手来！"

　　他们不知道这是要干吗，问："你们要做什么？"

　　一个领头的大孩子说："我们是鸿山抗日儿童团的！专门抓汉奸！"

　　弟弟说："我们不是汉奸！"

　　孩子头说："看你们的样子就像汉奸！"

　　另一个孩子说："穿那么好看的衣服！"

　　"你胡说！"

　　瑶琦止住弟弟，对男孩说："我们是鼓浪屿来的，我们不是汉奸。"

"你们来这里干吗？"

"我们要到准提寺找人。"她举了举手里提的东西，示意是走亲戚的样子。

男孩看了看说："好吧，我们带你们过去。要是骗人，就抓起来！"

前面不远处就是准提寺，却空无一人。准提寺是一座不大的红砖瓦房，前后两进，有些年头的样子。房子前面有个石埕，庙门前的石埕上摆着一个像酒樽一样的石香炉，香炉旁有两个小石塔。石埕上摆着一些石条当板凳。瓦房两边是成排的草房。静悄悄的，好像没人的样子。

两个小的男孩跑在前面，大声喊："阿嬷！阿嬷！有人来了，鼓浪屿的！"

有人从庙里出来，走在前面的是一个颤颤巍巍的老者，她要跨过高高的门槛时，显得有点吃力。她身后跟了一个人，在后面小心地扶着她。瑶琦还没看清那人的模样，那人突然大叫一声："琦琦！"挤到老者前面跑出来。

"蕊蕊！"瑶琦扔了手里的东西也跑过去，两人抱在一起。

其他人都站在原地看她们又哭又笑，又扭又抱。

馨蕊一直眼泪不断，等扭够了抱够了，她才泪眼婆娑地问瑶琦："你怎么会来这里？"

"说来话长。"瑶琦这才想到要跟阿嬷打招呼，还要见住持，把种德宫住持的信交给她。

弟弟也过来跟阿嬷和馨蕊姐姐打招呼。那几个小毛孩看完了热闹，觉得没他们什么事了，准备要退去。瑶琦赶紧从包里拿出一包奶糖给他们，感谢他们带路。他们欢天喜地吃着奶糖又去站岗了。

阿嬷让她们到草房里坐下来细谈，她说妙慧法师到村里去做法事了，明天才会回来。瑶琦姐弟晚上可以住在寺里。寺庙两边的草房,一边是僧尼住的,一边是客房。馨蕊也要住下来,与瑶琦聊个通宵。

瑶琦想到十一指,逗她:"你住在这里,十一……"她拍拍自己的嘴改口,"哦,不,我妹夫,许先生,他不会来找你吗?"

"你讨厌不讨厌!"馨蕊扑过来假装要打瑶琦。

瑶琦赶紧扶住她:"你别乱动,要当妈妈了,小心点啊!"

馨蕊坐到蒲团上,一脸幸福地说:"你什么都知道了?谁告诉你的?"

瑶琦就把种德宫的事说了。两人打开话匣子,话题一个接一个,都忘了在哪里。弟弟感到无聊。

阿嬷对他说:"让她们说个够吧,你跟我到园子里去摘菜,咱们准备吃的。"弟弟高兴地跟阿嬷走了。

屋里剩下她们时,两人找到了以前的感觉,坐着以前常坐的姿势,把分别以来各自发生的事仔仔细细说了一遍。瑶琦说到了约翰·周,说她在香港找到了自己的最爱,可惜爱人被日本人杀害了!说到这里,她抱住馨蕊痛哭起来,这是她憋了很久,等了很久的事情。馨蕊果然不负所望,也抱住她陪着流了很多泪。只不过,瑶琦没说自己因为约翰·周加入了军统,所以在哭诉的时候,常常有一种不自在的情绪掠过,让她哭得不是那么畅快。

而馨蕊正相反,她什么都说,把共产党救他们的秘密都说了。

瑶琦装作不懂地问:"共产党怎么会救你?"

她神秘地问:"你知道吗?十一指的姐姐、姐夫是共产党!"

瑶琦装着吃惊的样子说:"真的?十一指也是吗?"

"他还不是。"馨蕊有点惭愧,"但他正在努力争取。"

"加入共产党不是会被杀头的吗?"

"嗯,"馨蕊也有点担心,但她还是自豪地说,"共产党都很勇敢的,要不是共产党,我现在还被井龟太郎关着呢!"

瑶琦有点替许林一雄抱不平,反驳道:"你刚才不是说许林一雄跟井龟太郎熟,是他说服井龟太郎让你去正合药号的吗?"

"是的,前面是他的功劳,后面是共产党救我,要不然我就被国军带走了。"

"跟国军走有什么不对?"瑶琦带着情绪问。

馨蕊不知瑶琦的底细,像背书一样说:"国民党与人民为敌,共产党是为人民服务的。"

"谁说的!"瑶琦跳起来,她想到约翰·周,眼泪又要掉下来,"国民党也抗日,他们也为祖国和人民付出了自己的生命!"

馨蕊没想到瑶琦的反应会这么激烈,吃惊地看着她。

瑶琦继续说:"许先生也救过我和爸爸,我们是不是人民?他有没有与人民为敌?"

馨蕊被问得说不出话来。幸好弟弟来叫吃饭,才把她解救出来。她赔着小心说:"琦琦,我不是共产党,你也不是国民党,我们对他们都不了解,没必要为这个争执。我们好不容易见面了,不要吵架好不好?"

瑶琦也觉得自己太激动了,她主要是为约翰·周难过,但馨蕊不知道情况,不能怪她。她拉着馨蕊的手说:"蕊蕊,不管什么党,你永远是我最好的朋友!"

那天晚上,她们聊了一整夜。第二天一起到鸿山村看馨蕊和十一指的家。十一指不在,他到泉州买东西去了。

瑶琦把鸿山村和准提寺的位置和周边环境都看清楚了。知道馨蕊每月的初一、十五都会到准提寺诵经,其他时间如果十一指外出,她也会去准提寺陪阿嬷。她肚子里的孩子只有四个多月,还看不出身孕。

瑶琦问她要不要回鼓浪屿去分娩,女人生孩子很危险,这里荒郊野岭的,万一有什么事谁来救?

馨蕊当然想回鼓浪屿,可能回吗?她茫然地说,现在到分娩还有几个月时间,不知到时候情况怎样。有井龟太郎在,她回厦门就是自投罗网。

"杀了他！"瑶琦喊起来。她说本来十一指就是想杀井龟来救馨蕊的，才会被张进财骗了。

馨蕊知道这件事，她说十一指担心许林一雄跟井龟是一伙的，不愿意杀井龟，没有他帮忙，是很难实现的。

瑶琦叫道："现在不一样了……"

"什么不一样了？"十一指笑吟吟地应声进来。他在门外已经见过瑶琦的弟弟，知道瑶琦来了。

"你回来了！"两个女孩高兴围过来，又是一阵久别重逢的喜悦。

三个鼓浪屿的年轻人，在这个小山村里团聚，给人以不真实的感觉。瑶琦看到十一指，回想起自己与父亲的逃亡经过，恍若隔世。她感谢十一指的救命之恩，现在要他去刺杀井龟太郎，这几乎是一条不归路啊！他已经跟馨蕊成为夫妻，即将为人父母，要是他有个三长两短的，馨蕊怎么办啊？瑶琦感到愧疚。

馨蕊看出瑶琦神态有异，急忙问："琦琦你怎么啦？"

瑶琦黯然道："要不是可恨的日本鬼子，我们三个应该是在鼓浪屿过快乐的日子，蕊蕊也不用冒险在这种地方生孩子。"

这话说到了小两口的心坎上了。十一指拍着小木桌说："我恨不得下山去杀了那个井乌龟！"是这只乌龟让他们有家难回。

馨蕊说："刚才琦琦也说要杀他。"

"我们早想要杀他了……"他看一眼瑶琦，想起他们以前的幼稚行动。

瑶琦赶紧说："现在跟那时不一样，"她看一眼十一指，回答了他问的什么不一样，"是许先生也想杀井龟了。"

"为什么？"十一指和馨蕊异口同声问。

瑶琦说，因为目前局势紧张，井龟太郎疑神疑鬼的，对许林一雄已不信任了，许林一雄毕竟是中国人。瑶琦嘴里这么说，心里很替许林一雄抱不平，他因为没有获悉一个重要的情报，受到军统的问责。前不久国军在海外招募了一百多名神枪手回国抗日。他们从菲律宾乘客轮回国，准备在厦门登陆。这一情报被井龟的间谍截获，狙击手乘坐的轮船在台湾海峡被日舰击沉，仅十余人获救。许林一雄对井龟的行动却一无所知，让军统十分动怒。

实际上，从馨蕊被劫，井龟就开始怀疑许林一雄了。广州特高课有事后，他对许林一雄的警觉更深一层，这么重要的情报是不可能让他知道的。许林一雄是两面受压，如果不尽快解决井龟太郎，他在厦门待不下去了，军统那边也不好交代。

十一指又问："你怎么会知道他的想法？"

瑶琦一改沉重的神色，笑说："看来你也怀疑我了，我跟许先生走得近，还得感谢你呢！"

她说因为许林一雄救了他们父女，又介绍她认识了约翰·周，她回鼓浪屿后就去感谢他，加上有约翰·周的关系，他们就像自家人一样。但最近约翰·周被日本人杀害了，她发誓要为爱人报仇，许林一雄也想除掉井龟太郎，两人一拍即合。同时想到了十一指，想请他共谋此事。

这样一讲，十一指和馨蕊都明白了瑶琦此次的来意。十一指更明白了，瑶琦可能已经是军统的人了，刺杀井龟应该是军统的意图。他这次去泉州，除了采购馨蕊制丹所需要的材料，还见了在永春为战地医院服务的姐姐和姐夫。从姐夫那儿知道了广州、香港的军统出事了，约翰·周遇害就跟此事有关。厦门也会被波及，许林一雄是潜伏很深的军统间谍，他都被怀疑了，所以必须除掉井龟。

井龟太郎的存在，对华南一带的抗日斗争危害极大。击沉狙击手乘坐的轮船，是他对中国人民欠下的又一笔血债，不消灭他，不足以告慰被他杀害的英魂。中共也在想方设法除掉此害，组织上正在物色合适的人选潜回厦门，承担此任。

十一指一听就跳起来，说自己就是最佳人选，这个任务交给他吧！姐夫也觉得十一指可以承担此任，但需要有接近井龟的人配合，否则很难完成。本来他可以利用许林一雄，但因救馨蕊的事把彼此的身份暴露了，十一指很难再回到他身边。没想到瑶琦却找上门来了，而且是许林一雄的意思。

十一指问："他不计前嫌了？"他看着馨蕊做个鬼脸，"我们把他到嘴的肥肉抢走了。"

馨蕊立即还击："你才肥肉呢！"

三个人都笑。

瑶琦抱住馨蕊说："什么前嫌呀！肥肉在我们中国人的大锅里，没让日本人抢走就是最大的胜利。你们好好的，就是他所乐见的。你们跟他还是骨肉亲呢！许先生说国共合作，共同对敌！"

"好！"十一指放下包袱，当即表示可以回厦门完成使命。

但瑶琦看着馨蕊说："你也不问问太太？我现在最不放心的是她。你不在，她怎么办？"

瑶琦和十一指都以为馨蕊会反对十一指去刺杀井龟。但馨蕊大义凛然地说："我这条命已经是捡回来的。杀死井龟是国家民族的大事，我为夫君能承担此任感到自豪，没有拖后腿的道理。"

瑶琦和十一指都肃然起敬，十一指一把抱住馨蕊喊："好太太！谢谢你！"

瑶琦也说："我的蕊蕊就是好样的！"

话虽这么说，馨蕊孕、产都要有人照顾和保护的。馨蕊说她可以去准提寺投靠阿嬷和住持。十一指却说佛家圣地，不适合孕妇和产妇，还是请姐姐和姐夫来帮忙。

瑶琦立即警觉起来，姐姐和姐夫不是回安徽老家了吗？

十一指脱口而出："他们在永春战地医院。"

瑶琦明确了许林一雄的猜疑，他们是共产党的人。她不动声色地说："那就好了，有医生、护士照顾，跟在鼓浪屿一样安全。"

十一指这才知道自己说漏嘴了，但他相信瑶琦不至于会出卖姐姐和姐夫，毕竟现在是国共合作。他让瑶琦姐弟先回厦门，等他把馨蕊安顿好就去跟他们会合。他一方面要请姐姐姐夫来照顾馨蕊，一方面要向姐夫汇报这个新出现的情况。

瑶琦如愿回厦门，她还有一个意外收获，就是知道了十一指的姐姐姐夫在永春，他们是共产党。她要赶紧去向许林一雄报告。

这边十一指也得到了姐夫和组织的支持。姐夫认为，许林一雄愿意合作，是难得的机会，值得一搏。但以防万一，他也要回鼓浪屿，为十一指做掩护和保护工作。姐姐留在鸿山村照顾馨蕊。

1941年9月21日，中国大地上发生了少见的日全食天象。

这次日全食，对中日两国都有非同寻常的意义。从科学的角度讲，这是难得一遇的观测机会，中国的天文学家几年前就成立了"中国日食观测委员会"，由时任中央研究院院长蔡元培任会长，为这次观测日全食做准备。

从战争的角度讲，日食带将要覆盖的地域大部分已经被日军占领。而日本，这个以"日"为本的国家，对于日食是十分忌讳的，日本的国旗是太阳旗，军旗是旭日光芒旗，他们是以太阳为图腾的国家。上天发生日食对他们来讲无疑是灾难，"日"要被吞了。所以，发生日全食的天象，对日本人的心理影响可想而知。他们对天体奈何不得，但对中国人观测日食却是要大加讨伐的。

十几个科学家组成的观测队去往最佳观测点甘肃临洮时，一路就遭受日军的多次袭击。据当时的媒体报道："观测队在临洮的日子里，日军飞机轰炸达5次，8月底的一次尤其严重，敌机两架盘旋在头顶，投弹十余枚。为了保障观测的顺利进行，在1941年9月20日晚间时分，国军陆军的一个炮兵团开赴临洮，而空军的20余架战斗机则集结于兰州机场待命，准备拦截第二天可能会空袭临洮的日本轰炸机。"

可见当时的中日双方为观测日全食都铆足了劲。

厦门的这一天，上午 10 点来钟，太阳还没升到中天，炫目的日光突然暗淡下来，路人惊异地抬头望天，看到当空的日头被一个黑色的圆物慢慢挤成了月牙状，最后变成一个黑色的大圆饼，天完全黑下来。那时的资讯还不发达，普通百姓不知道这一天要发生日全食。大白天的，太阳突然就没了，阴影笼罩大地，大家心里慌慌的，似有不祥的预感。自从鬼子占领厦门以来，坏事就接连不断，现在再发生这种怪事，不知还要出现什么灾祸。

突然，有人想到这是古人说的"天狗吃日"，马上拿了白皮铁桶来敲，大喊："天狗吃日喽！天狗吃日喽！"古人敲打响器是要把吃日的天狗吓跑，现在敲打响器是要让天下人知道，"日"要被天狗吃了。

刚开始，大家以为是喊天上的异象，可怎么听着就觉得特别舒服，原来是"吃日"二字！便心领神会，互相微笑、拱手，暗暗鼓劲。接着，又有人敲铜锣喊："天狗吃日喽！天狗吃日喽！"所有的人家就随便抓住能敲打的东西喊起来，一城都是敲打声和叫喊声。日军和敌伪感到不安和恼火，但又不好发作。被侵略者压迫三年多的厦门人着实出了一口气，都说天公都要惩罚姓日的，矮日本要倒霉了。

果然，于 1941 年 9 月中旬开始的第二次长沙会战，以日军失败告终。据说日军士兵在战场上看到日全食的景象，喊着"我们的国旗被天狗吃了！"，之后军心惶惶，战斗力丧失。日军称天色骤暗，连开炮都找不着目标。而且气温也下降，阴冷的空气中弥漫着丝丝恐怖，斗志全无。

日人罪孽深重，上天也要发怒了！

井龟太郎似乎有预感，他深居简出，更加行踪诡秘。若出门，必有多名便衣保镖跟随。

十一指已回到鼓浪屿，他有鼓浪屿身份，只要许林一雄不追究他，他进出厦门都没有障碍。许家掌门对十一指的归来是谢天谢地谢祖宗。

姐夫也以探亲期满为由回到救世医院上班，太太没回来是留在老家照顾长辈。

他们像上次营救馨蕊一样，在日日升俱乐部讨论如何刺杀井龟太郎，这次多了个瑶琦。

按许林一雄提供的信息，井龟太郎现在除了工作需要，很少抛头露面。但全闽新日报社是他定期要去的地方。还有，每个星期天，巡弋在金门、厦门外海以及路过的日本海军舰艇上的官兵，可以轮流上岸度假，厦门各电影院都要安排几场"劳军电影"。井龟太郎作为地方长官，这天要到各电影院巡视慰问一番，以表"地主之谊"，鼓舞士气。除此之外，他偶尔会与几个密友到日本人开的蝴蝶舞厅娱乐放松一下，有公务也在那儿商谈。

根据这些情况，十一指要熟悉这些地方。许林一雄把瑶琦安排进蝴蝶歌舞厅工作，以及时获取井龟的行动信息。但事成后，十一指如何逃逸和躲藏却是个难题。许林一雄认为最危险的地方就是最安全的地方，建议十一指如果在全闽新日报社动手，就回到蝴蝶歌舞厅，由瑶琦接应；如果在思明戏院动手，就到全闽新日报社，那里有他的人可以接应。

"如果在蝴蝶歌舞厅动手呢？"瑶琦问。

"嗯……"许林一雄想不出一个好的地方。

姐夫说，他有一个日籍医生朋友，在蝴蝶歌舞厅附近开诊所，可以到他那儿躲一躲。

真是皆大欢喜，就等井龟的行踪了。

10月24日这一天，瑶琦得到确切消息，井龟太郎与伪法院院长、汉奸黄其康相约，将于26日中午在蝴蝶歌舞厅设席宴客。同时邀华南日报社社长林迁国及伪商会会长林海朝等人同宴。

26日是个星期天，海上的日军舰艇官兵要上岸娱乐。井龟太郎可能会到电影院慰问。也就是这一天，井龟太郎露面的机会很多，他们即决定在这天动手。

等待情报的这些天，十一指已经把周围环境熟悉一遍，枪法也躲到云顶岩山坳里练过多次。姐夫还带他与日本医生见过面，说内弟要是有事相求请他多帮忙。日本医生很同情中国人民，对姐夫的请求满口答应。姐夫准备这天也在诊所里接应。

十一指早餐吃得饱饱的，他准备好了，万一情况不妙，可能会很长时间没饭吃，没有体力是很难奔跑和打斗的。不到8点，他就打扮得像个花花公子，出门了。

上午9点左右，井龟太郎与几个朋友坐着汽车到位于中山路北段的蝴蝶歌舞厅。他今天穿得很特别，土黄色细格子西装，白西裤，三接头皮鞋，扎一条黑底黄点的领带，头戴毡帽。陪同的人穿中式服装，不戴帽。

十一指没想到井龟会这么早出现在蝴蝶歌舞厅。这里无遮无掩，井龟的前后都有警卫防护，无法下手。他只好躲到附近的小巷子里。

一会儿，井龟一行从歌舞厅出来，往海口方向走去。十一指正欲跟上，看到瑶琦也从歌舞厅出来，便又躲起来。

瑶琦捂着肚子来到歌舞厅斜对面的大木诊所，对坐在诊桌前的姐夫说："先生啊，我肚子疼。"

姐夫赶紧让她坐下，靠上前问："是绞痛还是胀痛，有拉稀吗？"

瑶琦虚弱地小声说："井龟刚才是到歌舞厅查看宴客的准备情况，他现在要到思明戏院看望水兵。中午再回歌舞厅吃饭。"

姐夫大声说："不要紧张，吃点正露丸就没事了。"

瑶琦拿了药折回蝴蝶歌舞厅。姐夫随即从诊所出来，到前面的小巷子里跟十一指说了井龟的去向。

十一指立即从小巷子穿插到思明南路，他抄的是近道，再往前不远就是思明戏院。这时离电影散场、进场还有点时间。他躲在戏院对面的骑楼下，发现其实在这里最危险的是自己，而不是井龟太郎，因为附近的居民知道日军的规律，星期天都不到思明戏院附近，以免与这些魔鬼相遇。戏院周围都是穿军装的人，他穿便装在这里就很惹人注目。不要说动手前就来查他，就算动手后，整条街就自己一个穿便装的人在奔跑，也是非常危险的。他放弃了在这里动手的打算。

正想离开，电影刚好散场，进出戏院的军人挤成一团。他看到井龟太郎站在戏院门口频频与人招呼、说笑，感到要在人堆里击中他是不容易的，要是没打中，反而打草惊蛇，以后就没有机会了。他赶紧离开，又转到蝴蝶歌舞厅去，反正井龟中午会在这里吃饭。

中午时分，他躲在远处看到井龟太郎与一帮人有说有笑地进入歌舞厅，确信他们会在里聚餐，没那么快出来。他也到附近饮食店要了一碗馄饨和一个肉粽，边吃边等待。他不能总在歌舞厅附近转悠，会引起注意。

下午1点多，井龟太郎一行才从歌舞厅里出来，个个红光满面，喜形于色。据说这天是井龟太郎接受台湾总督府委任为"地方理事官"的日子，聚餐是好友为他庆贺此事，井龟太郎也高兴。且近来日军研究认为，要早日征服中国，必须先将中华民国分裂，组成两个傀儡政权，长江以北的疆土，准备成立"华北国"，由驻华北的特务机关长土肥原负责"催生"。长江以南的区域，则由自称"华南通"的华南特务机关长井龟太郎"导演"。南北傀儡政权成立后，就废除南京的汪伪政府。这个阴谋一旦实现，这些追随井龟太郎的汉奸又将扶摇直上，到时他们就不仅是厦门或闽南地区的头面人物，而是中国半壁江山的诸侯。所以，个个弹冠相庆，喜形于色。

其他几个人相继离开，只剩华南日报社社长林迁国陪同井龟太郎前往华南日报社视察。

十一指跟在后面，但井龟太郎前后有数名武装保镖围着，不得下手。眼睁睁看着他们进了报社，又久久不出来。他一方面怕自己在外面逗留太久引人注意，一方面又怕难得的井龟太郎公开露面的良机失去。正在焦躁不安之时，却见井龟太郎和林迁国相偕着出了华南日报社大门，由思明西路转向大中路。

大中路是条商业街，路上的商铺和娱乐场所众多，人员流动大，为十一指混迹人群提供了条件。但井龟一直被保镖围在中间，很难下手。突然，前面喜乐小筑二楼的窗户有女人对井龟太郎招手呼唤，要他进去开心开心。

青楼女子的浪叫声吸引了井龟太郎，他和林迁国都停下脚步，与楼上的花女打情骂俏，准备进去。跟随的保镖看到女人也都眉飞色舞，忘了职责。

十一指知道机会来了，他不顾楼上的人会看到自己，立即掏出手枪，对正向骑楼走去的井龟太郎连发两枪。井龟太郎应声倒地。

伴随着枪声的是楼上女人的尖叫，站在井龟太郎身旁的林迁国吓得狂奔疾呼。

听到枪声，保镖才回过神来，他们正要找凶手，却从喜乐小筑里面跑出十余名军人。他们是周日上岸度假的海军陆战队官兵，听到枪声后跑出来。他们的出现反而扰乱了保镖的行动。十一指为阻止敌人追赶，又向空中连发两枪。听到枪声，追赶的敌兵纷纷躲避，周围的市民也乱作一团。十一指趁乱闪进早已熟悉的小巷子里，从小巷钻回中山路，来到大木诊所。姐夫让他躺到检查床上。

一会儿，几个日本兵进来搜查，他们进这个诊所还比较客气，问大木医生诊所里都是什么人。大木用日语跟他们说，今天是礼拜天，鼓浪屿救世医院的医学博士过来帮忙会诊，正好有个结核病人请他看看。

十一指立即痛苦地咳嗽起来。他和姐夫都戴着口罩，让人看不清他们的面容。日本兵厌恶地捂住鼻子赶紧退出去。

敌人走了后，姐夫让十一指先到轮渡码头，许林一雄派的快艇应该来了。按以往的经验，厦门一有事，日军会立即切断厦门所有的对外交通，轮渡都会被封锁，军警再挨家挨户搜查，嫌疑人是插翅难飞。

　　为此，他们商量好了，从鼓浪屿这边看到厦门有情况，许林一雄就派快艇到厦门的专用码头。公共的渡轮被封锁，但有一个码头是各国领事馆专用的。鼓浪屿有钱人家的私人快艇有时也会停靠。领事馆的人和这些有钱人基本不在被怀疑之列。所以特殊情况下私人的快艇照样可以走，日军也会来检查，没发现异常就会放行。

　　他们不敢同时离开，怕引起怀疑，姐夫在后面是为了掩护十一指。

　　码头上已经挤满了焦急要回鼓浪屿的人，轮渡停开，日军在码头的关卡加强了把守，预防那些滞留在轮渡的人群发生动乱。

　　十一指避开人群，走到离公共码头不远处的专用小码头，那边停了三艘汽艇，都"突突"响着引擎，其中一艘插着日本国旗，是日本领事馆的汽艇，船夫已经站到码头上等着接人。小码头入口的石阶上站了两个日本兵，对进入的人搜查。

　　十一指刚走到入口处，那个船夫就对他招手，日本兵看是领事馆的人，对他检查后就放行。他钻进汽艇里，从舷窗焦急地看向中山路方向，等待姐夫的到来。

　　姐夫等十一指走了约五分钟后，才脱下白大褂，告别大木医生，走出诊所。他不紧不慢地朝海口走去，生怕过于匆忙的脚步会引起注意，但心里却很着急，他知道，自己没到，不管发生什么情况，十一指都不会离开的。而他感觉到周围紧张的气氛，担心发生什么意外，恨不得立即与十一指会合。

　　幸好，快到码头了，已经看到轮渡上躁动的人群。他不由得加快了脚步，却听到后面有人喊："站住！"

　　回头一看，是刚才搜查诊所的几个日本兵追上来了。原来其中一个在西岗遇刺时，曾在鼓浪屿搜查过"嘉许花园"，在十一指的房间门口看到了让他印象深刻的奇特手指。刚才十一指躺在检查床上，扶住床沿的手，那根多出来的小指头赫然在目。但他们被结核病人的说法吓到了，没有在意。离开后，那个小指头的画面又出现在他的脑海里，似曾相识，但想不起来在哪里见过。直到过了中山公园，那个花园的景致让他想起了嘉许花园，才想起在那里见过的十一指。那么，鼓浪屿人，为什么还要到厦门来看结核病，那个大木请来的医生不是救世医院的吗？疑团顿出，他们立即返回大木诊所。但两人已经离开了，他们顾不得跟大木追究责任，立即往海口方向赶。那两人必定朝日军搜查相反的方向走的，回鼓浪屿的可能性极大。

姐夫知道被敌人发现了，为了掩护十一指，他不朝专用小码头走，而是混进轮渡码头的人群里。为了提醒十一指赶紧离开，他故意大喊："快开船啊！怎么还不开船啊！"

其他心急火燎的乘客也跟着喊："开船啊！开船啊！"

十一指的目光转向轮渡码头这边，姐夫挤到十一指能看见自己的位置，做着让他快走的手势。十一指明白姐夫被盯上了，立即要冲出汽艇去救。

这时码头响起了枪声，追上来的日军在鸣枪示警，岗哨上的日军也围到轮渡码头这边。十一指一怔，刚要再冲出去，却被船夫一把推到座椅上。船夫二话不说，立即把船开起来。

十一指喊："停下！"

船夫瞪他一眼，也不说话，只是不停地加大油门。

十一指只能眼睁睁看着姐夫滞留在码头上，他抱住船舷哭起来："姐夫啊！"

姐夫看到十一指乘坐的汽艇开走了，松了一口气，他安静下来，等待鬼子来抓他。追上来的日军在人群中搜查，让所有的人都张开手指，他们抓到了姐夫，却没有找到长着十一个指头的人。日军问他："你的病人呢？"

姐夫说看完病，病人就离开了，不知他去哪了。敌人根本不信他的话，就把他带到大木诊所，问大木医生，那个长着十一个指头的人是哪里来的。

大木说不知道病人是哪里来的,但他否认病人长了十一个指头,他说我给他全身检查过的,没有十一个指头。

那个日本兵说他看到了,就是多一个指头。

大木说:"那你把他带来给我看看。"

双方争执起来,大木还告日本士兵滥用权利,要找他们的司令长官评理。日军拿他没办法,就先把花医生带去审讯。

大木又拉住不放:"他是我请来的医学博士,是我爱丁堡大学的同窗,你们不能抓他!"

日军哪管他那么多,带了人就走。姐夫回头对大木喊:"我是无辜的,请按我的方案治疗病人!"

这时,十一指已回到鼓浪屿,他直奔日日升俱乐部,希望许林一雄能赶紧救姐夫。

许林一雄坐在他的办公桌前,他已经获悉井龟的死讯。见十一指一头撞进来,以为他是来报喜的,就笑吟吟地对他做了个OK的手势。

十一指却哭叫着:"姐夫!"他都忘了刺杀井龟的事了,只想到姐夫被鬼子抓走了。看到许林一雄的手势,才知道井龟死了,他对井龟是否中弹死了没有把握。虽然高兴,但马上又陷入姐夫被捕的惊恐中。

许林一雄听了十一指讲的情况,也吓出一身冷汗,不知道哪个环节出了问题。花博士被捕,很容易牵连到十一指,进而是自己。许林一雄对井龟死后日方如何对待自己心中无数,不敢轻举妄动。他一直守在电话旁等手下报来的消息,目前还没有对他不利的情况。

十一指说,姐夫一定不会供出自己的,就怕日本宪兵会把他打死。这话点醒了许林一雄。他让十一指赶紧回家,再也不要出门。若有人问他的行踪,就说他都在日日升俱乐部,许林一雄可以做证。姐夫这边等问明情况再想办法营救。

事到如此,也只能这样了。十一指可怜巴巴地请许林一雄看在姐姐和自己的分上，尽力救姐夫。他说着又哭起来："不然我也不想活了！"

许林一雄表示一定会竭尽全力。但心里却想：你个共产党，不要把我给拖进去就好了。他现在最担心的是日方怀疑自己。

没想到，井龟太郎一死，厦门的间谍组织亚兴院几乎由许林一雄一手独揽。日本军方无暇顾及，就把间谍工作全权交给许林一雄负责。许林一雄得到了重用，被临时委任为破案总指挥。

他上任的第一件事，是让手下找到花世民，说明自己不想再见到这个人，不想听到他说话，手下心领神会。那个日本士兵怀疑十一指的记录也被他抹掉了。

十一指虽然被要求躲在家里不要出门，他回家前还是先跑到种德宫，把井龟已死、姐夫被抓的消息告诉了住持。

住持神色凝重，井龟的死没让他有一点喜色，而是感到危险来临。他要十一指立即回家，不要再出门。他会想办法救花博士。

许林一雄处理了姐夫的问题，接着派人到种德宫时，住持已不知所终。许林一雄叹了口气，怪自己心慈手软，没早下手，留下后患。

日军封锁了厦门三天三夜，许林一雄趁机抓捕了与井龟太郎有矛盾的日侨多人，除了花世民，还刑毙数个妨碍他活动的日本浪人，清除对自己不利的因素。至此，他在日本谍报机关的地位更加稳固。

当十一指追着问他姐夫的消息时，他装着痛心的样子说，博士失踪了，日军抓的一千多个嫌疑人，惨杀的一百多名无辜者中，都没有找到花世民。

十一指当场瘫倒在地。

14 浴火重生

潜伏在蝴蝶歌舞厅的瑶琦，因日军封岛回不了鼓浪屿。她以看病为由再次到大木诊所，要找那天给她开药的医生。大木说，博士被日军抓走了。

"为什么？"瑶琦惊叫起来。

大木说了那个日本兵的怀疑。

"十一指！"瑶琦再次叫起来。

"对！"大木看瑶琦的样子很奇怪，问，"你认识这个人？"

"不！"瑶琦知道自己失态了，赶紧否认，说肚子还是不舒服，再买两瓶喇叭牌正露丸。

大木把药交给瑶琦时说："姑娘，你也多加小心吧，战争是残酷的。"

瑶琦谢过大木赶紧离开，她急着去给许林一雄报告消息。要是十一指被怀疑，许林一雄就危险了。

她还没找到传递情报的方法，许林一雄却以查案为由来到蝴蝶歌舞厅。他把相关人员一一叫去讯问。

轮到瑶琦时，他还没问，瑶琦先迫不及待地说："许先生，你知道花博士被抓了吗？"

许林一雄一怔："你怎么知道的？"此时他最怕花世民的消息走漏出去，担心瑶琦知道了什么内幕。

听了瑶琦说的情况，他放下心来。说他会去追查的，他让瑶琦去跟十一指说明这些情况。他要让十一指心理上对花世民的死负责，永远背着愧疚的黑锅。这样他就更容易驾驭他了。

果然，知道了姐夫被抓的原因，十一指脸色苍白，呻吟了一声："是我害了姐夫。"便像傻子一样两眼发直，说不出话。

瑶琦对他喊："喂，你怎么样？"见他没反应，又拍拍他的脸喊："醒醒！"

十一指醒来的第一句话是："让我死了吧！"

瑶琦气得大骂："你死了，馨蕊怎么办？你死了，花博士能找到吗？"此时许林一雄已经说找不到花世民了。

十一指却深深自责，自己为了让馨蕊尽快回到厦门，急于除掉井龟，才导致姐夫被抓的。一切都是自己的错！

瑶琦大喊："难道井龟不该死吗？馨蕊不该回到厦门吗？"

"那该抓的是我呀！是我长着十一个指头，才引起日军注意的！"

瑶琦知道十一指因为太过自责，已经不可理喻了，跟他纠缠没有用的。现在要预防的是十一指因过度悲痛而做出傻事。但是，自己不能守着他，也不能说服他，姐夫不在了，种德宫的住持也不在了，谁能劝说他呢？只有许林一雄。

但许林一雄一门心思都在日本海军司令部，他隐约感到日本在酝酿一场大战。到底对谁而战？在哪里开战？军统要他尽快搞清楚。现在井龟太郎除掉了，共产党死的死、逃的逃，对他已不构成威胁，十一指没有什么利用价值了。至于馨蕊、灵宝丹，就像囊中之物，先寄存在同安山上，等眼前的事情处理好了，再取不迟。

他现在也不急于制作灵宝丹。瑶琦去看望馨蕊时，把馨蕊存在她家的灵宝丹带去还她。但馨蕊又让她带一些回来送给许林一雄，感谢他的搭救。十一指曾跟馨蕊说过许林一雄的私人烦恼，不管灵宝丹能否实现他的心愿，让他抱有希望总是好的。

瑶琦不知情，觉得许林一雄身体没毛病，也不酗酒，把这仅存不多的灵宝丹送他太可惜了。

馨蕊笑嘻嘻地跟她说了许林一雄的秘密。

"原来如此！"两人笑得前俯后仰。瑶琦还开玩笑说："可惜我送来迟了，你已经怀上了。要不咱十一兄吃点，保管生个正宗男丁，不管是灵宝丹传人还是许家奇人。"

结果两人又扭打在一起。

当瑶琦把灵宝丹送给许林一雄时，果然看到他如获至宝。还在与瑶琦闲聊中，就迫不及待地切了一小片泡进冷开水里，估计要马上服用。

现在，许林一雄的小妾已经怀孕了，是否男丁不知道，但他对灵宝丹的需求不那么迫切了。

所以，瑶琦心急火燎地要他劝说十一指不要有冲动行为时，他无所谓地说："他的反应很正常，让他发泄发泄吧。"

"要是出事了呢？"

"不要紧，他蹦跶不到哪去，都在我的掌控中。"许林一雄冷冷地说。

瑶琦突然感到脊背发凉，也许，所有的一切，都是他导演的！似乎他都了然于心。姐夫被抓，他都无动于衷，姐夫真的找不到了吗？自己与约翰·周的认识也是他促成的。自己为什么会到香港？就是他！永和惨案……她从香港回来后了解到，张进财就是许林一雄的手下抓的，而许林一雄是永和惨案的最大受益者！这一切绝非偶然！瑶琦像掉进了一个黑洞里，感到自己被骗了。她稳住了自己的情绪，假装讨好地说："你太厉害了！幸好有你。"

许林一雄得意地笑了，哪怕老奸巨猾的人，也是喜欢听好话的。

瑶琦怕自己的情绪暴露出来，就没话找话说："那馨蕊可以回厦门了吗？"其实她并不希望馨蕊回来。现在厦门的形势还很严峻，十一指还在危险中，许林一雄对灵宝丹的图谋不清楚，也许他是一个比井龟更危险的人，馨蕊回来就是落入虎口。

说到馨蕊，许林一雄就想到了白礁的失败，想到种德宫住持。不知这个人躲在哪里，他想把馨蕊作为诱饵，引住持"出洞"，就说："馨蕊回来，对稳定十一指的情绪有好处。但目前日军还搜查得很紧，馨蕊被井龟关了那么久，井龟一死她就出现，会引起怀疑的。她如果要回来，得有个周全的方案。"

若在以前，瑶琦肯定会说，我去想办法。但现在她多了个心眼，想探探许林一雄的意图，说："你帮忙想想吧。"

许林一雄沉吟一下说："族姑不是陪着馨蕊吗？她应该有办法。"

果然上钩了。瑶琦知道，十一指的姐姐后面还有共产党，许林一雄要的是这个。她感到了他的狠毒，她装出高兴的样子说："对啊，让十一指去找他姐姐，他们一定有办法。"她现在迫切要看清许林一雄的真面目，搞清楚永和惨案的真相。

记得约翰·周曾跟她说过，厦门的军统是分派系的，不是主流的人曾被清洗过。又有一次，两人温存过后，约翰·周深情地说："感谢许先生把你送到我身边。"当时她被爱情搞得神魂颠倒，以为自己认识约翰·周就是许林一雄的功劳，没有细想话里的含意，也许约翰·周是在暗示她。

约翰·周说他在花旗银行有个保险箱，藏着重要的文书和物品。万一他有什么事，让瑶琦去把里面的东西拿出来。他把藏保险箱钥匙的地方告诉了瑶琦。前一段时间因面临暴露的威胁，急需清除井龟，顾不上此事。现在她想去看看约翰·周的文书，也许有许林一雄的秘密。

所以她对许林一雄说，馨蕊暂不急于回来，她想先去香港接回自己的父亲。井龟太郎死了，永和间谍案的影响烟消云散了，现在厦门的间谍工作又是许林一雄在负责，她父亲回厦门应该没问题了。

许林一雄当然知道她父亲回来没问题，这一切都是他操纵的。他感觉近来日军气氛紧张，加上井龟太郎曾说的"时间等不了"，可能近期会有不寻常的军事行动，他要把他掌握的日军可能袭击美国在太平洋的军事目标的情报让瑶琦带到广州，就顺水推舟说："好啊！那你先去接你父亲吧。"他正好有些土特产要送给广州的朋友，让瑶琦顺便捎上。"族叔我会关照他的，你放心走吧。"他又补充一句。

瑶琦稍事准备后就动身前往香港。她动身前去跟十一指告别，让他等自己回来，也许能找到了解真相的资料。十一指很漠然，对瑶琦所说的真相没有多少兴趣，只让瑶琦多保重。弄得瑶琦很放心不下，他好像在诀别。但香港和厦门交通便利，不管走海路还是走陆路，三五天就能回来，瑶琦想赶在圣诞节前把父亲接回来，就匆忙走了。

此时已进入12月，鼓浪屿开始有圣诞节的气氛了。教堂里唱诗班排练节目的歌声回荡在鼓浪屿的上空，让人暂时忘记战争的痛苦。

瑶琦到了香港，这对她来讲是痛苦的，走到哪里都会想起约翰·周，真是个伤心地。她只想快点取到保险箱的东西，把父亲接回厦门，然后参加到抗日斗争中去。她在心里悄悄说：John，厦门的日本特务头子被消灭了！我会为你报仇的！你也帮我查清永和惨案的真相吧！

她父亲事先收到她的电报，已经收拾好行装，他也迫不及待想回厦门。瑶琦到香港的这一天是礼拜天，她只能等第二天银行开业才去取保险箱的东西。

就在瑶琦到达香港的这一天——1941年12月7日，太平洋西岸发生了一件震惊世界的大事——日本海军偷袭珍珠港美国军事基地。差不多在日军偷袭珍珠港的同一时间（香港时间12月8日），日军取道广东进攻香港。

日军占领了香港，美国人开的花旗银行立即被查封，瑶琦开不了保险箱。她和父亲被困在香港，暂时回不了鼓浪屿。可他们不知道，鼓浪屿早香港几个小时也被日军占领了。

12月7日这一天，鼓浪屿人也在过礼拜天，很多人到教堂做礼拜，他们不知道远在几千公里外的夏威夷发生了什么事，即使有人从美国广播电台的反复播放中得知"珍珠港遭到偷袭！"也很难想象这与自己有什么关系。

但是，这天下午，人们惊恐地看到驻厦日军派出海军陆战队，分别从龙头、内厝沃、田尾登陆鼓浪屿。他们没有受到任何抵抗，原来停在厦门港内的英、美军舰此时已不见踪影，"公共租界"已名存实亡，鼓浪屿沦为日本的独占区。

瑶琦滞留在香港，保险箱开不了，心中的结解不开，她跟父亲谈起了自己对许林一雄的怀疑。吕同安恍然大悟，自己就是被许林一雄吓跑的呀！还把永和公司的资产拱手相让，真是岂有此理！

但是他们又不敢确定事情真是如此，只能等回到厦门后，跟十一指核对一些情况再作判断。

闲着无事时，瑶琦想到馨蕊让她接管正合药号的事，便利用这段时间了解香港药店的情况，为接下来重振正合药号做准备。

还在准提寺时，馨蕊详细跟瑶琦讲了王家的变故。她认为吉田说的是可信的，福气为了回来见阿凤被抓，然后出卖了哥哥。说到哥哥的死法，她悲痛万分，号啕大哭，拉住瑶琦的手问："你说，我哥他有多恐惧、多无助啊！"

瑶琦也陪着哭，她又想到了约翰·周，可她都不知道约翰·周是怎么死的，"被击毙"这么冷酷的字眼是军统的描述，一个俊朗、智慧的生命就这样没了，"被击毙"了，她的心痛得抽了起来。

而福气替日本人抓馨蕊，瑶琦是亲眼看到的，她对这个忘恩负义的奴才也是恨之入骨。要是有可能，她都想亲手杀了他！没想到他摇身一变,竟然当起了正合药号的老板来了,还娶妻生子,好不风光!

她气愤地问馨蕊:"你们家的下人怎么都这种德性?"

馨蕊认为阿凤可能不知道福气干的这些罪恶勾当,吉田也是这么说的。所以那天离开正合药号时,听到阿凤在后面喊"小姐!",馨蕊回头从汽车后窗看到她抱着孩子在后面追着汽车跑,那样的急切和不舍。如果她知道福气干的那些事,她是不敢见馨蕊的。她可能不明白,小姐既然回家了,为什么还要走。

要不是情况紧急,馨蕊真想下车跟她说一声。等阿凤进到店内,看到福气死了,不知是什么感觉,会怎么想?然后她又怎么一个人面对这一切,现在的情况怎样?

馨蕊特别交代,如果阿凤还住在正合药号,就让她继续住,要善待她。她让瑶琦好好跟阿凤讲福气的事,福气不杀,王家老小死不瞑目。但杀了福气,让阿凤成了寡妇她也很过意不去。唯希望阿凤有个安身之处,把孩子养大。馨蕊不知道自己还能不能回到正合药号,希望瑶琦能去完成自己的夙愿,并把正合药号掌管起来。她学着瑶琦的父亲给瑶琦写了一封委托书。

瑶琦对阿凤没什么感觉,她认为福气死有余辜,他的老婆就是活该!但馨蕊委托的事她要去完成。现在井龟太郎死了,馨蕊可以回厦门了,正合药号就要重新开张了。瑶琦想在馨蕊回来之前把正合药号重新修缮一番,让她重焕光彩,等馨蕊回来就举行开业剪彩,把正合药号再红红火火地开起来!本来这些事可以由十一指去完成,他现在是王家的女婿了。但许林一雄不让十一指走出嘉许花园,十一指也因姐夫的事一蹶不振,根本无心正合药号的事。瑶琦只好担起馨蕊赋予的使命。

她找到了许林一雄说的灵宝丹的香港代理商——佛药药房。虽然是战乱期间,虽然民不聊生,但佛药药房还坚持营业和诊疗。只是生意冷清,店里只有一个白胡子白头发的老者,不知是店员还是店主。

瑶琦问："阿伯，有没有卖灵宝丹？"

老人乜斜着眼睛看一眼瑶琦说："灵宝丹呀？我们也想买呢！"

"没有了吗？哪里才能买到呀？"

"恐怕再也买不到了！"老人的声音突然变了哭腔，"听说做灵宝丹的王家遭殃了，以后没人会做灵宝丹了！"

瑶琦赶紧说："有的有的！王家还有人，还会做的。"

"那为什么不做呀？都断货三年多了，我们也联系不到人。"

瑶琦说："逃日本了，暂时做不了。"

老人问："你既然清楚王家的情况，为什么不去找他们买，倒来找我们？"

"我是来香港办事，碰到日军入侵，正好又需要灵宝丹，就来找你们。"她问老人，"如果正合药号又能做灵宝丹了，你们还要不要代理？"

"当然要了！"老人精神都来了，"很多人要买灵宝丹，要是能供货，有多少要多少。"

"好！"瑶琦继承了父亲的基因，天生有经营头脑，她想好了，等馨蕊恢复生产灵宝丹，她就要打开销路，把灵宝丹卖到全世界。她记下了佛药药房的地址和联系人。原来老人就是店主，日军入侵后，他让家里人逃到内地去了，自己留下来守药店，跟当年馨蕊的爸爸一样。

老人说，如果灵宝丹能生产，他们在新加坡、菲律宾和马来西亚的分号都可以进货，那里的华人也都喜欢灵宝丹。

瑶琦一一记下了这些地方的地址和联系人，她对重振正合药号充满信心。

辗转着回到厦门后，瑶琦先去嘉许花园找十一指。两个多月不见，十一指像老了十岁，两眼无光，精神萎靡，见到瑶琦也没多大的热情。

瑶琦问他馨蕊的情况，他摇头，说不知道。姐夫没消息，他对谁都不感兴趣了。

瑶琦气起来："连你的太太也不感兴趣了？"

十一指陷在一个死结里，说："就是为了让她早日回厦门，我才去刺杀井龟，姐夫才会被抓。"

"可你知道吗？"瑶琦现在已不单是站在军统一边了，"许林一雄才是急于要杀井龟的人，你只是被他利用了。"

"啊？"十一指傻眼了。

瑶琦就讲了广州军统出事，波及厦门，许林一雄可能暴露，为了自保，他必须抢先除掉井龟。等军统从岛外派杀手来不及也不安全，他们就想到了十一指。"你想想，如果他想杀井龟，为什么以前不杀要等到现在？杀井龟可不是为了馨蕊！"瑶琦承认，自己替约翰·周报仇心切，也力推十一指当杀手，并上山去请他，而没考虑这可能给他和姐夫带来的危险。

十一指似乎明白了，仍不太相信地问："那姐夫呢？也是他害的吗？不是日本兵看到我的手指头才怀疑姐夫的吗？"

姐夫被抓当然不是许林一雄设的圈套，但他见死不救却是完全可能的。瑶琦讲了那天自己把大木医生说的情况当重要情报告诉许林一雄时，他一副了然于心的样子。那时他已被委任为破案总指挥，要知道抓姐夫的原因是很容易的，他怕从姐夫那儿扯出十一指，再牵连到他，所以不让十一指出门。又知道姐夫是共产党，正好借刀杀人，一举两得。瑶琦痛心地说："他干这种事不是一次两次了！"瑶琦曾亲历了许林一雄借日军之手清除异己的事情。

"这个混蛋！"十一指憋了很久的担忧、自责、痛苦终于都捅破了，他放声大哭。他边哭边抽噎着说："姐夫，我会替你报仇的！"

"我也要为永和的人报仇！"瑶琦说了她对永和惨案的怀疑。她跟十一指详细复核了当时许林一雄让他们父女逃离厦门的情况，现在看来，许林一雄真的疑点重重。而后面收购永和资产的细节，十一指早就感到他在暗中作梗。这更进一步坐实了他是永和惨案的黑手。

"那我们怎么办？"瑶琦问。

"还能怎么办？让他跟井龟一样的下场！"十一指已经从颓废中复活了。

瑶琦却说："万一不是他呢？我们只是推测，没有证据啊！"

毕竟，许林一雄当时是救了瑶琦父女的。刺杀井龟后，是他用了日本领事馆的汽艇和船夫，十一指才能逃离厦门的。十一指躲在嘉许花园没人来打扰，也是他暗中保护。更远一点，救出馨蕊他也有功劳。他到底是什么人，两个年轻人实在搞不清楚了。

他们现在觉得特别需要有人指点，可惜姐夫和住持都不在了。两人约定，先装作没事一样，继续接近许林一雄，暗中找证据。只要找到证据，就为姐夫、为所有被他害死的人报仇！

第二天，瑶琦去向许林一雄报到，跟他汇报了香港的情况以及佛药药房对灵宝丹的需求。许林一雄称赞了她的努力，让她接下来专心做正合药号的修复工作，等准备得差不多了，就把馨蕊接回来，其他的事叫瑶琦不用操心。

许林一雄现在是踌躇满志，一路顺风。他把井龟遇刺归咎于井龟太郎命令击沉了载有一百多名狙击手的客轮，幸存的狙击手来为同伴复仇。他在抓捕的嫌疑人中，找了两个菲律宾回来的男子，施以酷刑，造了个假口供，把两人枪毙。日本军方认可了这个结论，案件就此了结，许林一雄还得到嘉勉。

清除了井龟太郎后，对许林一雄安全的威胁暂时没有了，他可以放开手脚大干。而日军偷袭珍珠港后，美国海军在太平洋战场上发挥不了作用。没有美国太平洋舰队的威胁，日本对其他列强在东南亚的力量可以彻底忽略，日军把战略重点放到了东南亚，占领了整个东南亚、太平洋西南部，势力一直扩张到印度洋。对厦门的倚重减少，兵力一度薄弱。

许林一雄利用这个机会提供情报，为驻漳州国民党军提供情报，让他们渡海入厦偷袭日军，炸日军机场、军用仓库，袭击厦门伪保卫团团部和鼓浪屿工部局，抓获并击毙日籍工部局副巡捕长忠山贞夫，毙敌多人，使闽南的抗日热情高涨，日军惶惶不安。许林一雄受到了军统的表扬。

现在他的想法是尽快恢复正合药号，把馨蕊接回厦门，可能的话，捎带着把十一指的共党姐姐直至种德宫的住持一并解决了，于公于私都能完成一件使命。他把这个任务交给了瑶琦。

瑶琦也是双重使命，一方面重振正合药号，完成馨蕊的托付；一方面寻找许林一雄谋害抗日志士的证据。

为了迷惑许林一雄，十一指仍装作消沉懈怠的样子，对正合药号的事不闻不问，只是不时找许林一雄问有没有姐夫的消息。弄得许林一雄对他不胜厌烦，渐渐地对他退避三舍。

一天，瑶琦来到大同路的正合药号。

自从1938年5月10日日军登陆厦门的那一天，她与馨蕊离开正合药号，就再也没来过。虽然近在咫尺，她也多次想来看看，竟然都没有实现。

如今走在这条熟悉的路上，三年多过去，想起沦陷前的种种，竟有恍若隔世的感觉。那时，她和馨蕊还是快乐的中学生，生活无忧，家庭温暖，自由地做着瑰丽的少女梦，向往外面的世界。她们曾约好，毕业后一起到欧洲去游学……可突然，一夜之间，世界倾倒了，馨蕊失去了所有的家人，又被日本人拘禁，经历了种种恐怖的险境，现在还困在山区里，已经快当母亲了！自己虽然不像馨蕊那么不幸，可父亲的产业没了，今后一家人的生活面临压力。而自己的初恋，却被日本人毁灭了。想到约翰·周，她又泪流满面，心里暗暗发誓：这个仇一定要报的！

"吕小姐！"突然有人挡在她面前。

瑶琦吓了一跳，定睛一看，正是自己要找的阿凤，原来她已经到了正合药号。

阿凤还认得瑶琦，看到瑶琦从街上走过来，赶紧从店里跑出去。她没有馨蕊的消息，家里发生的事让她百思不得其解。看到瑶琦，知道她是馨蕊的好朋友，就想拦住她问一问。

瑶琦被阿凤迎到店里。看到店堂里有个一岁多的小男孩站在一个闽南人称为"站轿"的竹笼里，就是一种专门用来圈住一两岁孩子的方形竹器，下面有底座，上面开放，一平方米大小，不到一米高，孩子在里面可站可坐可躺，却爬不出来。大人没工夫管时，把孩子放在里面可缓解人手不足。

孩子可能习惯了"站轿"，也习惯了店里来人，见到瑶琦并不认生，只是两手抓住"站轿"的横杆，一上一下蹬着腿，嘴里喊："妈妈抱！妈妈抱！"

瑶琦问："你的孩子？"

阿凤点点头，一副羞涩的样子。她忙着要给瑶琦倒水，没理孩子，孩子就哭起来。

瑶琦过去对孩子说："姨母抱好不好？"

孩子哭得更大声，摇头晃脑喊："不要不要！"

阿凤把水杯递给瑶琦，然后抱起孩子，孩子立即安静下来，趴在母亲的肩头上看瑶琦。

瑶琦看着阿凤在给孩子擦鼻涕眼泪，孩子的眼睛却定定地看着自己，突然感到心酸，这孤儿寡母的，他们是怎么熬过来的？再看看店堂，虽然修整过，但过火的痕迹都还在，有的药柜还是炭化状态，有的已经破损，柜台也塌陷了，上面加了一块木板。原来摆在玻璃柜里的名贵药材现在全没了，堆了些杂物。药店里用来切中药的铡刀、研药的铜钟臼、磨药的石磨盘，都一副久未动用的样子，有的蒙尘，有的被其他物品覆盖。可见，他们虽然重开了药号，但不会中医之道，只是卖些简单的中草药。福气死后，估计连卖常用药都难以为继。

瑶琦问："你一个人要带孩子，还能开店吗？"

阿凤说："我只是把店开着，让人知道正合药号还在，生意不要紧。"

"那你靠什么生活？"

"福气在的时候，留了些钱，不知他哪里搞来的钱。现在还管用。"

瑶琦接着阿凤的话问："你知道福气为什么死了吗？"

"我拦住你，就想问这个。我看到我家小姐回来过，她为什么不留下来？福气为什么被打死了？"她呜呜哭起来，孩子也跟着哭。

瑶琦让阿凤坐下来，然后她把所知的一切告诉阿凤。最后说："馨蕊要是没杀福气，我也会来杀他。"

阿凤到后面已经不哭了，她坐直了身体，眼里放着光。听完瑶琦的话，她说："我也一直奇怪，叫他去找少爷和小姐，他就是七推八推，心里有鬼的样子。我还以为他只是懒惰和胆小，没想到他的胆子够大呀！害死了少爷还抓小姐！"

"狼心狗肺！"瑶琦想到这个词，脱口而出。

阿凤不懂"狼心狗肺"是什么意思，不解地看着瑶琦。

瑶琦赶紧解释，像他这么坏的人，就是该死！

阿凤说，福气的命是老爷给的，他死一百次都偿还不了少爷的命。说到气极，她站起来，噔噔跑到里面他们住的平房里，把供福气的牌位砸到地板上。大骂："你这夭寿！害死少爷，让你下辈子做畜牲！"

孩子吓得哇哇大哭。阿凤不但不哄孩子，还在他屁股上狠狠打了几巴掌。孩子哭得更惨。

瑶琦赶紧抢过孩子，问："你为什么打孩子？"

"这是他的种，都打死！"阿凤气得自己也大哭起来。

"这跟孩子没关系。"瑶琦哄着孩子,对阿凤刮目相看,这是个有情有义的人。

等阿凤气头过了,瑶琦让她领着看了房子。除了店面烧坏的部分,其他都完好无损。阿凤坚持住在下人住的平房里,把二进主人住的地方依然收拾得干干净净。她说:"我把房间准备好了,每天盼着太太和少爷、小姐回来,可现在只剩小姐一人了!"她又抹着泪,问瑶琦:"小姐什么时候能回来?"

瑶琦安慰说快了,告知馨蕊希望她仍留在王家,把孩子养大。这时孩子已经被阿凤抱过去了,他听到这话居然能对瑶琦露出笑脸,弄得瑶琦又想抱他,他也欣然接受。

瑶琦给阿凤一些钱,让她继续维持正合药号的现状。过后她会请人来设计修缮店面,等弄好了,就把馨蕊接回来,把灵宝丹做出来,正合药号重新开业!

阿凤突然想起,有个顾客没买到灵宝丹,留了一张纸条,让阿凤有机会交给主人。阿凤跟他说,主人暂时不在,那人说主人很快会回来的。现在瑶琦来了,阿凤觉得那人好像会算,很神啊!

瑶琦问:"他的纸条呢?"

"我找找。"阿凤不识字,不知纸条写的是啥,随手塞到收银的抽屉里。她从抽屉里找出折成豆腐块状的黄宣纸,递给瑶琦。

瑶琦打开,上面用毛笔写着:"大敌当前,抗日为要!"

"了凡师父!"瑶琦叫起来,她认得这是种德宫住持的笔迹,他这是在告诉瑶琦该怎么办啊!瑶琦如醍醐灌顶,觉得自己跟十一指都太狭隘了。一心想着要报私仇,可现在是"大敌当前,抗日为要"!要是现在把许林一雄灭了,很多重要的情报就得不到了。瑶琦知道许林一雄在源源不断地向军统输送情报。我们不能做亲者痛仇者快的事啊!她问阿凤:"那人还说了什么没有?"

阿凤想了想,说:"他是来买灵宝丹的,买不到,就留下了这张纸条,还说希望正合药号早日做出灵宝丹。"

"明白了。"这是在告诉他们赶紧制作灵宝丹。

瑶琦告别阿凤,急着回去跟十一指分享这个指示。

十一指看到纸条也是如梦方醒,这段时间以来的消沉真是不应该啊!许林一雄是否谋害姐夫的凶手尚难定论,但他确实在为抗日大业作贡献。暂且放下私情,重新振作起来,投入到抗日斗争中去。如了凡师父所示,早日做出灵宝丹。

这样一来,馨蕊回到厦门就成了当务之急。

十一指知道,在同安山上,馨蕊做不出灵宝丹。制作灵宝丹的药材在那里根本配不齐,他到泉州采购也买不到,灵宝丹至今无法制作。

馨蕊说,以前她家的材料供应,有的是从南洋买回来的。现在战火连连,要备齐所需要的材料太难了!她都担心时间久了,自己会忘记怎么做了。她曾把父亲教的步骤写下来,又怕落到别人手里,每次写下来后又马上烧掉,这样一遍遍地重复。但有些制作过程是需要现场根据火候掌握的,太久没做,也会不熟悉的。毕竟她还没练到像父亲那样炉火纯青的地步,日军就来了,再也没做过。

他跟瑶琦商量后,决定两人分头行动,瑶琦负责修缮正合药号,准备重新开业事宜。十一指负责采购制作灵宝丹的材料并去同安接回馨蕊,先把馨蕊接到鼓浪屿,等她生下孩子后再制作灵宝丹。

自从十一指和瑶琦回厦门后,馨蕊在同安山上就整天坐立不安,担心十一指的安危,盼着回到厦门。幸好有姐姐陪伴,两人互相安慰,日子才好过一些。

井龟太郎死后,消息传来,她和姐姐都觉得回厦门的障碍消除了,但姐夫失踪,又让她们高兴不起来。姐姐表面上坚强,背地里却经常偷偷抹泪。馨蕊看在眼里,痛在心上,她帮不上忙,只希望能早日做出灵宝丹,尽自己所能发挥作用。

现在她的肚子已经有篮球大了,如果再不回厦门,只好在山上分娩了。姐姐安慰她，在山上分娩并不可怕，自己有能力保证他们母子安全。

这天，馨蕊坐在小屋门前晒太阳，心里默念着灵宝丹的制作程序，有时念久了，她都怀疑自己记错了。只有在实际操作中，才能找到感觉。她抚摸着自己的肚子，悄悄说：孩子啊，你乖乖地待在妈妈的肚子里吧，等你爸爸回来接我们去鼓浪屿。她想象着一家人在鼓浪屿生活的情景，脸上洋溢着幸福的笑容。

突然，一阵匆忙的脚步声把她从冥想中吵醒，她看到一个人从小道上跑出来，定睛一看，是十一指！才几个月不见，他像变了一个人，苍老了许多。她欲站起来迎接，却因身体笨重又坐回凳子上。

十一指跑过来，扶住她，蹲在她前面，看着她的肚子却不敢碰，只是拉着她的手问："你都好吗？"

馨蕊喜极而泣，话都说不出，只是连连点头。

十一指又问："我姐呢？"他问这话时心里是虚的，他不知道如何面对姐姐。

馨蕊转头看屋里，姐姐在里面准备吃的。十一指拍拍馨蕊的手，让她坐着，自己站起来进屋。

等馨蕊慢慢跟进来时，看到姐姐坐在堂屋的椅子上，十一指跪在她面前，两人都泪流满面。馨蕊知道了他们在说姐夫的事，也跟着难过。姐姐对她招招手，让她过去，然后对十一指说："你是快当爸爸的人了，你还有帮助馨蕊生产灵宝丹的责任。如果总在自责中走不出来，你姐夫就白白牺牲了。"

"牺牲？"馨蕊叫起来，她以为姐夫只是失踪，还有生还的希望。但姐姐说，她早就得到消息，姐夫已经牺牲了。

十一指噌地站起来："我会振作起来的，这个仇一定要报！"他一见到姐姐就不由自主地跪下去，跟姐姐说是自己害了姐夫。

"国恨家仇都要报，但要以大局为重。这也是你姐夫的心愿！"姐姐说，从他们加入中国共产党的那天起，就随时准备为党献出生命,革命就会有流血牺牲。她对十一指说:"你姐夫是优秀的共产党员!你要向他学习!"

"姐,我也要加入共产党!我要向姐夫学习!"十一指涨红着脸说。

姐姐严肃地点点头说:"组织会考虑你的申请的。"

"那我呢?"馨蕊小心地问。

姐姐说:"你的任务是把灵宝丹保护好,传承下去,这是我们中华民族的瑰宝。不能断了,更不能落到外敌手里。现在只剩你一个人知道灵宝丹的秘密了,责任重大。"她回头对弟弟说:"保护馨蕊就是保护了灵宝丹,这也是你的任务,一定要完成好,接受党的考验。"

"是!"十一指和馨蕊肃然起敬。

姐姐说,这次馨蕊下山,组织上会有人暗中接应和保护,让他们放心。但她不会一起走,她有更重要的任务。"再说,"姐姐突然哽咽,"我不愿意回到那个伤心地了。"

三个人忍不住又失声痛哭。

十一指携馨蕊回到许家,受到了隆重的欢迎。许林一雄也来了,他对许家掌门大哥说:"族叔,我们的宝贝回来了,还赚了一个小的。"十一指和馨蕊躲在同安山上时,许家掌门人多次跟他讨要十一指,现在他可以有交代了。

大哥哈哈大笑说:"这一趟出去得值!"

许家大摆宴席给他们接风,因怕相冲,不敢给他们补办婚礼,要等馨蕊生下孩子后,再把婚宴和满月宴一起办。

许林一雄私下对十一指说:"族叔耍了我一把哈!但以后灵宝丹变成了咱们许家的,也是高兴啊!还是族叔厉害!"他的意思是,以后馨蕊会把灵宝丹的秘密教给她的孩子,她的孩子就是许家的人。

十一指回敬他:"也祝骨肉亲早得贵子。"

这话说到许林一雄的心坎上,他笑得合不拢嘴说:"快了快了,这下应该如愿了,托灵宝丹的福。"他把馨蕊托瑶琦送的灵宝丹当灵丹吃了,小老婆很快就怀上了。

许家上下一片喜气,十一指与许林一雄心知肚明,他们对姐姐和姐夫的缺席都只字不提。

一个多月后,馨蕊在救世女医馆顺利诞下一男婴。候在产房外的许家人最焦急看的不是胯下的器物,而是手掌上的指头。

助产士不知就里,抱着孩子出来与家属见面时,遗憾地说:"这孩子右手多了一个小指头。"她以为家属会难过,没想到却引来一片欢呼!

十一指骄傲地把自己的手掌伸到助产士面前,说:"看,我的种!"

惹得助产士都笑了,现在才知道新生儿来自大名鼎鼎的十一指家族。

只有馨蕊看着孩子哭了,她悲喜交加,王家有后了,可以告慰父亲了,可现在却没有一个家人来分享这份喜悦。

大家都劝馨蕊别哭,说产妇在月子里哭会伤眼睛。这个孩子是许家的"龙种",也是王家的独苗,要大庆大贺才是,哭了对孩子不好。馨蕊才忍住不哭。

馨蕊分娩的时候,瑶琦和妈妈也来守在产房外。种德宫住持把他的祝福通过正合药号托瑶琦带到。许林一雄则是让十一指表达了他的心意。所有的人都为这个孩子的到来感到欢欣鼓舞。

孩子的大名由许家人集体研究,取为"许旺弘",意思是要弘扬许王两家宝贵的香火。旺从"王"字,照顾馨蕊一方。香火要旺,一字两用。弘当然是广大无边了。但瑶琦私底下把孩子叫为"丹丹",她认为是灵宝丹把馨蕊和十一指联结在一起的,他今后也是灵宝丹传人。这两个名字馨蕊和十一指都欣然接受。

在馨蕊待产和坐月子期间,瑶琦已经把正合药号修缮完毕,并按馨蕊的要求到东南亚和香港采购了所需的药材,一切准备就绪,只等馨蕊满月后就举行开张仪式。

馨蕊很庆幸，先生下一个孩子后，再制作灵宝丹，万一以后制丹影响了生育，至少已经有个孩子了。十一指也心花怒放，原来还担心馨蕊因制丹影响生育，现在馨蕊给他生了一个长着十一个指头的男孩，把许家独特的香火延续下去，以后可以全心全意制作灵宝丹了。

阿凤也由瑶琦带来见过馨蕊，两人免不了又是哭，想起了逝去的亲人。阿凤替福气向馨蕊谢罪，她说父债子偿，以后福气的儿子就是王家的奴才，再也不会发生出卖主人的恶行了。

馨蕊叫她不要这样想，福气是福气，她是她，孩子更是无辜的。她感谢阿凤一直守护着正合药号，她和孩子都是正合药号的一部分，以后大家还是一起生活。有阿凤在，王家就能保留一点从前的样子。

说得阿凤又直抹泪。

一个月后，许家举办了盛大的满月宴。许林一雄把小老婆也带来了，他是想沾沾喜气，也生个十一个指头的男孩。许家人包括一些关系密切的亲朋，送的贺礼居然都是金戒指。十一指的大哥，许家掌门一口气送了十一个金戒指，其中一个是迷你型的。

宴席厅入口处的贺仪台，礼品官每把礼品展示出来，大声唱出一句"某某老板惠赠金戒指一枚！"时，底下的宾客就会忍俊不禁，最后看到礼品台上摆满金戒指，终于哄堂大笑，觉得实在是别致好玩。只有瑶琦送的黄金打的"正合药号"牌匾被司仪唱出并展示时，大家才想到这个孩子还是灵宝丹的传人，台下又是一阵嗡嗡的赞叹声。

这时，馨蕊抱着孩子与十一指一起步入大厅与亲友见面，全场气氛热烈，大家都争着看孩子的小指头。说来也怪，才满月的孩子，却颇有大将风度，两只小手伸在包巾外，时而握拳时而伸掌，面容严肃。馨蕊抱着他一桌一桌走过，他都眯着眼睛，对众宾客爱搭不理。人们不由得想起他的祖先许光头，对襁褓中的小人儿便有点敬畏三分。

见过了众亲友，许林一雄把十一指和馨蕊请到休息室，要求孩子让他小老婆抱一抱。他自己也小心地抱了一下，抱着孩子的时候，他像触电一样，一种奇怪的感觉从孩子身上传递到他手上、心上，好像有个声音在喊："许家子孙！许家子孙！"他不知不觉地双膝跪下，把孩子托在头顶上，嘴里喃喃道："祖公啊，祖公啊！"老泪纵横。

十一指、馨蕊和他的小老婆看得瞠目结舌，馨蕊赶紧接过孩子，十一指扶起许林一雄。

许林一雄顺势对十一指抱手作揖，沙哑地叫了声："族叔！"又要下跪的样子，十一指赶紧拉住。许林一雄说："我愧对许家列祖列宗，族叔要怎么处置我都无二话，只望将来如有男丁……"他看一眼小妾，"让他认祖归宗，做一个真正的中国人。"

十一指知道他要说的是什么，想到姐姐说的话，决心摒弃嫌隙，从长计议，就说："我们都是一家人，都是中国人，把日本人赶出中国是大家的心愿，望骨肉亲尽力！"

"肝脑涂地！肝脑涂地！"许林一雄连连表态。

抱过这个神奇的孩子，又有十一指的大度，许林一雄像换了个人，他主动约了瑶琦，愿意把永和公司的资产原价还给吕家。以后瑶琦家不用为生计担心了。

"良心发现了？"瑶琦不知许林一雄又在玩什么花招。她在跟许林一雄办理资产移交手续时问："为什么不要永和资产了？"

许林一雄苦笑一下："你知道的，我的使命是取得井龟的信任，收集情报，不是赚钱。"他不再往下说。

瑶琦有点明白了，永和惨案是他获得井龟信任的手段，但她不提永和惨案，而是问："永和的资产能让你取得井龟的信任吗？"

"是啊，他认为我只是个贪财的人，对他不构成威胁，我们才能躲过广州一劫。"现在井龟不存在了,厦门的日本间谍在他的掌控中,他可以把永和资产还给吕家了。

似是而非,说得瑶琦难辨真假。但他还在提供情报让国军打击日军,这是事实。瑶琦只能再观察。

三年后,日本投降,瑶琦特地去香港开了花旗银行的保险箱,取出约翰·周的秘密文书,结果没找到任何有关许林一雄和永和惨案的记录。

15 尾声

满月宴过后就准备正合药号的开张礼。此前瑶琦曾想把馨蕊的委托书还给她，他们回来了，馨蕊暂时不能管理的话，十一指也可以。但十一指的目标不在于正合药号，他志在拯救积贫积弱的国家，要继承姐夫的志向去奋斗伟大的事业。他让瑶琦今后就负责经营管理正合药号，将来馨蕊负责制作生产灵宝丹，两个好朋友足以把正合药号振兴起来。

瑶琦自从收回了永和的资产后，也雄心勃勃地产生了实业救国的思想。她认为中国之所以被外国人欺负，就是因为太穷，如果把经济发展起来，就能富国强兵，把外国人赶出中国！而灵宝丹是优秀的传统中医药，民族品牌，既能造福人类，又能产生经济效益，长中国人的志气，完全可以干出一番事业来。因此欣然接受十一指的建议，决心致力于正合药号的经营管理，同时把永和食品公司恢复起来。

父亲也非常支持她的想法。吕同安回到厦门后，在香港的抑郁症不治自愈。许林一雄归还永和资产，更是燃起了他的生活热情，他对未来又有了憧憬，女儿和儿子也长大了，可以带着他们一起重振家业。现在他已经不怕日本鬼子了，井龟太郎的死消除了他的心理障碍，不可一世的侵略者，都逃不出灭亡的命运。现在日本鬼子的气数已尽，被赶出中国是早晚的事，经历了这场磨难，吕同安更感受到家国相依，没有国，再大的家业也保不了。有国才有家！他要与子女一起，重振家业，为国分忧。

瑶琦吸收了香港的西式风格，重新装修改造后的正合药号面貌一新。门面不再用老旧费劲的木门板，而是用现代的拉栅门和玻璃门。外层用铸铁拉栅门，里层用彩玻折叠门，开店只需把拉栅门往两边一推，玻璃门折叠到两边即可，阿凤一个人都可以开店，无须壮汉来装卸门板。而关门的时候，那彩色玻璃和漆成金色的铸铁拉栅，就成了一道亮丽的风景，路人都会驻足观赏。

店堂里的药柜、用具全部保留原貌，个别损坏的地方也修旧如旧，她就是要让正合药号保持原貌，有烧不坏打不烂的感觉。而药号的核心是医术和良药，王良用已经过世了，良药是有，但馨蕊不会看病，作为药店，还得有名医坐堂。瑶琦特地花重金请来了厦门著名的郎中大脚仙陈友水。陈氏也是厦门著名的中医世家，主治内科，兼顾儿科。他家也在战火中破败，房子炸毁，家人伤亡，生活无着。他现在靠在鹭江道上摆摊看病谋生，能到正合药号坐诊，不失去一个医者的尊严，又有可观收入，真是两全其美。

馨蕊考虑到药号开业后，人家肯定要来买灵宝丹，如果没有丹卖，正合药号的名声就会被怀疑。所以她必须在开业前做出一炉灵宝丹，开业的时候有人要买即可卖，今后也要源源不断地保证有丹卖。可自己还没真正独立制作过呢！

她与十一指商量，满月过后就回正合药号住，制丹要在那儿，房子也得收回来自己居住。十一指没意见，可他的大哥却舍不得小十一指，他每天都要看看这个孩子，又怕孩子带回正合药号照顾不周。最后商定，孩子请奶妈留在许家，馨蕊和十一指回正合药号，想孩子的话就回来。小夫妻考虑到这样对孩子的安全和成长也比较有利，就同意了。

馨蕊在回正合药号居住之前，先与十一指带着孩子回家祭祖。

阿凤在二进原来主人住的二楼设了个灵位，把王良用夫妇、老太太和王方明的照片按辈分摆放。每年的5月10日日军登陆厦门的那一天，作为全家人的忌日，逢清明、七月半和过年都要上香烧纸。阿凤得知福气的罪孽后，特地请人扎了一个跪着的纸人，标明"福气"，摆在王方明的灵位旁，让他永远替少爷还债。

馨蕊回到了熟悉的家，店堂的新颖没有给她喜悦，她只有无尽的悲伤。那次短暂地回正合药号，没有时间让她到后面居住的地方看看。这次回来，触景生情，丁丑除夕一家人过年的情景还历历在目，现在却已阴阳两界。

馨蕊来到灵位前，看到原来活生生的一家人，都变成了牌位摆在一起，她不相信这是真的，不相信亲人都变成了冷冰冰的牌位。她一下子跪到地上，对着照片一个一个地叫，叫得撕心裂肺、肝肠寸断，虽然明知叫不出来，却不死心，仍拼命地叫，人都晕厥过去。陪伴的十一指和瑶琦赶紧把她扶住，他们也泪流满面。

阿凤拿来了糖水和湿毛巾，馨蕊喝了糖水、敷了湿毛巾，总算缓过气来了。最后她对着灵位说："爸爸、妈妈、奶奶、哥哥，现在我们家只剩我了，但我也有家和孩子了。"她把抱着孩子的十一指推到前面，说："这是我的夫婿和孩子，也是我们一家人。我们会把正合药号和灵宝丹传下去。请你们放心！"

夫妻俩抱着孩子对着灵位磕了三个响头。

馨蕊又特地拉过瑶琦，对着灵位说："这是瑶琦，你们都认识的，是她帮助我们把正合药号装修好的。我们的药店很快就要重新开业了，请你们在天之灵保佑我们开业大吉，生意红红火火！"

瑶琦也磕了三个响头。

然后馨蕊和十一指搬进正合药号住。他们住在二进二楼原来馨蕊住的房间。

住下后，馨蕊就着手灵宝丹的熬制。选好了良辰吉日，她先给父亲上香，请父亲保佑她第一次独立制丹成功。然后拿着一块红绸布到制丹房，把制丹用具和材料一一拂过，口中念念有词，这也是父亲要她记牢的，每次制丹都得把这些词句念一遍。那些用具和材料都是有灵性的，它们听命于这些密语，才会按灵宝丹功效所需的火候、分量去生成，差一丝一毫都不行。以前举行这个仪式的时候，父亲只带王方明，母亲和奶奶都不可以在场的，后来带了馨蕊。

现在馨蕊带上了十一指，考虑再三后，馨蕊决定把灵宝丹的秘方和制作程序教给十一指，虽然父亲交代，这些秘方连她的夫婿都不可以知道，但经过这场磨难，馨蕊怕自己成为有人劫获灵宝丹的目标，万一出事，灵宝丹就断送在自己手里。而十一指为救自己、为保护灵宝丹都作了贡献，现在又是一家人，应当教给他，就像当年父亲违背祖训教会自己一样。

十一指却觉得自己担当不起，不敢接受这样的重任，他说："灵宝丹还是在王家人里传吧，等儿子长大了，你教给儿子也等于是送我的大礼了。"

馨蕊认为等儿子长大太遥远，战争还没结束，不知还会出现什么情况，多一个人掌握，多一份保险。她点着他的鼻子说："别偷懒哈，这也是一份责任，你姐姐说的。"十一指也就顺了她。他认认真真地跟在馨蕊后面一一照做。

一切就绪，点火、开炉，三天三夜，馨蕊和十一指都在丹房里制丹，不再跨出一步。阿凤把吃的、喝的放在门口，他们需要的时候自己开门来取，阿凤都不可以敲门、说话。任何人不得打扰，只有等到制丹成功了，里面的人喊："祖宗有灵，宝丹出炉喽！"等候在外面的人就欢呼地迎进来。

这时制成的灵宝丹像年糕一样躺在大铁锅里，散发出一股药香，闻到的人会有片刻的眩晕，然后身体像被逐出了浊气一样神清气定。制成的灵宝丹要趁热用特制的牛角匙一勺一勺舀起，扣在铺好的蜡纸上，每一张蜡纸约一个棋盘大，可放二十四勺。蜡纸铺在长方形的篾盘上，每个篾盘可放十二张蜡纸。然后篾盘架到房子后进的焙屋，焙屋里有木架，专门放篾盘。如果天气炎热干燥，可让一粒粒的灵宝丹自然风干。如果雨天潮湿，焙屋里有灶，可烧木炭烘焙。

以往铺纸、舀丹、架篾盘等的活计，由店员和家里的其他人做，现在是由馨蕊带着十一指、瑶琦和阿凤做，他们像丰收的农人，喜滋滋地忙着收成。

馨蕊悬着的心放下来了，做出的灵宝丹达到了父亲说的几个标准，就意味着成功了，她已经能独立制丹了！她在心里说："爸爸，我成功了！你可以放心了！"长期以来的不安焦虑，都在这一炉制成的灵宝丹面前消散了！

馨蕊一身轻松，连续三天的紧张忙碌，让她又累又困，她靠在躺椅上跟他们讲怎么舀均匀，怎么摆通风，可突然，放篾盘的木架下面一个小东西引起了她的注意，这是小时候玩过的一把小弯刀，青铜刀柄上刻着一只小乌龟，难道就是井龟太郎说的，他的先人送给王家祖先的纪念物？她跳起来，跑过去捡起小弯刀，对！跟井龟太郎说的一样。

馨蕊忍不住笑起来，其他人都不解地看过来。她把弯刀上的铜龟指给十一指看，说："还记得井龟说的他家先人和我们家祖先的故事吗？"

"啊，真的！"十一指接过弯刀，刀身虽然已经锈迹斑斑，但刀柄上的小铜龟雕刻精美，四脚趴地，抬头张着嘴，两只眼睛睁得圆溜溜，仿佛几百年来都在等待着什么。十一指摇摇头说："可惜了，本来持刀人是他们家的恩人，井龟太郎却恩将仇报，图谋不轨。结果把命断送在本人手里。"他把刀柄上的小龟对着摆满灵宝丹的篾盘，又说："看看吧，这就是你要抢的灵宝丹，它还在中国人的手里，你就瞪着眼看吧。"

瑶琦不知怎么回事，听了他们讲的两家先人的故事，感慨万千，说："好险啊，龟孙子的野心差点就得逞了！咱们要像馨蕊的祖先那样，长中国人的志气，让龟孙子永远趴着。"

十一指就把弯刀插在灶台的砖缝里，小龟变为头朝下趴着。

第一炉制成的灵宝丹有五百八十六粒。馨蕊说，除了留少量开张那天作为礼品赠送给分部嘉宾和可能要买的顾客外，其余让十一指和瑶琦安排。在她想来，许林一雄这边要一半，了凡师父那边也要一半，他们代表国共两党。馨蕊觉得自己和灵宝丹能存活下来，就是靠了两边的救助，自己要感恩他们。十一指和瑶琦都很欣慰，他们也很乐意把新出产的灵宝丹献给自己的组织。

中国的抗日战争在经历了最困难的1942年后，1943年以后开始从相持阶段进入反攻阶段。随着纳粹德国在斯大林格勒的惨败，意大利投降，英美联军在西北非取得胜利，法西斯轴心国的败局已定。美国在中缅边界和中印边界开辟对日战场，美国空军开始轰炸中国内陆的日本军事目标。日军面临着美国、苏联和中国的多方夹击，已经疲于应付，顾此失彼。

驻厦日军多数被撤走，留下来的已无心恋战，敌伪更是急着找后路，各自逃命作鸟兽散。厦门社会一派曙光初现的景象，大家都热切盼望着日本鬼子被彻底赶走的那一天。

1943年10月14日，美军的轰炸机轰炸了在厦门港的日舰和燃料库，扫射日军机场。老百姓欢欣鼓舞，知道鬼子的末日就要来了，大家翘首以盼，等待着早日光复。

馨蕊和十一指认为正合药号重新开张的时机来了！为了更好地制作和供应灵宝丹，为了告慰因灵宝丹而献出生命的爸爸、奶奶、哥哥还有妈妈的在天之灵，馨蕊也迫切需要让传承数百年的老药号重新开张。第一炉丹的成功制作，给了他们极大的信心和勇气。

正合药号开张的那天，大同路像潮水一样涌来了许多人，把一条街都挤满了。消息不知怎么传出去了，附近的居民感念王家长期以来对民众的福惠，又为王家劫后重生庆贺，为灵宝丹没有断灭高兴，都自发前来捧场。

十一指的姐姐特地通过了凡师父带来了感谢信，说灵宝丹用于伤员的局部消炎和止痛效果非常好，希望能源源不断地生产出来，支持前线。

许林一雄也参加了正合药号的开张典礼，他当面向馨蕊表示感谢，说以前知道灵宝丹好，却没想到有这么好，功效无边啊，不愧是中华瑰宝！他对十一指意味深长地笑着，十一指回以哈哈大笑。许林一雄说对馨蕊的最好感谢，就是保证她的安全。他用眼神示意了一下，他的特务布满周围，要确保开张典礼的顺利进行。日伪那边他也打过招呼了，没人会来找麻烦。今后他还会派一两个人保护正合药号，让馨蕊放心制丹。

他看到了了凡法师，对十一指说："你们的人也没闲着。"

十一指意味深长地说："我请来和你一起剪彩的，你们都为馨蕊和灵宝丹尽了力。"

住持的周围也有人在警戒。

许林一雄识时务地说："当然当然，大家都要为灵宝丹尽力。"

"那就好。"

时辰已到，开张的锣鼓响起，十一指请二位一起为正合药号剪彩、揭牌。蒙在古老的"正合药号"牌匾上的红绸布揭开时，人们赫然看到，金丝楠木闪着红光，一股奇异的香气弥漫店堂，溢向街面。闻到的人都感到一种沁人心脾的欣快感，仿佛一下子年轻了！"灵宝丹！"所有的人都不约而同地想到灵宝丹的神灵回来了！大同路上一片欢呼。

这是厦门沦陷以来大同路上最快乐的一幕，正合药号的新生让人们看到了希望，即使经历了沦陷的苦难和悲伤，中华瑰宝仍然生生不息，曙光就在前头。

这时厦门西南方向传来一阵巨响，据说是共产党的抗日组织袭击了日军的一个弹药库。冲天的火光好像是为正合药号放的礼炮。

正合药号重新开张后，在瑶琦的打理下，业务稳步发展，馨蕊制作灵宝丹也越来越娴熟。十一指慢慢也能独立操作了。他们生产出来的灵宝丹，除了一部分提供给抗日前线，还有一部分销售，获得的利润用于再生产和支持抗日前线。但由于战乱，材料经常短缺，灵宝丹仍然是紧俏商品，供不应求。

馨蕊在闲暇时间跟坐堂的陈友水学习中医，她的心愿是把正合药号和灵宝丹发扬光大，告慰父亲和列祖列宗。她盼着儿子快点长大，她要把制作灵宝丹的秘诀和正合药号转交给他。

正合药号开张后约半年，有一天店里来了一个带孩子的少妇，男孩约三四岁的模样，他没有被抱着，而是自己走进来，少妇牵着他的手。他们后面还有一个中年男人陪着。几个人进店后不找柜台也不看大夫，而是在店堂里转着，上上下下观望，一副看不够的样子。

店员问他们要做什么。

男人说要见正合药号的主人。

馨蕊从制剂房里出来，看男人时感到面熟，却想不起来在哪里见过。她微笑着问："先生找我？"

男人还没开口，少妇先哭起来，弄得馨蕊丈二和尚摸不着头脑。

男人说："小姐不认得我了，我是角美山前村的张大水。"

"啊？"这下轮到馨蕊要哭了，她马上想到那个男孩，跟哥哥小时候的照片一个样！她明白了什么，就要去抱孩子……

男人说："我们到里面说吧。"

"好好。"馨蕊赶紧把他们迎进去，叫阿凤准备茶点。

不用说，孩子是王方明的儿子。张大水如自己所誓，如果女儿肚子里有王家的种，他就要让她生养下来，将来归还王家。现在终于等来了机会。张大水把王方明在他家的情况说了，王方明也是他收殓的，墓地就在他家的山坡上。

馨蕊又悲又喜，再次确定哥哥的惨死，心中悲痛，但哥哥留下了血脉又是喜从天降。她对张大水和他的女儿——自己的嫂嫂千恩万谢，问他们有什么想法、要求，她都会尽力满足。

张大水说，孩子是王家的后代，希望认祖归宗，今后回到王家，继承王家遗产和灵宝丹的秘方。

馨蕊没有异议。但要求孩子和嫂嫂回到正合药号来生活。嫂嫂还年轻，如果要再成家，孩子就留在王家，她会当自己的儿子对待。张大水要的也是这个，他的目标是灵宝丹，因为秘方在馨蕊手里，她如果不教，孩子就继承不到。让女儿和外孙在王家生活，等学到了制作灵宝丹的秘笈再说。至于王家财产，馨蕊应该不会吝啬，她的婆家有的是钱。

馨蕊也因侄儿的出现，倍感欣慰和鼓舞。

十一指在抗战最困难的时候赴抗日前线参加战斗。他走之前馨蕊又曾怀孕过，但因制作灵宝丹流产了。

瑶琦也把永和食品恢复起来了，主要交给弟弟管理，加上父亲指导。她故地重游，回到香港大学读书，在离约翰·周最近的地方，寻找自己的人生目标。

小贴士：

1945年年初，日军的海空军主力基本被消灭。

1945年4月，美苏两军进攻柏林，4月25日，两军会师易北河，瓜分德国。4月28日，墨索里尼被处死。4月30日，希特勒在柏林自杀身亡。

5月2日，苏联军队占领柏林，5月8日，德国宣布无条件投降，欧洲战争结束。

7月26日，中、美、英发表《波茨坦公告》，声明三国在战胜纳粹德国后一起致力于战胜日本以及履行《开罗

> 宣言》等对战后日本的处理方式的决定。7月28日，日本拒绝接受《波茨坦公告》。
>
> 8月6日，美国在日本广岛投下了人类第一颗原子弹。8月8日，苏联对日宣战。8月9日，美国在长崎投下第二颗原子弹。两颗原子弹直接导致日本的失败。8月15日正午，日本裕仁天皇向全日本广播，接受《波茨坦公告》，实行无条件投降。抗日战争结束。
>
> 9月2日，日本代表外相重光葵和日本参谋总长梅津美治郎在东京湾内的美国军舰"密苏里"号甲板上签署正式投降书。反法西斯的第二次世界大战终于结束。

日本投降以后，许林一雄要携妻儿回台湾，他已如愿生了一个儿子，只是有点小遗憾，这个儿子只有十个手指头。因在抗战中有功，他受到军统局的嘉奖，被提拔为台湾光复后的第一任军统局台北站站长。他回台湾前特地来正合药号，与馨蕊告别，希望将来灵宝丹分销到台湾。

抗战胜利后，灵宝丹的材料采购方便了，产量稳定增加。姐姐考虑到灵宝丹的未来，且抗战已经胜利，动员十一指从前线回厦门协助馨蕊发展产业。加上瑶琦和许林一雄的助推，灵宝丹在香港、台湾、东南亚都有广泛的市场。

1949年10月17日，厦门全岛解放。姐姐随解放军进驻厦门，成为厦门市卫生部门的领导，她很重视灵宝丹的开发利用，鼓励馨蕊和十一指把灵宝丹的价值投入到社会主义建设中去。

看到社会主义新中国的欣欣向荣，馨蕊和十一指对未来充满信心，他们决定把灵宝丹的秘方和制作技艺献给国家，由国家保护比自己保护更安全。

经过一代又一代人的传承和发扬，如今的灵宝丹已成为享誉中外的中华传统医药品牌。